Michael Weiss

EIN PERFIDER PLAN

Michael Weiss

EIN PERFIDER PLAN

Deutschland-Schweden-Krimi

Übersetzungen

Schwedisch		Deutsch
Hej	-	Hallo
Hur mår du?	-	Wie geht es dir?
Tack, bra	-	Danke, gut
Jag heter …	-	Ich heiße …
Döttrar	-	Töchter
Ser sjön	-	Den See sehen
Julbord	-	Weihnachtstisch (mit allerlei Köstlichkeiten)
Ris à la Malta	-	Vanille-Milchreis
Jag älskar dig	-	Ich liebe Dich

Kapitel 1

Donnerstag 16. Juni 2022

Ein sonniger und warmer Tag ging zu Ende.

Laura saß in ihrem weißen Korbsessel, den sie mit einigen weiß-türkisen und weichen Kissen noch gemütlicher ausgestattet hatte, auf ihrer überdachten Veranda, von der aus sie einen fabelhaften Blick über den etwas unterhalb liegenden See hatte, als ihr Mobiltelefon klingelte.

Das Klingeln riss sie aus ihren Gedanken und der Korbsessel knarzte unter ihrer ruckartigen Bewegung.

>>Laura Lindholm.<< meldete sie sich, nachdem sie erkannte, dass sie die anrufende Telefonnummer nicht kannte.

>>Peter Jakobs, Kriminalpolizei Stuttgart<< meldete sich eine kräftige Männerstimme. >>Wir haben hier eine Leiche mit einer hebräischen Tätowierung oberhalb des Nackens.<< sagte er in gebrochenem schwedisch.

Bei Laura sprangen sofort alle Sinne in Alarmbereitschaft. Alles um Sie herum wurde plötzlich ganz still, alle Hintergrundgeräusche verschwanden und ihr Gehör war auf jede Abnormität fokussiert. Alles um sie herum schien sich wie in Zeitlupe zu bewegen, damit sie auch noch die kleinste unnatürliche Bewegung wahrnehmen konnte.

Obwohl es schon spät am Tag war, stand die Sonne noch hoch. Es war Sommer in Schweden und die Tage lang.

Es ist achtzehn Jahre her, schoss es ihr in dem Augenblick in den Kopf, als Sie die Worte "hebräische Tätowierung" und "oberhalb des Nackens" hörte.

Achtzehn Jahre waren vergangen, seitdem sie den Fall zu den Akten gelegt hatte.

>>Eine hebräische 7.<< sagte Laura nach einer kurzen Pause fast flüsternd.

>>Ja genau, eine hebräische 7.<<

Nachdem Laura Lindholm nach einer weiteren Pause nicht antwortete, fuhr Peter Jakobs auf Englisch fort.

>>Ich habe mit meinem Chef gesprochen und dieser wiederum mit ihrer Chefin. Es läuft bereits ein Amtshilfeverfahren, am besten Sie setzen sich in den nächsten Flieger und kommen zu uns nach Stuttgart.<<

Noch während dem Gespräch stand Laura ruckartig auf, sodass der Korbsessel mit einem Raunzen über die Holzbohlen der Veranda rutschte und ging ins Haus.

Hinter sich verriegelte sie die Verandatür, zog die Vorhänge vor und vergewisserte sich, dass alle Fenster und auch die Haustür an der Vorderseite des Hauses, die sie eigentlich nie nutzte, geschlossen und verriegelt waren.

Nachdem sie mit Peter Jakobs das weitere Vorgehen besprochen hatte und sie das Gespräch beendeten, stand sie für eine ganze Weile da und lauschte, doch da war nichts außer Stille.

Sie begab sich ins obere Stockwerk, auf dem sich ihr Schlafzimmer, Gästezimmer, Büro und das Badezimmer befanden.

Eilig begann sie eine Tasche zu packen. Kleidung für die nächsten Tage und alle Unterlagen, die sie über den Fall zusammengetragen hatte. Ein Großteil davon befand sich auf einem Tablet, welches sie in eine grüngraue Umhängetasche mit Schultergurt packte und auf dem Bett neben ihrer gepackten, blauen Sporttasche abstellte.

Als sie im Badezimmer anfing, ihre Sachen zusammen zu suchen, erblickte sie sich im Spiegel über dem Waschbecken und hielt plötzlich inne.

Sie betrachtete sich eine ganze Weile. Ihre schulterlangen blonden Haare hatten sich teilweise aus dem Haargummi gelöst und fielen ihr über ihre leicht gebräunten Wangen, die blauen Augen waren klar und auf ihr Spiegelbild konzentriert. Auf ihren Lippen war noch ein dünner Hauch ihres blass rosafarbenen Lippenstiftes zu erkennen. Die kleinen goldenen Ohrringe, mit einem feinen Kreuz in der Mitte, funkelten. Ihr lieblich nach Jasmin duftendes Parfüm, das sie sich bei ihrem letzten Aufenthalt in Kiel, hatte anfertigen lassen, stieg ihr in die Nase. Sie atmete tief ein und schloss für einen Augenblick die Augen.

Erst jetzt konnte sie wieder einen klaren Gedanken fassen. Sie blickte sich in ihrem Spiegelbild tief in die Augen und sagt zu sich selbst:

>>Beruhige dich. Das kann unmöglich Björn Barkas sein.<<

Laura war damals gerade erst zur Kriminalpolizei gewechselt, als der Fall um Björn Barkas, der damals noch ein Unbekannter war, begonnen hatte. Sie wurde als jüngste Polizistin in ein Team gesteckt, das bereits aus drei Mann bestand. Sie sollte die Ermittler hauptsächlich bei den administrativen Aufgaben und bei Recherchen unterstützen.

Zu diesem Zeitpunkt waren, soweit der Polizei bekannt, zwei Frauen entführt worden. Jedenfalls wurde von Entführungen ausgegangen, da es bei beiden Frauen keine Hinweise auf ein absichtliches Verschwinden gegeben hatte.

Das erste Opfer, Svenja Sandberg, war auf dem Rückweg vom Sport. Sie spielte im örtlichen Tennisclub und hatte nach übereinstimmenden Zeugenaussagen, nach dem Training alleine den Nachhauseweg angetreten. Als sie am Abend noch immer nicht zu Hause angekommen war und ihre Eltern sie nicht erreichen konnten, verständigten sie die Polizei.

Ähnlich verhielt es sich bei Opfer Nummer zwei. Andrea Luciano, Tochter von italienischen Einwanderern, wurde jedoch schon in Schweden, in einem Vorort von Stockholm geboren. Sie war auf dem Weg zu einer Freundin, bei der sie nie ankam.

Auch hier gab es wie beim ersten Opfer keine Anzeichen auf ein absichtliches Verschwinden. Es fehlten keine persönlichen Gegenstände, keines der Opfer hatte Geld oder anderweitige Dinge mitgenommen, die man vermutlich eingesteckt hätte, wenn man verschwinden wollte, selbst wenn es nur für einen kurzen Zeitraum sein sollte.

Daher und aufgrund des kurzen Zeitraumes, der zwischen den beiden Ereignissen lag, gingen die Ermittler von Menschenraub aus.

Laura Lindholm wurde damals damit beauftragt Zeugenaussagen auf Übereinstimmungen oder Abweichungen zu untersuchen und anschließend zu katalogisieren.

Der Fall hatte ihr bis heute keine Ruhe gelassen. Schon damals hatte sie das Gefühl, dass mit der ganzen Sache etwas nicht stimmte. Auf der anderen Seite war es ihr erster Fall, bei dem sie aktiv mitwirkte.

Kollegen, mit denen sie gesprochen hatte, meinten, dass es ihnen ähnlich ergangen war, da der erste Fall immer etwas ganz besonderes war und man sich leicht in etwas verstrickte, sich Umstände scheinbar nicht zusammenfügten obwohl sie glasklar waren.

Trotzdem blieb eine gewisse Unruhe in ihr, die ihr sagte, dass sie etwas übersehen oder falsch interpretiert hatten.

Immer wieder, wenn sie dieses Gefühl überkam, schaute sie sich die Ermittlungen von damals an, konnte aber zu ihrer Enttäuschung nie etwas finden, bis heute. Bis zu diesem Anruf.

Kapitel 2

Freitag 17. Juni 2022

Am Flughafen in Stuttgart, konnte sich Laura schnell auf den Weg in Richtung Ausgang machen. Da sie lediglich Handgepäck bei sich hatte, musste sie nicht darauf warten, bis die Gepäckstücke aus dem Flugzeug geladen wurden und nach etlichen Minuten endlich auf dem Gepäckband ankommen würden.

Die blaue Sporttasche mit dem Notwendigsten für die nächsten Tage und ihre Umhängetasche mit den Unterlagen zu dem Fall, Tablet, Mobiltelefon und einigen weiteren Utensilien, die auf Reisen einer Frau nicht fehlen durften, war alles, was sie bei sich hatte.

Sie war die erste der Passagiere am Ausgang. Als sich die satinierten Schiebetüren vor ihr mit einem Summen öffneten, sah sie hinter einer verchromten geländerartigen Absperrung einen Mann mit einem Schild in den Händen auf dem Ihr Name stand. Genauer gesagt handelte es sich um ein Stück DIN A4 Papier, auf das ihr Name aufgedruckt wurde.

Peter Jakobs erkennt Sie sofort und begrüßt Sie auf die kurze Entfernung mit einem ehrlichen und freundlichen Lächeln.

Er war groß, mindestens 1,85 Meter und sehr attraktiv, dachte sich Laura. Allerdings war er viel jünger, als sie anhand seiner kräftigen Männerstimme am Telefon angenommen hatte. Er trug einen schicken, dunklen Anzug, dazu passende elegante Sneaker.

>>Hej, hej, jag heter Peter Jakobs<< begrüßte er sie.
>>Hej, Laura Lindholm<<
>>Hur mår du?<<

>>Mir geht es gut, abgesehen von der Tatsache, dass wir es wieder mit einem Fall zu tun haben, von dem ich ausgegangen bin, dass wir ihn vor 18 Jahren abgeschlossen hätten<< antwortete Laura in einem akzentfreien Deutsch.

Peter sah sie verdutzt an, äußerst überrascht über ihr perfektes Deutsch. Er stellte ihr dazu jedoch keine Fragen.

>>Wie war Ihr Flug<<

>>Gut danke der Nachfrage<< antwortete Laura >>Können wir uns duzen? In Schweden ist das so üblich.<<

>>Sehr gerne<< antwortete Peter Jakobs mit einem Lächeln im Gesicht.

>>Können wir los? Ich würde gerne schnellstmöglich mit der Untersuchung des Falles beginnen.<<

>>Selbstverständlich, mein Wagen steht draußen, direkt vor dem Eingang.<<

Sie verließen das Terminal durch eine gläserne Drehtür. Die Geräuschkulisse reduzierte sich sofort merklich, bis sich ein Flugzeug dröhnend in den Himmel über ihnen verabschiedete.

Peter steuerte auf einen schwarzen Mercedes, C-Klasse, T-Modell in einer äußerst sportlichen Ausführung zu.

Am Wagen angekommen, öffnete sich der Kofferraum mit leisem Summen selbständig, nachdem Peter einen Knopf auf der Fernbedienung betätigt hatte. Er nahm ihr die Tasche ab und öffnete ihr, ganz Gentleman, die Beifahrertür, bevor er ihre Tasche im Kofferraum verstaute.

Als Peter den Startknopf betätigte, erwachten die sechs Zylinder mit einem röhrenden Sound zum Leben.

Peter schnallte sich an, vergewisserte sich, dass auch Laura angeschnallt war und beschleunigte den Wagen mit einem beherzten Tritt aufs Gaspedal.

Nachdem sich die Schranken an der Ausfahrt des Parkplatzes hoben, sagte er:

>>Wir benötigen ca. 20 Minuten bis zum Präsidium. Ich habe die Zeit bis zu ihrer Ankunft genutzt und die uns überlassenen Fallakten von damals gelesen. Allerdings ist mein schwedisch nicht das Beste und ich habe für gefühlt jedes fünfte Wort eine Übersetzungs-App gebraucht. Kannst du mir nochmal von dem Fall erzählen?<<

Laura erzählt ihm auf dem Weg zum Präsidium, wie sie damals zu dem Ermittlerteam gekommen war, von ihren Aufgaben bei dem Fall und von den beiden ersten Opfern. Dass man damals zwar schon von einer Entführung ausgegangen war, aber noch keine konkreten Hinweise darauf hatte, da bis dahin auch keine Forderungen eingegangen waren. Die Ermittler tendierten damals langsam dazu von Gewaltverbrechen auszugehen, bei denen nur die Leichen noch nicht gefunden wurden.

Am Präsidium angekommen, parkte Peter den Wagen in einer Tiefgarage direkt unterhalb der Wache. Die Reifen quietschten bei jeder Lenkbewegung auf dem beschichteten Boden der Tiefgarage.

Nachdem er den Wagen abgestellt hatte, fuhren sie mit einem Aufzug direkt in die darüber liegende Polizeiwache.

Auf dem Weg zu einem der Büros begegneten sie einem kräftig gebauten Mann in einem schicken Anzug mit passender Weste unter dem Sakko. Sein Haar war bereits mehr grau als meliert und zu einem adretten Kurzhaarschnitt frisiert.

>>Das ist mein Chef, Anton Wagner. Anton das ist Laura, Laura Lindholm von der Kriminalpolizei Stockholm<<

>>Es freut mich, dass Sie so schnell zu uns kommen konnten.<<

>>Sehr erfreut Sie kennen zu lernen<< sagt Laura während sie seine Hand schüttelt. Er hatte sehr große Hände und einen festen Händedruck, passend zu seinem Erscheinungsbild. Laura liebte es wenn ihr Gegenüber einen festen Händedruck hat, da es ein Zeichen von Selbstvertrauen und Stärke ist.

>>Es grenzt schon fast an ein Wunder, dass wir so schnell eine Verbindung zu den Fällen in Schweden herstellen konnten.<< fuhr Anton fort. >>Unser Rechtsmediziner interessiert sich sehr für sonderbare Kriminalfälle. Er recherchiert diese in seiner Freizeit und konnte durch die tätowierte hebräische Zahl sofort einen Zusammenhang zu den Fällen von Ihnen herstellen.<<

>>Ob es da wirklich einen Zusammenhang gibt, das müssen wir erst noch herausfinden. Wir haben den Täter von damals festnehmen können und inhaftiert.

Vor meiner Abreise habe ich mich vergewissert, dass er noch immer im Gefängnis sitzt und das tut er!<<

>>Ja, das hat uns ihre Chefin schon bestätigt<< warf Peter ein.

>>Zugegeben, die Tätowierung und dass es sich ausgerechnet um eine sieben handelt, ist schon ein starkes Indiz, dass die Fälle zusammenhängen könnten<< erwiderte Laura.

>>Kommen Sie, ich möchte Ihnen Peters Partnerin vorstellen<< Anton Wagner deutete mit ausgestreckter

Hand auf ein Büro am Ende des Flurs und ging voran. Er klopfte kurz an die offen stehende Glastür.

>>Sam, ich möchte dir Laura Lindholm von der Stockholmer Kriminalpolizei vorstellen.<<

Sam blickte von ihrem Schreibtisch auf, sprang schon fast sprunghaft auf und ging um ihren Schreibtisch herum, machte einen Schritt auf Laura zu und streckte ihr die Hand entgegen.

>>Samantha Mahdi, nennen Sie mich gerne Sam, wie alle.<<

Laura schüttelte ihr die Hand. Sie war warm und der Händedruck kräftig.

>>Laura, Laura Lindholm, bitte sag Laura zu mir.<<

Sam erwidert mit einem sanften Lächeln, wodurch ihre schönen weißen Zähne zum Vorschein kamen.

Samantha Mahdi, kurz Sam, was für eine hübsche Frau, dachte sich Laura, als sie sie von oben bis unten musterte. Sie hatte fast schwarze, leicht wellige Haare, die sanft gestuft geschnitten waren. Vorne reichten sie ihr bis leicht über die Schultern, hinten waren sie etwas länger. Ihre hellbraunen Augen stachen auf angenehme Art und Weise aus ihrem Gesicht hervor. Sie war schlank, jedoch sehr sportlich trainiert. Sie trug eine dunkle, eng anliegende Jeans, dazu eine hellbraune Bluse, die sie scheinbar passend zu ihrer Augenfarbe ausgewählt hatte. Sogar die braunen Sneaker waren perfekt auf das Outfit abgestimmt.

Kapitel 3

Samstag 29. April 2017

Es war ein sonniger und warmer Tag, eigentlich viel zu warm für diese Jahreszeit, doch das störte ihn nicht. Im Gegenteil, es kam ihm sogar gelegen.

Seit seiner frühen Kindheit, seitdem er denken konnte, also eigentlich schon immer, ist ihm diese Katze ein Dorn im Auge gewesen.

Immer wenn er sie streicheln wollte, hatte sie ihn angefaucht oder sogar mit der Pfote nach ihm geschlagen.

Früher hatte sie ihn dabei öfters erwischt, dann quoll rotes Blut aus den feinen Ritzen, die sie mit ihren Krallen auf seiner Haut hinterlassen hatte.

Heute ist er schlauer und die Katze älter.

An diesem schönen sonnigen Tag hat sie sich einen schattigen Platz im Garten hinter dem Haus des Nachbarn zum Liegen ausgesucht.

Ein perfekter Platz dachte er sich, ein Platz im Garten den der Nachbar nicht einsehen konnte. Ein Busch vor dem Fenster verdeckte ihm die Sicht auf die Stelle, an der die Katze lag.

Eine ganze Weile hatte er an einer Methode gefeilt, die Katze einfangen zu können. Leider lies das Biest ihn nie nahe an sich heran. Doch nun hatte er eine Methode entwickelt, wie er sie fangen konnte, endlich würde sie in seinen Fängen sein.

Eigentlich handelte es sich um ein ganz simples Werkzeug. Einen langen Stab mit einer Schlinge am vorderen Ende, die sich zuzieht, sobald er die Schlinge um ihren Kopf gelegt hat und an dem Stab zieht. Dann wird sie ihm gehören!

Er musste einige Modelle testen, bis er das perfekte Material gefunden hatte. Zuerst hatte er es mit einer Bohnenstange aus Holz versucht, an der er eine Schlinge aus einfacher Schnur befestigt hatte. Diese Konstruktion erwies sich als völlig ungeeignet, da sie viel zu schwer war. Er konnte die Schlinge nicht einmal in die Nähe eines Tieres bringen, ohne dass er anfing zu zittern und sich durch die Kraftanstrengung längst verraten hätte. Auch die Schlinge war nicht geeignet. Zum Testen hatte er eine tiefe Kerbe in einen Holzscheit mit einem Durchmesser von ca. 15 Zentimeter geschlagen. Selbst wenn er es schaffte, die Schlinge um das Holzstück zu legen, dauerte es viel zu lange, bis sie sich richtig fest zugezogen hatte. Ein Tier wäre schon längst entkommen.

Ein Zufall spielte ihm das perfekte Material in die Hände.

Nur unweit seines Zuhauses zogen neue Nachbarn in ein Haus. Der alte Mann war vermutlich gestorben, urteilte er.

Bei den Renovierungsarbeiten entfernten die neuen Bewohner eine dreiteilige Funkantenne, die zuvor fünfeinhalb Meter auf dem Dach des Hauses in den Himmel ragte.

Das letzte Drittel war perfekt für seine Falle. Fiberglas, leicht und dennoch stabil genug. Es würde dem Gewicht einer Katze ohne Probleme standhalten, auch wenn sie sich wehrte.

Am einen Ende wickelte er Lenkerband von einem Rennrad um die Antenne damit sich die feinen Fasern des Fiberglases nicht in seinen Haut bohren konnten, am anderen Ende befestigte er eine Schlinge aus dünnem Draht mit einer Öse. Das perfekte Werkzeug für den heutigen Tag.

Vorsichtig schlich er sich von hinten an das Tier heran, das nichtsahnend im Schatten vor ihm lag.

Er hatte Zeit, er genoss es förmlich, sein Jagdinstinkt war geweckt.

Jedes Mal, wenn weiter unten auf der Straße ein Auto vorbeifuhr, wagte er sich ein Stück näher an die Katze heran.

Es war bereits sehr warm, doch in der Nacht war es noch immer frisch und das Gras leicht feucht vom morgendlichen Tau.

Er war so aufgeregt, dass er den feuchten Untergrund nicht bemerkte.

Innerlich könnte er förmlich ausflippen, aber nach außen hin war er ganz ruhig. Er kontrollierte seine Atmung, achtete darauf, keine Bewegung zu machen, die ihn verraten könnte, die ein zu lautes Geräusch hervorrufen würde.

Auch als er mit der Schlinge nur noch wenige Zentimeter vom Kopf der Katze entfernt war, besinnte er sich darauf, zu warten, bis wieder ein Auto vorüberfahren würde.

Er fieberte dem finalen Moment entgegen und es kam ihm wie eine Ewigkeit vor.

Er merkte wie seine Arme langsam schwer wurden, doch nun gab es kein Zurück mehr.

Dann war es endlich soweit. Ein weiteres Auto fuhr unten die Straße entlang und fast wie von selbst lag die Schlinge plötzlich um den Kopf der Katze und mit einem kurzen Ruck an dem Stab zog sie sich zu.

Die Katze wehrte sich mit aller Kraft, sie schüttelte sich und strampelte mit allen vieren. Er hatte große

Mühe die Antenne fest zu halten, doch für die Katze gab es kein Entkommen mehr, sein Werkzeug war ihm perfekt gelungen.

Kapitel 4

Samantha, Peter und Laura saßen in einem Büro im vierten Stock der Polizeiwache in Stuttgart. Das Büro war geräumig, jedoch spärlich und in Lauras Augen zwar modern, aber trist eingerichtet.

Die Wände waren in einem hellen Grauton gestrichen, der Teppichboden war ebenfalls in einem dunklen Grau, die Büromöbel waren von der Stange, nichts Besonderes.

Zwei Schreibtische standen sich längs in der Mitte des Raumes gegenüber, einer für Peter und einer für Samantha.

Hinter dem Schreibtisch von Samantha stand ein niedriges Regal mit seitlich zu öffnenden Rollos und einem Drucker drauf.

An der Wand hinter Peters Schreibtisch befand sich ein wandhohes offenes Regal, gefüllt mit Büchern und Aktenordnern.

Das einzige Bild im Raum war eine Bergkulisse im Sonnenuntergang auf einem Kalender, der noch immer auf Mai 2022 stand.

Längs hinter den Schreibtischen waren große, bodentiefe Fenster, die zum Innenhof hin zeigten.

Davor stand eine gläserne Tafel auf einem Gestell mit Rollen, auf der ermittlungsrelevante Dinge festgehalten oder Bilder aufgeklebt werden konnten. Darauf befanden sich Tatortfotos vom Fund der Leiche sowie Bilder, die die Tote zeigten und die Tätowierung am Hinterkopf.

In dem Büro war es warm, die Sonne stand zwar nicht direkt auf den bodentiefen Fenstern, doch trotzdem ging von ihnen eine Wärme aus.

>>Okay.<< sagte Peter, >>Alles was wir bis jetzt haben, ist eine tote Frau beziehungsweise ein totes Mädchen. Unser Pathologe schätzt sie vorläufig auf circa 17 Jahre.<<

>>Das Alter des Opfers passt also zu der Serie von Entführungen in Schweden.<< fuhr Samantha fort.

>>Ebenfalls passend ist die Tätowierung am unteren Teil des Hinterkopfes mit der Hebräischen 7...<<

>>...was jedoch gar nicht passt, ist die Tatsache, dass das Mädchen tot ist.<< beendete Laura Samanthas Satz. >>Bisher gab es keine Todesopfer. Es handelte sich um klassischen erpresserischen Menschenraub. Die Mädchen wurden entführt und gefangen gehalten.<<

>>Wie ging es nach dem zweiten Entführungsopfer weiter?<< wollte Peter wissen und bot Laura dabei mit einer Geste seinen Schreibtischstuhl an, die dankend ablehnte.

>>Zwischen den beiden ersten Entführungen lagen genau zwei Wochen. Danach dauerte es weitere drei Wochen, bis eine dritte junge Frau entführt wurde.<<

Laura holte ihr Tablet aus ihrer Umhängetasche und zeigte den Beiden nach einigen Eingaben auf dem Display, Fotos des dritten Opfers.

>>Helga Lund, ebenfalls wie alle Entführungsopfer 17 Jahre jung. Sie war auf dem Weg nach Hause, nachdem Sie sich mit Ihren Freundinnen in Stockholm getroffen hatte.

Eine weitere Woche später ging bei den Eltern des ersten entführten Mädchen, den Sandbergs, eine Lösegeldforderung ein.<<

>>Der Täter hält also drei Mädchen gefangen, um dann für das erste Opfer ein Lösegeld zu erpressen. Zwischen der Entführung und der Lösegeldforderung sind also sechs Wochen vergangen, was muss das für ein Horror für die Eltern gewesen sein.<< sagte Samantha, die sich, von der Aussage geplättet, in ihrem Bürostuhl zurücklehnte, der ihre Bewegung mit zweimaligen nachwippen quittierte.

>>Genauso ist es gewesen. Die Forderung kam per Telefon. 1,5 Millionen Kronen, also rund 150.000 Euro. Der Täter hatte keine Eile am Telefon, er diktierte Frau Sandberg eine Kontonummer für ein anonymes Konto in Georgien und teilte ihr mit, bis wann das Geld eingegangen sein muss. Der Täter hatte auch kein Problem damit, wenn die Sandbergs die Polizei einschalten würden. Ganz im Gegenteil, er sagte zu Frau Sandberg, Sie solle der Polizei und ihrem Mann ausrichten, wenn das Geld nicht rechtzeitig auf dem Konto ist, werden Sie für den Tod von drei Frauen, einschließlich dem ihrer Tochter, verantwortlich sein.<<

>>Puh!<< entfuhr es Peter. >>Ein cleveres, wenn auch perfides Vorgehen. Er suggeriert den Sandbergs, dass die Polizei ohnehin nichts machen kann und hofft, dass diese so aus dem Spiel genommen wird.<<

Dabei tigerte Peter vor der Glastafel auf und ab.

>>Und es funktionierte. Die Lösegeld Summe war so gewählt, dass die Sandbergs diese in der eingeräumten Zeit aufbringen konnten, jedoch nicht lange darüber nachdenken konnten ob es Alternativen zum Bezahlen gab. Danach gab es zwei weitere Entführungen, nach denen jeweils die Lösegeldforderungen bei der Familie des zweiten entführten Mädchen, der Lucianos und der Familie Lund, den Eltern des dritten entführten Mädchen eingingen. Natürlich hatten wir bei den

Lucianos Ermittler vor Ort und eine Telefonortung war eingerichtet, jedoch ohne Erfolg. Das Telefonat war zu kurz und erfolgte über eine Umleitung aus Georgien.<<

>>Wie hoch war hier jeweils die Lösegeldforderung?<< wollte Samantha wissen, die jetzt wieder aufrecht an ihrem Schreibtisch saß und einen Kugelschreiber in ihrer Hand hielt, dessen Clip sie immer wieder schnalzen ließ.

Laura tippte kurz auf ihrem Tablet herum und fuhr dann fort:

>>Die Lucianos sollten 2,25 Millionen Kronen und die Lunds 750.000 Kronen bezahlen<<

>>Haben die Sandbergs die Summe bezahlt?<< fragte Peter.

>>Alle haben bezahlt. Für alle war es viel Geld. Jedoch nur so viel, wie sie in der Zeit auch aufbringen konnten.<<

>>Und die Mädchen?<< platzte es aus den Beiden fast wie im Chor heraus, die sich daraufhin kurz anschauten und schmunzelten.

>>Sie waren alle nach maximal 24 Stunden wieder wohlbehalten zu Hause. Das einzige, was sie davongetragen haben, wenn man so will, ist eine Tätowierung am Hinterkopf oberhalb des Nackens.<<

>>Ihr habt die Mädchen doch sicherlich danach befragt.<< wollte Samantha wissen und lies den Clip des Kugelschreibers ein weiteres Mal schnalzen.

>>Ja, das haben wir natürlich gemacht. Die Sandbergs haben uns im Vorfeld nichts von dem Anruf erzählt, erst als Svenja wieder zu Hause war, haben Sie uns angerufen. Svenja konnte sich an die Entführung allerdings nicht erinnern. Sie sagte aus, dass als sie aufgewacht war, sie sich in einem absolut dunklen Raum befunden hatte, sie lag dabei auf einer Matratze.

Nachdem der erste Schock vergangen war, tastete sie den Raum ab, um nach einer Tür oder einem anderen Ausweg zu suchen. Dabei ertastete sie zwar eine Tür, doch sie war verschlossen. In dem Raum fand sie des Weiteren Flaschen mit Wasser und abgepacktes Essen sowie eine Toilette. Sie sagte, es wäre aber kein richtiges WC gewesen, sondern so eins, wie man es auch beim Camping benutzt. Eine Chemietoilette die so angebracht war, dass der Täter sie von außerhalb des Raumes entleeren konnte.<<

>>Gewiefter Plan.<< murmelte Samantha vor sich hin.

>>Und wie ist Sie frei gekommen?<< wollte Peter wissen.

>>Auch daran konnte Sie sich nicht erinnern. Als sie aufwachte, so sagte sie aus, lag sie auf einer Bank in einem Park ganz in der Nähe ihres Elternhauses. Von dort aus ist sie nach Hause gelaufen.<<

Kapitel 5

Dienstag 2. Mai 2017

Die Katze starb viel zu schnell.

Nachdem er die Katze von seinem Nachbarn gefangen hatte, war er so voller Adrenalin, dass sein ganzer Körper anfing zu zittern.

Sein Blick war auf die sich windende und zappelnde Katze fixiert. Er hatte alle Mühe das Antennenstück fest zu halten. Die Katze wehrte sich in ihrem Todeskampf mit solcher Kraft, dass sie sie ihm fast entrissen hätte.

Die Tatsache, dass sein Plan tatsächlich funktioniert hat, machte ihn fassungslos. Er war wie erstarrt und klammerte sich ganz fest an die Antenne.

Als er wieder einen klaren Gedanken fassen konnte, war die Katze bereits tot.

Sein Blick wanderte langsam an der weißlichen Antenne entlang, bis zu der Schlinge, in der der schlaffe Kopf der Katze hing.

Er blickte direkt in die gelblichen Augen der toten Katze.

Ihr Körper näherte sich immer mehr dem Boden. Mit dem schwindenden Adrenalinschub schwanden auch seine Kräfte und die angespannten Muskeln lockerten sich langsam. Sein Bizeps brannte, doch es war ein Schmerz der ihn mit Glück erfüllte.

Seit diesem Ereignis lag er Abend für Abend in seinem Bett und sinnierte über den Tag seines Erfolges.

War es wirklich ein Erfolg?

Gewiss, die Katze war tot und sie würde ihn nie wieder anfauchen oder gar nach ihm schlagen, aber irgendetwas beschäftigte ihn seither.

Es war die Tatsache, dass er die Kontrolle verloren hatte. Es war nicht seine Entscheidung gewesen wann die Katze starb, sie tat es einfach und das machte ihn innerlich ganz konfus.

Er musste sich ein neues Opfer suchen, er musste einfach, sein Perfektionismus verlangte geradezu danach, es noch einmal zu tun. Nur dieses Mal, würde es perfekt werden.

Er, nur er alleine würde darüber entscheiden, wann das Licht des Lebens aus den Augen seines nächsten Opfers weichen würde.

Kapitel 6

Freitag 17. Juni 2022

Laura, Samantha und Peter waren für eine kurze Kaffeepause in die Kaffeeküche des Präsidiums gegangen.

Es war kein eigener Raum, es war eher eine Nische zwischen einem Konferenzraum und dem Hauptflur. Einige, eine Art von Rollcontainern mit Grünpflanzen, trennten die Kaffeeküche vom Hauptflur ab.

Die Kaffeeküche selbst war sehr hell gestaltet, mit Möbeln aus einem Mix von Weiß und hellem Braun. Auf der gegenüberliegenden Seite waren bodentiefe Fenster, durch die man eine Fußgängerzone mit scheinbar wild umher schwirrenden Menschen sehen konnte. In der Mitte der Nische befanden sich zwei längliche Stehtische mit je vier Hochstühlen, zwei auf jeder Seite.

Es roch angenehm nach frisch gemahlenem Kaffee und Laura hoffte, dass der Kaffee auch so gut schmecken würde, wie er roch.

Peter reichte Laura eine Tasse mit Kaffee und fragte, ob sie Milch oder Zucker benötige. Beides verneinte Laura mit einem kurzen Kopfschütteln, während sie auf ihrem Tablet weitere Unterlagen aufrief.

Peter und Samantha nahmen ihr gegenüber Platz.

>>Was war mit den beiden anderen entführten Mädchen?<< wollte Peter wissen, nachdem er einen Schluck von seinem heißen Kaffee getrunken hatte.

Überrascht fasste er sich an die Lippe und Laura konnte sich ein Schmunzeln nicht verkneifen.

>>Im Prinzip das gleiche wie bei den ersten dreien.<< antwortete sie schließlich. >>Sie sind 17 Tage, nachdem Helga Lund wieder zu Hause auftauchte, freigelassen worden.<<

>>Einfach so?<< hackte Samantha nach.

>>Ja, einfach so. Wir haben das zu dem Zeitpunkt auch nicht verstanden. Wir sind davon ausgegangen, dass sich irgendetwas geändert haben muss. Vielleicht war sein Versteck nicht mehr sicher oder jemand hatte ihn beobachtet und es wurde ihm zu heiß.

Eine Theorie war, dass er sich verletzt hatte oder krank geworden war und daher seinen Plan nicht mehr verfolgen konnte.<<

>>Und was war der tatsächliche Grund?<<

>>Das wissen wir nicht.<<

Peter und Samantha sahen sich kurz verwundert an. Laura gab ihnen aber keine Chance ihre Verwunderung in Worte zu fassen und fuhr fort:

>>Er hat sich gestellt. Einen Tag nachdem die beiden zuletzt entführten Mädchen zu Hause waren, hatten die Medien davon berichtet. Circa zwei Stunden später stand Björn Barkas auf der Polizeiwache in Stockhom-Solna und gestand die Mädchen entführt und das Lösegeld erpresst zu haben.<<

Laura nippte nun selbst an ihrem Kaffee. Überrascht davon, wie gut er tatsächlich schmeckte, brachte sie ihr wohlwollen mit einem leisen „mhhh" zum Ausdruck.

>>Aber das habt ihr ihm doch nicht einfach so abgenommen?<< sagte Peter, mehr ausrufend als fragend.

>>Natürlich nicht!<< antwortete Laura, nachdem sie ihre Tasse wieder abgestellt hatte. >>Er verriet uns Details, die nie an die Presse gegangen waren, wie zum Beispiel die exakte Höhe der Lösegeldforderungen, wo

er die Mädchen entführt hatte und wie er sie gefangen hielt. Auch wie er die Rufumleitung über Georgien organisiert hatte. Alles passte, nur wo er die Mädchen gefangen gehalten hatte und wie er es angestellt hatte, damit diese sich an nichts erinnern konnten hat er nie verraten, ebenso wenig den Grund warum er damit aufgehört und sich gestellt hat.<<

>>Sehr merkwürdig.<< schlussfolgerte Samantha, die ihre bereits leere Tasse etwas zu fest auf dem Stehtisch abstellte.

Entschuldigend zog sie den Kopf ein und zuckte dabei mit den Schultern.

>>Ja, in der Tat. Mich hat das ganze bis heute nicht zufriedengestellt. Wir, und zugegeben auch ich alleine, als der Fall schon abgeschlossen war, haben nie herausgefunden, woher Barkas wusste, wie viel Geld er von den Familien erpressen konnte. Der Staatsanwaltschaft reichte jedoch das Geständnis mit den Detailangaben, um Anklage zu erheben. In einem späteren Gerichtsverfahren wurde er dann schuldig gesprochen. Auch hier waren das Geständnis und das Täterwissen ausschlaggebend. Dazu kam, dass seither auch keine weiteren Mädchen entführt wurden, zumindest keines das dem bisherigen Muster zugeordnet werden konnte.<<

>>Bis jetzt.<< sagte Peter.

>>Ja, bis jetzt.<< wiederholte Laura seine Worte, während sie ebenfalls den letzten Schluck Kaffee trank und sich von ihrem Hochstuhl rutschen ließ. >>Ich würde gerne mit dem Rechtsmediziner sprechen der die Obduktion durchgeführt hat und das Opfer sehen.<<

Kapitel 7

Freitag 17. Juni 2022

Peter war mit Laura zum forensischen Institut gefahren, während Samantha im Präsidium blieb, um weitere Informationen über das Opfer in Erfahrung zu bringen.

Das forensische Institut lag etwas außerhalb des Stadtzentrums von Stuttgart. Das Gebäude erinnerte eher an einen Bunker aus Backstein als an ein modernes medizinisches Labor mit Rechtsmedizin.

Es war ein längliches Gebäude. In den hinteren zwei Dritteln gab es überhaupt keine Fenster und im vorderen Drittel nur im oberen der beiden Stockwerke. Unten waren nur eine Tür und ein Rolltor zu sehen.

Peter klingelte und gab sich zu erkennen, indem er seinen Dienstausweis vor einer Kamera platzierte.

Im Inneren war von der äußerlichen Bunkeratmosphäre nichts mehr zu spüren. Helle Wände und Böden durchzogen das Gebäude, ganz anders als das Institut in Stockholm, dachte Laura.

Peter ging mit Laura direkt auf einen Raum zu, der mit der Aufschrift OBDUKTION - SAAL II gekennzeichnet war.

Sie betraten den Saal durch die schwere Edelstahlschiebetür, die sich selbstständig mit einem leisen Surren öffnete, nachdem Peter auf den Türöffner gedrückt hatte.

Der Geruch von Tod und Desinfektionsmittel breitete sich in Lauras Nase aus.

Der Rechtsmediziner erwartete die Beiden bereits. Er musste etwa in Peters alter sein, war groß und sportlich.

Die Kurzhaarfrisur seiner dunkelblonden Haare stand ihm sehr gut.

>>Darf ich vorstellen: Laura Lindholm, Alexander Bertold. Alexander, Laura Lindholm von der Kripo in Schweden.<<

>>Willkommen.<< sagte Alexander Bertold kurz angebunden, der sich, nach einem kurzen Blick in Ihre Augen, sofort wieder abwandte und schnellen Schrittes auf den Obduktionstisch zuging.

>>Es freut mich Sie kennen zu lernen.<< erwiderte Laura, obwohl sich der Rechtsmediziner schon von ihr abgewandt hatte.

Laura wandte sich mit einem kurzen Blick an Peter, der nur kurz mit den Achseln zuckte und Alexander an den Obduktionstisch folgte.

Während der Rechtsmediziner scheinbar lautlos über den Boden schwebte, klackerten Peters Anzugsschuhe bei jedem Schritt über den gefliesten Boden. Das Geräusch hallte von den ebenfalls gefliesten Wänden zurück in den Raum.

>>Was haben wir?<< fragte Peter den Rechtsmediziner, während Laura ihm auf leisen Sohlen ihrer Sneakers folgte.

>>Das Opfer heißt Maja Larsson, aber das wisst ihr ja schon.<<

Peter quittierte mit einem kurzen Nicken.

>>Sie war entgegen meiner ersten Vermutung 20 Jahre alt, allerdings mit sehr jungenhaftem Aussehen und Körperbau. Laut ihrem Ausweis ist sie in Stockholm geboren, lebte zuletzt allerdings in Ystad.<<

>>Sie war Schwedin?<< fragte Laura überrascht.

>>Ja offensichtlich.<< erweiterte Alexander und bedeutete mit einem fragenden Blick und einer leicht rotierenden Handbewegung, ob er fortfahren durfte.

Laura runzelte kurz die Stirn und verdrehte die Augen leicht nach oben, signalisierte dem Rechtsmediziner allerdings, dass er fortfahren konnte.

>>Wie ihr Kollege schon weiß,<< Alexander Bertold deutete mit kurzem Kopfnicken auf Peter, >>wurde Sie im Rosensteinpark an den "Liegenden Baum" gebunden gefunden.<<

Peter unterbrach Alexander mit einem kurzen Handzeichen.

>>Der Liegende Baum ist ein Teil eines Mammutbaums, der am einen Ende auf seinen Wurzeln ruht und am anderen Ende auf zwei seiner großen Äste. Das Opfer, Maja Larsson, wurde rücklings auf den schräg liegenden Baum gebunden.<<

>>Ja, ich habe die Bilder im Präsidium gesehen.<< sagte Laura. >>Aber was macht ein Mammutbaum mitten in Stuttgart?<<

>>Das geht auf das Jahr 1884 zurück<< beantwortete Alexander die Frage. >>König Wilhelm I. ordnete die königliche Forstdirektion an Samen zu kaufen. Ob es gewollt war Samen von Mammutbäumen zu kaufen oder ob die königlichen Gärtner einfach nicht gewusst haben, dass aus den kleinsten Samen die größten Bäume gedeihen werden, ist bis heute nicht klar.<<

Mit einem leicht triumphierenden Blick über sein Wissen betrachtete Alexander die beiden Polizisten.

Nachdem diese jedoch keine Reaktion zeigten, senkte er den Blick wieder auf das Opfer und fuhr mit seinem Bericht fort.

>>Sie wurde ermordet. Zuerst fast erstickt, petechiale Blutungen in den Augen und danach erdolcht.<<

Alexander öffnete zuerst ein Lid von Majas Augen und zeigte anschließend auf die Einstichstelle mit sauberem Schnittrand auf der einen Seite.

>>Erdolcht?<< fragte Laura.

>>Ja, ein Stich direkt ins Herz. Ihr wurde bis zur Ohnmacht die Luftzufuhr verweigert, solange bis das Herz fast aufgehört hatte zu schlagen und dann mit einem finalen Stich ins Herz getötet. Ein Dolch, gebogene Klinge ca. 12 cm Länge.<<

Laura brauchte einen Moment, Sie versuchte, das eben gehörte in ihrem Kopf zu sortieren.

Das alles passte so gar nicht mit dem zusammen, was sie aus Schweden kannte.

>>Und die hebräische sieben?<< wollte Sie wissen.

Alexander legte seine Hände auf die Seite des Opfers und drehte sie mit gekonntem Griff auf die Seite.

Mit einer Hand stabilisierte er den Körper in der Seitenlage, mit der anderen hob er ihre Haare beiseite.

Laure beugte sich über den Tisch, brachte eine beleuchtete Lupe, die am Obduktionstisch angebracht war, in Position, um die Tätowierung besser sehen zu können und betrachtete die hebräische sieben ganz genau.

Nach kurzem Zögern sagte Sie:

>>Die Tätowierung scheint zu passen. Größe, Anordnung, die einfache Art, wie das Tattoo gestochen wurde. Jedoch scheint es sehr frisch zu sein. Irgendwie sieht es seltsam aus.<<

Ihr Blick verblieb auf Maja Larsson, ihre Gedanken kreisten bis Alexander sie aus diesen riss.

>>Die Tätowierung wurde ihr post mortem gestochen.<<

Kurz nach dem Tod verarbeitete Laura die Information und blickte zu Alexander auf.

>>Haben wir sonst noch etwas?<< stellte Peter die Frage in den Raum.

>>Der Fundort ist nicht der Tatort und erstickt wurde Sie vermutlich mit einem Kissen. Ich habe feine, weiße Faserreste in Mund und Nase gefunden, die sind schon im Labor, mir liegen aber noch keine Ergebnisse vor.<< sagte Alexander

>>Okay, bitte melde dich sofort, wenn du etwas für uns hast. Kannst du den Todeszeitpunkt eingrenzen?<<

Alexander bestätigte mit einem kurzen aber kräftigen Nicken sich zu melden wenn etwas über die Fasern bekannt wird und antwortete auf die Frage nach dem Todeszeitpunkt:

>>Gefunden wurde sie am frühen Vormittag des 15ten. Nach ihrer Körpertemperatur müsste Sie am späten Abend des 14ten zwischen 22 und Null Uhr gestorben sein.<<

>>Irgendwelche Blutergüsse an den Händen?<< wollte Laura wissen.

Alexander war positiv überrascht von der Frage schaute Laura jetzt direkt in die Augen, für Lauras Geschmack eine Sekunde zu lange, bevor er antwortete.

>>Nein, es gibt keine Anzeichen dafür, dass Sie gefesselt oder festgehalten wurde, auch keine Abwehrverletzungen.<<

>>Kein Mensch lässt sich freiwillig erwürgen.<<

>>Korrekt.<<

>>Sie wurde im Liegen getötet!<<

>>Wieder Korrekt.<< sagte Alexander, der von der Kombinationsgabe der schwedischen Polizistin beeindruckt war.

Auch Laura merkte, dass sie nun die ganze Aufmerksamkeit des anfänglich so schüchtern scheinenden Gerichtsmediziners hatte. Er ließ sie jetzt nicht mehr aus den Augen, auch wenn sie ihm direkt in die Augen schaute, ließ er den Blick nicht von ihr ab.

>>Sie wurde im Schlaf überrascht. Der Täter kniete sich mit einem Fuß links und einem rechts von ihr auf das Bett, auf die Bettdecke. Daher konnte sie sich nicht befreien oder wehren und dennoch sind keine Merkmale an ihrem Körper zu erkennen, außer dieser leichten Druckstelle hier, quer über ihren Oberkörper. Erstickt hat er Sie dann mit einem Kopfkissen. Es muss allerdings ein zweites Kopfkissen gegeben haben, denn er hat wohl kaum das verwendet auf dem sie geschlafen hat. Vermutlich war sie in einem Hotel oder ähnlicher Unterkunft mit Doppelbett.<<

>>Genau das ist auch meine Vermutung<<

>>Haben Sie vielen Dank. Wir melden uns bei Ihnen wenn wir noch etwas brauchen.<<

Laura wandte sich ab und ging schnellen Schrittes in Richtung Tür. Ihre Sneakers quietschen dabei leicht auf dem Fliesenboden, doch das kümmerte sie nicht.

>>Da ist noch was.<< sagte Alexander ihr hinterher.

>>Was denn?<< fragte Laura und drehte sich noch einmal um.

>>Ihre Hüften sind gebrochen. Ebenfalls post mortem.<<

>>Wieso?<<

Alexander zuckte mit den Schultern.

>>Kann ich nicht sagen.<<

Laura drehte sich wieder um, wobei ihre Schuhe einmal kräftig quietschten und verließ den Raum.

Peter und Alexander tauschten lediglich einen Blick aus und verabschiedeten sich wortlos.

Kapitel 8

Sonntag 23. September 2018

Seitdem er das erste Mal getötet hatte, war nun über ein Jahr vergangen.

Das erste Mal war nicht perfekt gewesen, dennoch war das erste Mal etwas ganz besonderes.

Vier weitere Katzen mussten seither ihr Leben lassen. Es war genau wie er es sich vorgestellt hatte.

Nur er hatte entschieden, wann sein Opfer den letzten Atemzug getan hatte.

Zugegeben, bei seinem zweiten Opfer ging es etwas schneller als er ursprünglich geplant hatte. Grund genug, es ein weiteres Mal zu tun.

Eigentlich hatte er seine Rache genommen und alles zu seiner Zufriedenheit erledigt. Doch dieser Gefühlsmix, erst die absolute Anspannung, sein Opfer zu fangen, abgelöst von der Freude es geschafft zu haben, die überging in Vorfreude auf das, was jetzt kommen wird.

Dann war da diese Macht. Die Macht über sein Opfer zu bestimmen und letztendlich dieses Glücksgefühl, wenn er bestimmte, wann sein Opfer sterben würde.

Er lag auf dem Rücken in seinem Bett.

Er fröstelte und fragte sich ob es so kühl war oder ob es die Vorstellung war, wie es wohl sein würde, wenn sein Opfer um sein Leben flehen würde.

Kapitel 9

Freitag 17. Juni 2022

Als Peter das Gebäude des forensischen Instituts verließ, schlug ihm die brutale Wärme des Tages entgegen.

Laura lehnte mit dem Rücken, auf der Schattenseite an seinem Wagen. Das warme Metall an ihrem Rücken tat ihr gut.

Die dünne Stoffjacke die sie vorhin noch getragen hatte, hielt sie jetzt in ihrer Hand. Das weiße Top, welches sie trug, hatte keine Ärmel.

Peter betrachtete ihre gebräunten Schultern unter deren Haut sich feine Muskelstränge abzeichneten. Sie war sportlich, gut trainiert aber in Peters Augen nicht zu muskulös für eine Frau.

>>Der Täter wusste also wo Maja geschlafen hat. Wissen wir schon wo das war?<<

>>Nein, bisher nicht, aber ich denke, dass Sam an der Sache dran ist, vielleicht hat sie schon etwas herausgefunden, bis wir zurück sind.<< antwortete Peter, der immer noch von Lauras Anblick fasziniert war.

>>War es Zufall oder Absicht?<<

Mit diesem Satz wurde er vollends aus seinen Gedanken gerissen und er blickte Laura in die Augen.

>>Zufall oder Absicht? Was meinst du?<<

>>Herr Bertold meinte, dass Maja bis zur Bewusstlosigkeit gewürgt wurde. Dachte der Täter, dass Sie bereits tot war oder hat er es so gewollt?<<

Es entstand eine kurze Pause und Peter lehnte sich neben Laura an seinen Mercedes, nachdem er sein Sakko ebenfalls ausgezogen hatte.

>>Nun ja, man muss einem Menschen sehr lange die Luft abschneiden bis er tatsächlich tot ist, und nicht nur bewusstlos.<<

>>Genau. Wenn es also Zufall war, könnte es gut sein, dass unser Täter das erste Mal gemordet hat. Wenn es aber eine bewusste Vorgehensweise war, dann würde ich sagen, da gehört schon eine Menge Übung dazu. Wir müssen unbedingt herausfinden, warum sich Maja in Stuttgart aufgehalten hat und ob sie ein zufälliges Opfer oder ein ausgesuchtes Opfer war.<< sagte Laura mit Nachdruck in der Stimme.

>>Und wir müssen unsere Datenbank nach ähnlichen Vorgehensweisen durchsuchen. Ich meine, ein Dolch liegt in der Rangliste der Mordwerkzeuge nicht gerade weit oben.<< sagte Peter, der sich von seinem Wagen abdrückte und sein Hemd, das an seinem Rücken klebte wieder ablöste.

Kapitel 10

Freitag 17. Juni 2022

Samantha wartete bereits auf ihre beiden Kollegen. Als diese das Büro betraten, wandte sie sich ihnen umgehend zu ohne ihnen direkt in die Augen zu schauen.

>>Maja Larsson ist vor vier Tagen mit der Fähre von Ystad nach Sassnitz gefahren. Von dort aus ist sie mit dem Zug über Stralsund nach Berlin und weiter nach Stuttgart gereist.<<

>>Wann ist Sie in Stuttgart angekommen?<< wollte Laura wissen.

>>Vor drei Tagen, also am 14ten, hat sie in einer kleinen Pension unweit des Stadtzentrums eingecheckt. Gebucht und bezahlt hatte Sie im Voraus über eine App für zwei Nächte. Als Sie gestern den Zimmerschlüssel nicht abgegeben hat schaute der Betreiber der Pension in ihr Zimmer und stellte fest, dass all ihre Sachen noch da waren.<<

>>Und da ist er nicht auf die Idee gekommen, sich bei der Polizei zu melden?<< fragte Peter.

>>Das war auch mein erster Gedanke.<< fuhr Samantha fort. >>Allerdings meinte er, dass dies bereits des Öfteren bei jungen Leuten vorgekommen war und er sich daher keine Sorgen gemacht hatte. Offenbar vergessen junge Menschen in Feierlaune schon mal die Zeit.<<

Samantha zuckte mit den Schultern.

>>Er packte Ihre Sachen in ihren Koffer und bewahrte diesen auf. Er meinte, bisher hat den immer jemand abgeholt.<<

>>Dieses Mal wohl nicht.<< fügte Laura hinzu.

>>Wo sind die Sachen jetzt? fragte Peter

>>Ich habe die Kollegen schon gebeten den Koffer abzuholen.<<

>>Und was ist mit dem Zimmer?<<

>>Tja, das wurde leider schon gereinigt, die KTU ist vor Ort.<< sagte Samantha.

>>Verdammt.<< fluchte Peter leise vor sich hin.

>>Wir benötigen die Bettwäsche, auch wenn diese schon gewaschen wurde, wir brauchen eine Faserprobe, um feststellen zu können, ob sie dort ermordet wurde.<< fügte Laura hinzu.

>>Ich sage den Kollegen sofort Bescheid<< erwiderte Samantha während sie zum Telefonhörer griff.

Peter und Laura verließen das Büro und begaben sich in die Kaffeeküche.

>>Zu spät für einen Kaffee?<< fragte Peter.

Laura schaute auf die Uhr an ihrem Handgelenk. Es war bereits 15 Minuten nach 21 Uhr.

>>Ja.<< antworte Laura deshalb. >>Wir trinken in Schweden zwar viel Kaffee, aber lieber nicht um diese Zeit. Genug ist genug. Wo kann ich heute Nacht schlafen?<<

>>Wir haben ein Zimmer in einem Hotel ganz in der Nähe für dich reserviert. Ich bringe dich hin. Wir können zu Fuß gehen, es sind nur circa fünf Minuten, dann kennst du den Weg.<<

>>Vielen Dank. Morgen müssen wir als erstes herausfinden was Maja in Stuttgart wollte.<<

Als sie sich gerade auf den Weg zu Peters Wagen machen wollten, um Lauras Gepäck aus dem Kofferraum zu holen, stieß Samantha zu ihnen.

>>Die Kollegen waren noch vor Ort. Die Kriminaltechnik nimmt den Koffer und die Bettwäsche direkt mit zu Untersuchung. Wir hatten etwas Glück im Unglück, die Bettwäsche wurde noch nicht gewaschen.<<

>>Wenigstens ein kleiner Erfolg am heutigen Tage.<< sagte Peter. >>Auch wenn es wahrscheinlich nicht viel bringen wird, die KTU soll das Zimmer trotzdem nochmal ganz genau unter die Lupe nehmen.<<

Nach einer kurzen Pause in der niemand etwas sagte, klatschte Peter einmal kräftig in seine Hände und sagte zu Laura gewandt:

>>Schluss für heute. Komm ich bringe dich in dein Hotel.<< und zu Samantha: >>Und wir sehen uns morgen.<<

Kapitel 11

Freitag 17. Juni 2022

Es war wirklich kein weiter Weg zum Hotel.

Es war noch warm und die Hitze des Tages reflektierte vom gepflasterten Boden vor dem Eingang.

Als Peter sich von ihr verabschiedete, überlegte Laura kurz, ob sie ihren Kollegen fragen sollte, ob er noch Lust auf einen Absacker hatte. Sie verwarf den Gedanken allerdings schnell wieder und beschloss, dass es dafür noch zu früh war, immerhin kannte sie ihn eigentlich gar nicht. Sie wusste nicht mal, ob er vergeben war. Einen Ehering trug er jedenfalls nicht, aber was hatte das in der heutigen Zeit schon zu bedeuten?

>>Das Zimmer ist auf deinen Namen reserviert.<< sagte Peter.

>>Vielen Dank, den Rest schaffe ich dann schon.<<

Mit diesen Worten nahm sie Peter ihren Koffer ab.

Beide sahen sich noch einen Moment lang an, was Lauras Gedanke, ihn auf einen Absacker einzuladen, wieder auflodern lies. Sie entschied sich jedoch wiederholt dagegen und wünschte ihm lediglich eine gute Nacht.

Als sie in der Hotellobby ihren Schlüssel entgegengenommen und sich schon umgedreht hatte, gingen ihr Samanthas Worte, was der Betreiber von Majas Pension bezüglich nicht rechtzeitig geräumter Zimmer gesagt hatte, noch einmal durch den Kopf.

Sie wandte sich dem netten Herrn hinter dem Empfangstresen noch einmal zu. Er begegnete ihrem Blick bereits mit einem Lächeln.

>>Kann ich noch etwas für Sie tun?<<

>>Ist es bei Ihnen schon einmal vorgekommen, dass Gäste ihre Zimmer nicht rechtzeitig geräumt haben?<< fragte sie ihn ohne Umschweife.

>>Nicht oft, aber um ihre Frage zu beantworten: Ja das ist schon vorgekommen.<<

>>Wie gehen Sie dann vor?<<

>>Haben Sie etwa vor, Ihre Rechnung nicht zu bezahlen oder sich bei uns einzunisten?<< fragte er mit dem Anflug eines zynischen Lächelns im Gesicht.

>>Oh nein, bitte entschuldigen Sie vielmals. Ich bin von der Polizei und wir haben es in unserem Fall gerade mit diesem Umstand zu tun. Mich hat das sehr verwundert, da ich selbst niemals auf die Idee gekommen wäre, so etwas zu tun.<< versuchte Laura sich zu rechtfertigen.

>>Wie gesagt, es kommt nicht oft vor. Wenn ein Gast das Zimmer bis zum Check-out nicht verlassen hat, klopfen wir bei ihm an und fragen ob er verlängern möchte oder bitten den Gast höflich das Zimmer zu räumen.<<

>>Und wenn niemand öffnet, wenn niemand auf dem Zimmer ist?<< hackte Laura weiter nach.

>>In dem Fall versuchen wir den Gast telefonisch oder per E-Mail zu erreichen. Wenn uns das auch nicht gelingt, wird ihm eine weitere Nacht in Rechnung gestellt.

>>Aber was ist, wenn Sie das Zimmer benötigen?<<

>>Glücklicherweise verfügt unser Hotel über genügend Zimmer, somit hatten wir diesen Fall noch nicht. Wie schon erwähnt, kommt das nur selten vor.

Kann ich sonst noch etwas für Sie tun?<< fragte er freundlich, aber bestimmt und beendete das Thema damit.

>>Nein, haben Sie vielen Dank. Damit haben Sie mir sehr geholfen.<<

Kapitel 12

Freitag 17. Juni 2022

Nachdem Laura sich in ihrem Zimmer eingerichtet hatte, was wirklich sehr geschmackvoll eingerichtet war, stellte sie fest, dass sie den ganzen Tag noch nichts Ordentliches gegessen hatte. Genau das machte sich jetzt bei ihr bemerkbar.

Ein Blick auf die Uhr verriet ihr, dass es bereits kurz nach 22 Uhr war und die Chancen auf eine richtige Mahlzeit verschwindend gering waren.

Sie warf einen Blick in die Karte des Zimmerservices, musste aber enttäuscht feststellen, dass auch hier warme Mahlzeiten nur bis 22 Uhr zubereitet wurden.

Kurz entschlossen machte sie sich daher auf den Weg in die Stadt.

Sie entschied sich die Treppe statt den Aufzug zu nehmen und hüpfte leichtfüßig die Stufen der beiden Stockwerke hinunter. Sie Durchquerte die Lobby, nickte dem Rezeptionist freundlich zu und verließ das Hotel durch die Drehtür.

Draußen war es noch erstaunlich warm und in den Gassen rund um das Rathaus waren zahllose Menschen unterwegs.

In einer Seitenstraße fand sie ein kleines, aber gut besuchtes Kebab-Restaurant. Die große Anzahl der Menschen, die sich hier einen Döner-Kebab kauften, sah sie als positives Zeichen.

Als sie Ihre Bestellung, einen großen Döner-Kebab mit allem, erhalten hatte, stellte sie sich an einen der Stehtische, die vor dem Restaurant aufgestellt waren.

Der Döner-Kebab schmeckte genauso gut wie er roch.

Sie orderte ihn, mit viel scharfem Gewürz und eine wohlige Wärme breitete sich davon in ihrem Mund und auf ihren Lippen aus. Allerdings überlegte sie, ob sie ihren Kollegen zu liebe, lieber die Soße ohne Knoblauch hätte nehmen sollen.

Als sie fast aufgegessen hatte, überkam sie plötzlich ein seltsames Gefühl.

Es kam ihr vor, als würde sie beobachtet werden.

Sie nahm noch einen Bissen und blickte dann unauffällig auf, ganz so, als würde sie einfach nur etwas verträumt in die Straßen schauen, während sie bis zum nächsten Bissen kaute.

Dieses Vorgehen wiederholte sie noch drei Mal und konnte sich ein Bild ihrer Umgebung und der Menschen um sie herum machen.

Etwas Auffälliges konnte sie jedoch nicht erkennen.

Ein jugendliches Paar in durchgehend dunkler Kleidung, er mit zerrissener schwarzer Jeans und sie mit kurzem Rock und löchriger Strumpfhose, lehnte die Straße etwas weiter unten an einer Hauswand und knutschte wild und hemmungslos, sie schienen ihre Umwelt völlig vergessen zu haben.

Auf der anderen Straßenseite lief eine Gruppe junger Erwachsener die Straße hinab, alle waren miteinander im Gespräch, auch sie schienen sie oder die anderen Gäste vor dem Restaurant überhaupt nicht wahrzunehmen.

Am oberen Ende der Straße querte eine weitere Straße, auf deren gegenüberliegender Seite sich eine Bar mit Tischen und Stühlen vor dem Gebäude befand. Dort saßen einige Menschen, die jedoch zu weit von ihr entfernt waren, als dass sie hätte erkennen können, ob sie von dort aus jemand beobachtet.

Normalerweise hatte sie einen guten Instinkt, was solche Sachen betraf. In diesem Fall entschied sie jedoch, dass ihr Kopf ihr, aufgrund der Ereignisse des heutigen Tages, vermutlich einen Streich spielte.

Trotzdem oder vielleicht genau deshalb, beschloss sie, auf den Weg zurück zum Hotel die Straße hinauf zu gehen und vor der Bar rechts abzubiegen. Das war zwar ein kleiner Umweg, aber so hatte sie die Möglichkeit, einen kurzen Blick auf die Gäste, die dort saßen, zu werfen.

Die meisten Anwesenden waren mindestens zu zweit und in Gespräche verwickelt.

Nur ein junger Mann saß alleine, zurückgelehnt in seinem Stuhl, an einem Tisch. Er trug weiße Turnschuhe, eine dunkle Baggyhose, ein dunkelgrünes T-Shirt mit weißem Aufdruck auf der Brust und eine Baseballmütze der New York Yankees.

Sein Blick war nach unten auf sein Mobiltelefon gerichtet und der Schirm seiner Mütze verdeckte einen Großteil seines Gesichtes. Nur sein Mund war zu erkennen, er hatte eine kleine Narbe, die von seiner linken Unterlippe aus ging.

Trotz alledem beunruhigte Laura sein Anblick nicht, auch er schien nicht auf seine Umgebung zu achten.

Ihm gegenüber stand ein weiterer Stuhl, der leicht schräg vor dem Tisch positioniert war. Womöglich wartete er nur auf sein Gegenüber, der oder die gerade die Toilette aufsuchte.

Kapitel 13

Samstag 18. Juni 2022

Laura Lindholm hatte eine kurze aber gute Nacht.

Trotz ihres vorübergehenden unguten Gefühls am Vorabend, hatte sie gut geschlafen.

Nach einer ausgiebigen Dusche und gutem Frühstück, am reichhaltigen Buffet des Hotels, machte sie sich auf den Weg zum Präsidium.

Obwohl es noch früh am Morgen war, war die Luft angenehm warm und der Tag versprach wieder sehr heiß zu werden.

Als sie um sieben Uhr ins Präsidium kam, waren Peter Jakobs und Samantha Mahdi bereits in der Kaffeeküche.

Peter trug auch an diesem sonnigen und warmen Morgen wieder einen Anzug. Noch war es nicht sehr heiß, doch Laura verstand nicht, wie Männer im Hochsommer einen Anzug tragen und trotzdem scheinbar nicht schwitzen mussten.

Samantha, war heute in einem ganz anderen Look. Sie trug eine blaue Jeans, weiße Sneaker und dazu ein weißes, feminin geschnittenes T-Shirt. Durch die Laschen ihrer Hose war ein Gürtel gefädelt, der fast die gleiche Farbe hatte wie ihre hellbraunen Augen.

Peter war gerade dabei den Beiden einen Kaffee einzugießen als er Laura erblickte.

>>Guten Morgen Laura, möchtest du auch einen Kaffee?<< fragte er mit einem Lächeln im Gesicht. Dabei griff er bereits nach einer weiteren Tasse, ganz in der Erwartung, dass Sie ja sagen würde.

>>Guten Morgen.<< sagte Laura und schaute dabei beide kurz an, bevor sie sich wieder an Peter wandte. >>Ja, liebend gerne.<<

Der wohlriechende Duft des frischen Kaffees hatte sich schon bis zum Eingang zu den Büros ausgebreitet und sie wohlriechend empfangen.

>>Guten Morgen.<< begrüßte sie auch Samantha. >>Hast du gut geschlafen?<<

>>Sehr gut, danke der Nachfrage. Die Betten im Hotel sind wirklich ausgezeichnet.<<

Laura verlor keine Zeit und kam direkt auf die Arbeit zu sprechen.

>>Gestern Abend habe ich die Chance ergriffen und den Concierge gefragt, ob es bei Ihnen auch schon einmal vorkam, dass Gäste nicht rechtzeitig ausgecheckt haben.<<

Laura berichtet den Beiden von dem Gespräch und nahm dabei die Kaffeetasse entgegen, die ihr Peter reichte.

>>Also scheint die Geschichte glaubhaft zu sein und wir können uns darauf konzentrieren, warum Maja in Stuttgart war. Außerdem müssen wir überprüfen, ob es schon ähnliche Morde mit einem Dolch gegeben hat.<< stellte Peter fest.

>>Ich versuche herauszufinden, warum Maja in Stuttgart war und kläre, was die kriminaltechnische Untersuchung ergeben hat.<< sagte Samantha.

>>Wenn die KTU noch nichts hat, mach etwas Druck.<< sagte Peter. >>Solange wir im Dunklen tappen, möchte ich so schnell wie möglich Ergebnisse haben. Ich möchte unter allen Umständen einen weiteren Mord verhindern und den Täter so schnell wie möglich schnappen. Ich versuche herauszufinden, ob wir schon ähnliche Fälle hatten. Ich werde auch

nochmal bei unserem Rechtsmediziner Doctore Alexander Bertold anrufen.<< wobei er "Doctore" mit einem verschmitzten Lächeln im Gesicht betonte. >>Vielleicht hat er etwas herausgefunden. Bei unserer Schnüffelnase für besondere Kriminalfälle kann ich mir gut vorstellen, dass er selbst eine Recherche betreibt.<<

>>Und ich werde mich mit meinen Kollegen in Stockholm in Verbindung setzen.<< sagte Laura. >>Mal sehen ob sie schon Verwandte oder die Eltern von Maja Larsson ausfindig machen konnten.<<

Kapitel 14

Freitag 15. März 2019

Alles war perfekt vorbereitet.

In einem Waldstück hatte er schon früher beim Spielen per Zufall einen total verwilderten Eingang zu einem unterirdischen Tunnelsystem mit einzelnen Räumen zu beiden Seiten gefunden.

Heute würde man einen solchen Ort wohl als "Lost Place" bezeichnen.

Er war froh darüber, niemandem von diesem Ort erzählt zu haben. Im Internet hätte sich der Standort der Anlage verbreitet wie ein Lauffeuer.

Vor dem Eingang war in der Zwischenzeit ein unwegsames Dickicht gewachsen.

Um unliebsame, neugierige Menschen, die sich zufällig hierher verirren sollten, von der unterirdischen Anlage fernzuhalten, schlug er keine direkte Schneise in das Dickicht sondern begann hinter dem Eingang und zog sie in einem Dreiviertelkreis um den Zugang herum. So konnte man ihn von keinem Punkt aus direkt einsehen.

Vorsorglich hatte er trotzdem ein Schild angefertigt, auf dem stand: Achtung Lebensgefahr! Betreten verboten! und ein Schloss an der Stahltür angebracht.

Im Inneren, hatte er anschließend einen der Räume genau nach seinen Vorstellungen hergerichtet.

Der Raum war ungemütlich und kalt, aber er sorgte dafür, dass es seinem Opfer an nichts fehlen würde.

Durch den direkt daneben angrenzenden Raum würde er ständig in der Lage sein, sein Opfer zu beobachten, ohne dass es das merken würde.

Jetzt musste er nur noch sein Opfer in den Raum bringen.

Sein nächstes Opfer war ihm schon lange bekannt. Ein nerviges Individuum, was nun endlich bekommen würde, was ihm gebührt.

Wenn er nur daran dachte, wie es sich immer aufführte, drängte sich sofort der Gedanke an das, was er mit seinem Oper machen würde, in den Vordergrund.

Voller innerer Erregung ging er seinen Plan immer und immer wieder durch, bis es an der Zeit war, sich auf den Weg zu machen.

Kapitel 15

Samstag 18. Juni 2022

Alle waren beschäftigt und in dem kleinen Raum war es ruhig geworden, nachdem Laura und Peter ihre Telefonate beendet hatten. Lediglich das fortwährende Summen, der in die Decke eingelassenen Klimaanlage, war zu hören, während Samantha am Telefon lauschte.

Nachdem sie das Gespräch mit der KTU beendet hatte sagte Sie mit kräftiger Stimme:

>>Ich habe etwas.<<

>>Sam, was hast du?<< hackte Peter sofort nach.

Auch Lauras Aufmerksamkeit hatte sie sofort.

>>Die Kriminaltechnik hat eine, auf Englisch geschriebene E-Mail, auf Maja Larssons Mobiltelefon gefunden. Sie hatte Kontakt zu einem gewissen Professor Dr. Gerstenmeier. Es hat wohl irgendetwas mit ihrer Schwester zu tun, zu der er Neuigkeiten hätte.<<

>>Uns ist nichts über eine Schwester bekannt.<< stellt Laura fest. >>Die Kollegen in Stockholm haben die Eltern ausfindig gemacht, aber sie bisher nicht erreichen können.<<

>>Mehr haben wir leider noch nicht. Die E-Mail war auf Ihrem Mobiltelefon, zusammen mit der Antwort, dass sie sich auf den Weg zu ihm machen würde, da der Professor weiteres lieber mit ihr persönlich besprechen wollte. Vermutlich gibt es weitere E-Mails, die in der Cloud gespeichert sind. Auf die hat die KTU aber noch keinen Zugriff. Laut Bewegungsprofil, das uns inzwischen vorliegt war ihr Mobiltelefon am 14. Juni

fast den ganzen Tag in der Nähe des Wohnortes des Professors in einer Funkzelle eingeloggt.<<

>>Okay, dann wissen wir jetzt zumindest warum sie nach Stuttgart gekommen war. Ihr Beide macht euch auf den Weg zu diesem Professor Doktor Gerstenmaier und fragt ihn einfach selbst um was es genau ging. Aber bitte, seid vorsichtig, gebt Meldung in der Zentrale, wenn ihr dort ankommt und wenn ihr wieder geht. Wenn euch irgendetwas unsicher vorkommt, fordert Verstärkung an. Vielleicht war das Ganze eine Falle.<< betonte Peter mit Nachdruck in der Stimme. >>Ich bin immer noch daran alte Fälle auf Übereinstimmungen zu überprüfen, außerdem treffe ich mich in einer Stunde mit Alexander.<<

>>Alles klar.<< sagte Samantha und nickte zu Laura, die schon im Begriff war, sich von ihrem Stuhl zu erheben.

Samantha fuhr genau wie Peter einen Mercedes C-Klasse, allerdings ein noch sportlicheres Modell in mattem Silbergrau mit roten Anschnallgurten und sehr sportlichen Sitzen.

>>Für wilde Verfolgungsjagden?<< fragte Laura scherzhaft mit einem Lächeln im Gesicht, nachdem sie sich in den Beifahrersitz hatte fallen lassen.

>>Ja genau, damit uns die bösen Buben nicht entkommen.<< gab Samantha zurück und zwinkerte ihr dabei zu.

Nachdem sie die Tiefgarage verlassen hatten und auf dem City-Ring aufgefahren waren, wollte Samantha etwas mehr über ihre schwedische Kollegin erfahren.

>>Woher kannst du so gut deutsch?<< fragte sie ohne Umschweife.

>>Meine Mutter ist Deutsche. Meine Oma, also ihre Mama ist nach dem Krieg aus Spanien nach Deutschland gekommen und hat dort ihre große Liebe geheiratet. Sie lebten in Kiel. Meine Mutter hat sich wiederrum während einem Urlaub in Schweden nicht nur in das Land verliebt.<<

>>Wow, dann hast du ja einen wilden Mix an Vorfahren, wobei du vom Äußerlichen genau meinen Vorstellungen einer Schwedin entsprichst.<<

>>Ja, da haben wohl die Gene meines Vaters großen Einfluss gehabt.<< antwortete Laura mit einem weiteren Lächeln.

>>Daher auch Laura?<<

>>Ja, meine Mutter wollte als Gedenken an meine Oma, dass ich ihren Namen bekomme. Sie ist kurz vor meiner Geburt gestorben, das war sehr schwer für meine Mutter, da sie ihrer Mutter das eigene Kind nicht mehr vorstellen konnte.

>>Das kann ich mir gut vorstellen, das erklärt jedenfalls woher dein perfektes Deutsch kommt.<<

>>Naja, perfekt würde ich es nicht nennen, aber es hat schon seine Vorteile mit mehreren Sprachen aufzuwachsen.<<

>>Du sprichst noch mehr Sprachen?<< fragte Samantha und schaute sie für einen Augenblick lang an.

>>Neben Deutsch und Schwedisch hat mich meine Mutter spanisch erzogen. Später in der Schule kam dann noch Englisch und Russisch dazu.<<

>>Fünf Sprachen, waow, davon kann ich leider nur träumen.<<

>>Woher stammen deine Eltern?<<

>>Mein Vater kommt aus dem Irak, er ist frühzeitig nach Deutschland gekommen, bevor dort der Krieg

ausgebrochen ist. Auch er hat hier seine Liebe gefunden und den Rest kannst du dir denken.<<

Nach einer kurzen Pause fügte sie noch hinzu:

>>Bei mir kommt dann aus der Schule noch ein halbwegs akzeptables Englisch hinzu. Damit komme ich auf 3 ½ Sprachen.<<

>>3 ½ ?<< fragte Laura verwundert.

>>Deutsch, Arabisch, Englisch und Schwäbisch!<< sagte Samantha mit felsenfester Stimme, bevor beide in heiteres Gelächter ausbrachen.

>>Aber ich finde den Dialekt schrecklich, daher spreche ich ihn nie. Sag das aber bloß nicht weiter, sonst bin ich bei der Hälfte der Kollegen unten durch.<< fügte sie scherzhaft hinzu.

Sie waren gut durch den Stuttgarter Stadtverkehr gekommen. Samantha reduzierte die Geschwindigkeit und fuhr nun sehr langsam durch eine Straße.

>>Das Haus da vorne müsste es sein.<< sagte Samantha und parkte den Wagen schließlich an der Straße, etwa zwanzig Meter vor dem Haus, um es noch einen Augenblick ungestört von außen betrachten zu können.

Schon wenige Sekunden, nachdem sie den Motor abgestellt hatte, stieg die Temperatur im Auto merklich an.

Sie beobachteten das Haus, hielten Ausschau nach irgendetwas Auffälligen, konnten aber beide nichts feststellen.

Bevor sie ausstiegen, gab Samantha noch in der Zentrale Bescheid, dass sie angekommen waren und nun den Verdächtigen aufsuchen würden.

Kapitel 16

Als Peter beim forensischen Institut ankam, war Alexander bereits da und wartete auf ihn.

Alexander saß auf einem Hocker mit Rollen und schien bester Laune zu sein.

Hoffentlich hat das etwas mit dem Fall zu tun, dachte Peter.

Er begrüßte Alexander mit einer aufwärts ausgeführten Nickbewegung des Kopfes.

Der Rechtsmediziner verstand sofort, dass Peter keine Zeit und Lust auf Geplänkel hatte, daher ließ er Peter erst gar nicht zu Worte kommen. Er kannte die Frage ohnehin schon, die: Und was haben wir? oder: Was gibt es Neues? lauten würde.

>>Die gute Nachricht lautet, wir kennen den Tatort. Die Faserreste, die ich in Mund und Nase gefunden habe, stimmen mit der Bettwäsche überein, welche die Kollegen aus der Pension vorbeigebracht haben. Außerdem habe ich Speichelreste an dem Kissenbezug gefunden, der DNA-Abgleich bestätigt, dass diese von Maja Larsson sind.<<

>>Gut, gut, das sind endlich mal gute Nachrichten und was ist die schlechte Nachricht?<<

>>Wir haben keine weiteren Spuren an der Bettwäsche gefunden und das Personal hat gute Arbeit geleistet. Das Zimmer war wirklich sehr sauber. Einzelne Hautpartikel oder ausgefallene Haare, aber nichts verwertbares.<<

>>Gar nichts?<<

>>Nope, niente.<<

>>Kein Blut von Frau Larson?<<

>>Nichts. Und, soweit erkenntlich auch keine übermäßigen Reinigungsspuren.<<

>>Verdammt!<< entfloh es Peter der sich an einen der Obduktionstische gelehnt hatte und mit den Händen darauf abstützte.

>>Ich habe selbst einmal angefangen etwas zu recherchieren.<< sagte Alexander nach einer kurzen Pause.

Peter konnte sich ein Lächeln nicht verkneifen, als der Doctore diesen Satz aussprach.

Alexander wiederum wusste sofort, was Sache war, immerhin kannten sich die Beiden schon eine halbe Ewigkeit.

Früher in der Schule waren Sie gute Freunde gewesen. Nach dem Abitur verloren sie sich eine Weile aus den Augen. Peter war danach sofort zur Polizei gegangen.

Schon in der Schule hatte er ein ausgezeichnetes Gespür dafür, wenn etwas nicht stimmte. Zusammen haben sie sich dann auf Spurensuche begeben und "die Fälle" gelöst.

Eigentlich dachte Peter, dass auch sein Freund Alexander mit zur Polizeischule kommen würde, doch insgeheim hatte er schon immer den Verdacht, dass Alexander in die Fußstapfen seines Vaters treten würde und Medizin studieren würde. Umso schöner war es, als er erfuhr, welchen Weg Alexander letztendlich eingeschlagen hatte und dass sie nun quasi doch wieder zusammen an Fällen arbeiteten.

>>Leider habe ich nichts gefunden, rein gar nichts!<< fuhr Alexander fort.

>>Du zerstörst meine Hoffnungen.<< entgegnete Peter leicht zynisch, obwohl ihm gar nicht nach Scherzen zumute war.

Hoffentlich erreichen Sam und Laura etwas, dachte er sich.

>>Ich meine, es gibt Fälle, die mit einem Dolch zu tun haben, aber entweder liegen diese schon viel zu lange zurück, der Täter sitzt hinter Gitter oder alle weiteren Parameter passen überhaupt nicht ins Bild. Ich habe auch etwas im Kollegium herum gefragt, keiner kann sich an einen ähnlichen Fall erinnern, in dem ein Dolch in dieser Art und Weise, als Tatwaffe verwendet wurde.<<

>>Das ist doch zum...<<

>>...Mäuse melken?<<

Die Beiden schauten sich an und lachten.

>>Ja genau.<< sagte Peter. >>Das haben wir früher immer gesagt. Ich glaube es gab eine Zeit, da war alles zum...<<

>>Mäuse melken!<< sagten die Beiden im Chor und lachten erneut.

Alexander hatte sich inzwischen zu Peter an den Obduktionstisch gesellt und sie lehnten halb sitzend mit dem Rücken an dem Tisch. Die Kühle des Edelstahls tat gut, im Gegensatz zu der Hitze die draußen mittlerweile herrschte.

>>Ich hoffe, Sam und Laura haben mehr Glück.<<

Peter berichtete seinem Freund von der E-Mail und davon, dass Sam und Laura gerade in diesem Moment dabei waren, den Verdächtigen zu verhören.

>>Aber sag du mir, wieso hast du heute so außerordentlich gute Laune?<<

>>Ein Gentleman genießt und schweigt.<< gab Alexander nur knapp zurück.

>>Ohja, und ich dachte du hast ein Auge auf unsere neue Kollegin aus Schweden geworfen, so wie du dich gestern angestellt hast.<<

Alexander bestrafte ihn für diese Aussage mit einem kühlen Blick.

>>Dieses Mal könnte es etwas ernsteres sein.<<

>>Oh, und das aus dem Munde unseres Doctore Casanova.<< sagte Peter und konnte sich ein Lachen nicht verkneifen.

>>Sie heißt Isabella, ist nicht der Name schon im wahrsten Sinnes des Wortes schön?<< fragte Alexander und zerfloss dabei Sprichwörtlich.

>>Oh Mann, dich scheint es ja ganz schön erwischt zu haben. Und warum ist es dieses Mal vielleicht etwas ernsteres?<< wollte Peter wissen und beobachtete seinen Freund dabei ganz genau.

>>Wir haben uns schon vor zwei Jahren auf einer Messe in Freiburg, der Leben und Tod, kennengelernt. Aber erst vor kurzem sind wir wieder aufeinander gestoßen. Sie sollte einen Leichnam zur Bestattung abholen, der von mir obduziert wurde. Eigentlich nichts Besonderes, ein Autounfall mit Todesfolge. Bei der Staatsanwaltschaft sind dann Ungereimtheiten aufgetaucht und ich sollte, wahrlich in letzter Minute, noch einen weiteren Test durchführen. Dadurch kam es zu Verzögerungen und Isabella und ich hatten in der Zwischenzeit gezwungenermaßen Zeit uns zu unterhalten.<< sagte Alexander mit einem breiten Lächeln im Gesicht.

>>Ach du Armer.<< stichelte Peter.

>>Weißt du, wenn Frauen hören, dass du Arzt bist, sind sie Feuer und Flamme. Wenn Sie dann jedoch mitbekommen, dass du Rechtsmediziner bist und mit

Toten zu tun hast... nun ja, den Rest kannst du dir ja denken.<<

>>Ah verstehe. Und bei Isabella,<< wobei Peter "Bella" dabei besonders betonte, >>ist das etwas anderes, da sie selbst mit Toten zu tun hat.<<

>>Ganz genau.<< sagte diesmal Alexander in einem neckischen Ton. >>Sehr gut kombiniert Herr Kommissar.<<

>>Und wenn ich weiter kombinieren darf, so wie du heute gut gelaunt bist, hattet ihr gestern ein Date.<<

>>Exacte commissar!<< schloss Alexander das Thema auf Latein ab.

Kapitel 17

Samstag 18. Juni 2022

Samantha und Laura gingen auf eine Villa im Jugendstil zu. Eine Treppe führte die Beiden im 90 Grad Winkel auf eine Veranda, die vom darüber liegenden ersten Stock überdacht war. Die hölzerne Eingangstür war mit zahllosen Verzierungen versehen. In der Mitte der Tür war ein Bleiglasfenster mit wellenförmigen Elementen eingelassen. Direkt unter dem Fenster befand sich ein Türklopfer, der mit seinen Verzierungen perfekt zur Eingangstür passte.

Da die Beiden keine Türklingel finden konnten, betätigte Samantha den Türklopfer zwei Mal kräftig.

Es dauerte etwa eine Minute, bis ein schlanker Mann mittlerer Größe mit nahezu weißem Haar die Tür öffnete. Der Mann trug ein weißes Hemd zu einer dunkelblauen Anzughose mit passender Weste, deren unterster Knopf geöffnet war.

>>Sie wünschen?<< fragte er und musterte die beiden Frauen aufmerksam von Fuß bis Kopf.

>>Professor Dr. Gerstenmeier?<< fragte Samantha.

>>Ja. Mit wem habe ich das Vergnügen?<< gab der Professor die Frage zurück.

>>Oberkommissarin Samantha Mahdi, Kriminalpolizei Stuttgart, das hier ist meine Kollegin Kriminalhauptkommissarin Laura Lindholm aus Stockholm.<<

Der Professor brauchte nicht lange, um zu kombinieren, was es zu bedeuten hatte, wenn eine Polizistin aus Schweden vor seiner Tür stand.

>>Bitte kommen Sie herein.<< sagte der Professor und machte eine einladende Geste in den großzügig gestalteten Eingangsflur des Hauses.

Im Inneren des Hauses war es merklich kühler und Samantha atmete einmal kräftig ein und inhalierte die angenehme, scheinbar frische Luft.

Als der Professor die Tür hinter den Beiden geschlossen hatte, ging er an ihnen vorbei und bedeutete ihnen, ihm zu folgen.

Das Wohnzimmer lag am anderen Ende des Stockwerks, durch dessen Fenster man einen fantastischen Blick, vermeintlich über ganz Stuttgart hatte.

Im Inneren war die Villa passend zum Baustil des Hauses eingerichtet.

>>Ein sehr schönes Haus haben Sie.<< eröffnete Laura das Gespräch, als sie auf filigranen Sesseln mit verschnörkelten Armlehnen gegenüber dem Professor Platz genommen hatten. >>Ende 19. Jahrhundert?<< fügte sie die Frage, ihrer Aussage noch hinzu.

>>Anfang 20. Jahrhundert.<< korrigierte der Professor mit Bewunderung. >>Das Haus wurde kurz vor dem Ersten Weltkrieg gebaut, den es unbeschadet überstand. Das Haus befindet sich seit drei Generationen in Familienbesitz. Im Zweiten Weltkrieg wurde es schwer beschädigt, meine Eltern bauten es daraufhin wieder auf. Leider gingen dabei viele bedeutsame Elemente des Hauses verloren. Was soll ich sagen, das Geld war knapp und die Ressource erst recht. Nach dem Tod meiner Eltern habe ich damit begonnen das Haus wieder nach den Ursprungsplänen umzubauen, natürlich wurde es dabei technisch neuzeitlich modernisiert.<<

>>Und dem Jugendstil gerecht eingerichtet.<< ergänzte Laura Lindholm.

>>Sie kennen sich sehr gut aus.<< betonte der Professor.

>>Ich komme aus Schweden, wir Schweden haben ein Faible für Kunst und Design.<< konterte Laura mit einem Augenzwinkern.

>>Aber deshalb sind Sie nicht den weiten Weg aus Stockholm gekommen.<< stellte der Professor fest und der Ausdruck in seinem Gesicht ändert sich. Es schien so, als gäbe es einen Professor für Smalltalk und einen weiteren für ernste Angelegenheiten.

>>Nein. Sie hatten Kontakt zu Maja Larsson?<< fragte Laura

>>Ist ihr etwas zugestoßen?<<

>>Bitte beantworten Sie die Frage.<< gab Samantha in hartem Ton zurück.

Der Professor schaute sie kurz verwundert an und blickte dann zu Laura zurück, die eindeutig die Freundliche der Beiden zu sein schien.

>>Frau Larsson kontaktierte mich Ende letzten Jahres. Sie sagte, sie sei auf der Suche nach ihrer Schwester. Besser gesagt, sie ist auf der Suche nach ihrer Schwester, von der nicht einmal klar ist ob es sie überhaupt gibt.<<

>>Und was haben Sie damit zu tun?<< wollte Laura weiter wissen.

>>Ich habe mich auf das Gebiet der Ahnenforschung spezialisiert. Das ist kein Geheimnis. Sie klang sehr verzweifelt, beteuerte immer wieder, schon alles in ihrer Macht stehende versucht zu haben, sie zu finden. Ich habe ihr gesagt, dass es doch möglich sei, dass sie gar keine Schwester habe, nach allem was sie mir berichtet

hatte und das ich mich auf Ahnenforschung spezialisiert habe und nicht auf Vermisstenfälle.<<

>>Was hat sie dazu gesagt?<<

>>Sie sagte, sie würde es spüren, dass sie eine Schwester hat und dass sie glaube, dass ich ihr trotzdem helfen könnte. Sie bot mir viel Geld für meine Hilfe an.<<

Samantha und Laura wechselten einen Blick.

>>Wie viel Geld?<< wollte Samantha wissen.

Der Professor blickte zu Samantha Mahdi, als diese die Frage stellte, wandte sich aber wieder Laura Lindholm zu, als er sie beantwortete.

>>100.000 Euro, nur wenn ich ihr helfen würde und nochmals so viel wenn ich sie finden würde.<<

>>Woher hatte sie so viel Geld?<< fragte Laura den Professor.

>>Das kann ich Ihnen nicht sagen.<<

>>Haben Sie das Angebot angenommen?<<

>>Natürlich nicht! Also ja, ich meine nein. Ich habe ihr angeboten, ihr zu helfen, aber ich habe ihr gesagt, dass ich ihr mein normales Honorar auf Stundenbasis in Rechnung stellen würde. Aber so sagen Sie mir doch bitte, ist mit Frau Larsson alles in Ordnung? Haben Sie ihre Schwester gefunden?<<

Die beiden Polizistinnen ignorierten die Fragen des Professors.

>>Wann haben Sie Frau Larsson das letzte Mal gesehen?<< wollte Laura wissen.

Laura war zu dem Zeitpunkt klar, dass die Beiden sich vermutlich noch nie gesehen hatten, es sei denn, der Professor war ihr Mörder. Es wäre allerdings auch nicht das erste Mal, dass sich ein Verdächtiger in solchen Situationen in Widersprüche verwickelt oder etwas von sich gibt, was er gar nicht wissen könnte.

>>Frau Larsson und ich sind uns nie begegnet. Die erste Kontaktaufnahme war per Telefon. Sie hat mich angerufen, wie ich ihnen vorhin schon berichtete. Alles Weitere kommunizierten wir per E-Mail. Ich habe ihr einen Vertrag mit meinem Honorar zukommen lassen. Sie war einverstanden und ich habe meine Arbeit aufgenommen. Danach gab es nur noch eine weitere E-Mail, in der ich ihr mitteilen musste, dass ich leider nichts über ihre Schwester, insofern sie überhaupt existierte, in Erfahrung bringen konnte. Meine Rechnung habe ich dieser letzten Mail beigefügt. Frau Larsson hatte diese sofort beglichen und seither habe ich nichts mehr von ihr gehört oder gelesen. Ich habe vermutet, dass Sie sich, in ihrer Trauer oder Verzweiflung, an jemand neues gewandt hatte.<<

>>Frau Larsson war also nicht vergangenen Dienstag bei Ihnen?<< fragte Samantha mit Nachdruck.

>>Nein.<< antwortete der Professor verwundert und blickte die beiden Polizistinnen dabei abwechselnd an.

>>Und Sie haben Ihr in den letzten Tagen auch keine weitere E-Mail geschrieben?<< bohrte Samantha weiter nach.

Wieder verneinte der Professor mit einem kurzen Nein, wobei er den Kopf schüttelte.

>>Wie erklären Sie sich dann diese E-Mail?<< fragte Samantha und hob den Professor ihr Mobiltelefon vor seine Augen.

Der Professor rückte die Brille auf seiner Nase zurecht und beugte sich nach vorne, um die E-Mail auf dem kleinen Display lesen zu können.

>>Hören Sie.<< setzte er an, nachdem er die E-Mail gelesen hatte und lehnte sich dabei wieder zurück in den Sessel. >>Ich habe keine Ahnung, wer Frau Larsson diese E-Mail geschrieben hat, ich war es jedenfalls nicht.

>>Wir können anhand von Funkzellenauswertungen nachweisen, dass Frau Larsson am Dienstag, den 14. Juni, den ganzen Tag bei Ihnen gewesen war.

Der Professor wurde merklich nervös, ein gutes Zeichen dachte sich Laura, doch so schnell wie er nervös geworden war, sammelte sich der Professor auch wieder. Er setzte sich aufrecht, griff seine Weste links und rechts der Taille zog sie nach unten und strich sie mit einer Abwärtsbewegung über Brust und Bauch wieder glatt.

>>Am Dienstag den 14. Juni 2022?<< fragte er zur Kontrolle noch einmal in den Raum.

>>Ja, vergangenen Dienstag.<< bestätigte Samantha.

>>Vergangenen Dienstag war ich auf einer Tagung in Hamburg. Ich reiste am Montag mit dem Zug an. Das Hotel Barceló, in dem auch die Tagung stattfand, liegt nur unweit des Bahnhofs. Am Dienstag habe ich selbst dort einen Vortrag gehalten von etwa 13 bis 14 Uhr. Das können ihnen ca. 200 anwesende Zuhörer bestätigen. Da ich am Mittwoch am frühen Vormittag eine, seit langer Zeit geplante, Vorlesung an der Universität hatte, bin ich am selben Abend mit einem Taxi zum Flughafen gefahren. Der Flug hatte Verspätung. Ich bin erst kurz vor Mitternacht in Stuttgart gelandet und dann wiederum mit dem Taxi nach Hause gefahren. Bahn- und Flugtickets habe ich online gebucht und verwaltet. Diese kann ich Ihnen gerne per Mail zukommen lassen.<<

>>Kann Sie jemand anderes ins Haus gelassen haben? Ihre Frau, Bedienstete?<<

>>Meine Frau lebt leider nicht mehr, Gott habe sie selig und Bedienstete habe ich keine.

Die beiden Polizistinnen beobachteten den Professor nach seiner Antwort noch eine Weile.

Es entstand eine etwas zu lange Pause in dem Gespräch, doch der Professor blieb ruhig.

>>Das mit Ihrer Frau tut uns leid zu hören. Das war es dann fürs Erste. Bitte halten Sie sich zu unserer Verfügung.<< beendete Samantha schließlich das Gespräch.

Zurück am Auto öffneten die beiden Polizistinnen die Türen, blieben aber außen stehen und blickten noch einmal auf die Villa.

Heiße Luft strömte aus den geöffneten Türen des Autos.

>>Sackgasse.<< sagte Samantha.

Die Beiden blickten sich einander an und stellten fest, dass sie da drinnen Hand in Hand gearbeitet hatten, wie ein lang eingespieltes Team, obwohl sie sich noch nicht mal 48 Stunden kannten.

>>Das kann alles kein Zufall sein. Der Täter wusste genau, dass Maja Kontakt zu dem Professor hatte und er wusste auch, dass Sie auf eine vielversprechende Nachricht, ihre Schwester betreffend, sofort alles stehen und liegen lassen würde, um hierhin zu kommen.<<

>>Und er wusste vermutlich auch, wann der Professor nicht zu Hause sein würde.<< ergänzte Samantha.

Kapitel 18

Sein Plan war ein Meisterwerk. Zugegeben, er hatte etwas Hilfe, aber die benötigte er auch.

Jetzt saß sein Opfer jedenfalls in einem dunklen Raum und bibberte vor sich hin. Ob das durch den Schock, den es sicherlich erfahren hatte und das damit verbundenen Versagen des Kreislaufes hervorgerufen wurde, oder ob es vor Kälte war, konnte er nicht sagen.

Es war zwar ein warmer Frühlingstag, aber in dem unterirdischen Raum war es kalt und sein Opfer zudem, passend zu dem warmen Tag, leicht bekleidet. Es trug einen kurzen Jeansrock und ein weißes, bauchfreies Oberteil mit Blütenstickereien.

Dank der installierten Nachtsichtkamera mit Infrarot konnte er jederzeit sehen, was sein Opfer machte.

In den ersten zwei Stunden, nachdem es aufgewacht war, passierte rein gar nichts.

Es saß einfach nur da, die Knie an die Brust gezogen, die Arme umfassten fest die Knie und der Kopf lag mit der Stirn auf diesen auf, dabei bibberte es vor sich hin.

Danach kam eine Zeit, in der es anfing leise und unverständlich vor sich hin zu wimmern, bis es dann endlich passierte.

Ein lauter Schrei nach Hilfe. Ein Schrei aus tiefster Kehle mit voller Verzweiflung so laut, wie es nur schreien konnte.

Er lächelte innerlich und dachte sich, dass es noch bekommen würde, was es verdient, dass das hier erst der Anfang sein würde.

Nach ein paar weiteren verzweifelten Schreien wurden diese immer leiser und gingen wieder in ein leises Wimmern über.

Nach circa drei Stunden machte es sich daran, den Raum zu erkunden.

Vorsichtig fing es an, die Matratze auf der es saß abzutasten.

Es fand die seitlichen Ränder sowie die Decke, die er auf der Matratze platziert hatte und dann schließlich die Wand hinter sich.

Es stand mit den Händen an der Wand auf der Matratze auf.

Zögerlich tastete es sich weiter bis an den Rand der Matratze. Als der linke Fuß den Rand erreichte, stolperte es von der Matratze und erschrak sich.

Wieder musste er still und leise in sich hinein lachen. Das war knapp, dachte er sich.

Langsam tastete es sich weiter, bis es die hinterste Ecke des Raumes erreicht hatte.

An der nächsten Wand fand es nichts, also tastete es sich weiter um die nächste Ecke.

Plötzlich wurden die tastenden Bewegungen schneller und hektischer. Kein Wunder, es hatte die Tür erreicht.

Als es realisierte, dass es sich um einen Türrahmen handeln könnte, konnte man förmlich die Hoffnung in dem Gesicht ablesen.

Es tastete sofort wild auf Bauchhöhe an der Tür und fand den Türknauf.

Es rüttelte daran, versuchte den Knauf zu drehen, zu drücken und anzuheben, gefolgt von erneutem wildem Rütteln, doch nichts geschah. Die Tür bewegte sich keinen Millimeter.

Es folgten noch zwei ähnliche Versuche, die Tür zu öffnen.

Als es realisierte, dass sich die Tür nicht öffnen lassen würde, verschwand die Hoffnung aus dem Gesicht und wurde durch erneute Verzweiflung ersetzt. In der Verzweiflung schlug es mehrere Male mit voller Kraft gegen die Tür, und schrie immer wieder „Hallo, ist da jemand" bis die Schläge immer kraftloser wurden.

Als es sich wieder gesammelt hatte, tastete es sich weiter an der Wand entlang. Weiter zur dritten Ecke und um diese herum.

Plötzlich stieß es mit dem Fuß gegen einen Gegenstand. Es bückte sich und versuchte mit den Händen zu ertasten, um was es sich dabei handelte.

Es erkannte recht schnell, dass es ein WC war. Eine großartige Reaktion stellte sich dabei auf dem Gesicht nicht ein. Dies hatte er eigentlich anders erwartet.

Nachdem es das WC abgetastet hatte, ging es zögerlich mit kleinen tastenden Schritten um dieses herum und um die nächste und letzte Ecke. Es stieß erneut mit dem Fuß gegen etwas. Etwas, was dabei umfiel und in dem kleinen, dunklen Raum einen dumpfen Laut von sich gab.

Es erschreckte sich, bückte sich allerdings nach kurzer Zeit zögerlich danach.

Tastend fand es den Gegenstand und viele weitere, die auf einem Regal an der Wand waren.

Jetzt bekam er den Gesichtsausdruck, auf den er gewartet hatte.

Sein Opfer erkannte, dass es sich bei den Gegenständen um Wasserflaschen und um abgepacktes Essen handelte.

Fast zeitgleich realisierte es, dass es womöglich noch eine lange, sehr lange Zeit in dem kalten und dunklen Raum festsitzen würde.

Gefangen und alleine.

Es ließ sich entmutigt auf der Matratze nieder, wickelte sich in die Decke ein und ließ sich auf die Seite kippen. Zusammengerollt wie ein von der Mutter abhängiges Embryo, dachte er sich.

Schon alleine dieser Gesichtsausdruck, den er nun vor sich auf dem Display seines Mobiltelefons sah, löste eine innere Erregung in ihm aus. Eine Erregung, die ihn nach einer Zeit des Genusses befriedigte.

Kapitel 19

Samstag 18. Juni 2022

Auf dem zentralen Display des Mercedes schlängelte sich ein dreieckiger Pfeil entlang den kurvigen Straßen Stuttgarts hinab in Richtung Innenstadt, während angenehm kühle Luft aus den runden, verchromten Luftauslässen am Armaturenbrett strömte.

Samantha lenkte den Wagen zügig, aber gefühlvoll vorbei an parkenden Autos und dem entgegenkommenden Verkehr auf ihrem Weg zurück zum Präsidium.

Laura war in Gedanken versunken. Sie ging das Gespräch mit Professor Doktor Gerstenmeier in ihrem Kopf noch einmal durch, während sie aus dem Seitenfenster des Mercedes schaute und zwischen den Gebäuden hindurch immer wieder einen Blick auf die Stadt unter sich erhaschte.

Dies tat sie nach einer Befragung immer direkt im Anschluss, wenn es die Zeit und die Umstände zuließen.

Dabei wiederholte sie einzelne Ausschnitte eines Gesprächs immer wieder und achtete genau auf die getroffene Wortwahl und darauf, wie sich der oder die Befragte bei Fragestellungen und Antworten verhielt.

Wörter die nicht zum Sprachgebrauch ihres Gegenüber passten, waren immer ein Indiz für Stress und das sich der oder die Befragte unter Druck befand.

Auf diese Art und Weise hatte Laura schon den einen oder anderen Verdächtigen im Nachhinein überführt oder zumindest eine Lüge entlarvt.

>>Keine Unstimmigkeiten gefunden?<< fragte Samantha, nachdem sie erahnte, dass Laure ihre nachträglichen Überlegungen abgeschlossen hatte.

Laura sah sie einen Moment von der Seite an, verwundert über die Frage.

Sie hatte noch nie einen Menschen getroffen, für den sie offensichtlich ein so offenes Buch war.

Sie ersparte sich die Frage danach, woher Samantha wusste, über was sie nachgedacht hatte.

>>Nein, ich denke der Professor sagt die Wahrheit. Trotzdem Prüfen wir sein Alibi und befragen den Taxifahrer, der ihn nach Hause gefahren hat. Vielleicht ist ihm etwas aufgefallen, als er den Professor zu Hause absetzte und wir müssen sein komplettes Umfeld durchleuchten. Es muss eine Verbindung zwischen dem Professor und dem Täter geben. Ich glaube nicht daran, dass es Zufall war, dass Maja Larsson genau dann bei dem Professor eingetroffen ist, als dieser nicht zu Hause war.<<

>>Im Präsidium werde ich alternative Verbindungen von Ystad nach Stuttgart prüfen. Ich will wissen, wie wahrscheinlich es war, dass Maja genau zu dem Zeitpunkt beim Gerstenmeier eingetroffen ist, als dieser in Hamburg war.<< fügte Samantha hinzu.

Laura brachte ihre Zustimmung darüber, dass dies eine sehr gute Idee war mit einem stillen, langsamen, aber mehrfachen Nicken zum Ausdruck.

Den restlichen Weg zum Präsidium saßen sie schweigend nebeneinander im Auto.

Laura betrachtete Samantha gelegentlich mit einem kurzen seitlichen Blick.

Ihre Gabe, sich so einfühlsam in andere Menschen hineinversetzen zu können, machte sie in Lauras Augen neben ihrer äußerlichen Schönheit noch attraktiver.

Zurück im Präsidium, erwartet Peter die Beiden bereits.

Er saß auf seinem Bürostuhl und berichtete sofort von seinem Besuch bei Alexander, darüber, dass sie nun den Tatort kannten und darüber, dass Alexander natürlich eine eigene Recherche durchgeführt hatte, die aber bisher zu nichts führte.

Kapitel 20

Peter war warm geworden, er stand auf, zog sein dunkelblaues Jackett aus und hängte es fein säuberlich über die Rückenlehne seines Bürostuhls. Passend zum Sakko trug er eine Anzughose mit braunem Gürtel, abgestimmt auf seine braunen Wildleder-Sneaker. Die Sneaker und das weiße T-Shirt verleihen seinem Outfit einen lässigen Touch.

Ihm war heiß, nicht nur weil es draußen am heutigen Tage extrem warm geworden war, auch die Tatsache, dass Sie bisher noch keine heiße Spur hatten, brachte ihn ins Schwitzen.

>>Ich werde nach Schweden zurück fliegen.<< begann Laura eine neue Konversation, nachdem alle für eine längere Zeit geschwiegen hatten.

Samanthas Magen krampfte blitzartig zusammen. Sie sah Laura mit einem Gesichtsausdruck an, der eine Mischung aus Traurigkeit und Verwunderung war.

Auch Peter schaute sie verwundert an und brachte sein Unverständnis mit einem leichten Schulterzucken zum Ausdruck.

>>Ich muss mit Barkas sprechen. Er ist die einzige konkrete Verbindung, die wir derzeit haben. Wenn es für dich okay ist,<< dabei schaute Laura Peter an >>würde ich Samantha gerne mitnehmen. >>Wir waren heute bei der Befragung des Professors ein super Team. Natürlich nur wenn du das möchtest.<< sagte Laura, während ihre Blicke zwischen Peter und Samantha wechselten.

Samanthas Magen entkrampfte sich und stattdessen breitete sich ein freudiges, kribbelndes Gefühl in ihr aus. Sie war nicht überrascht davon, wie sehr sie sich wünschte noch länger mit Laura zusammen arbeiten zu können. Sie bekundete ihre Zustimmung mit leichtem, aber fast zu schnellem Kopfnicken. Sie wollte dabei nicht zu euphorisch wirken.

>>Anton wird davon nicht begeistert sein.<< sagte Peter. >>Ich sehe ihn schon mit hochroten Kopf vor mir, wenn er mich fragen wird, ob mir klar ist, was das für Kosten verursacht und wie viel Telefonate er führen und welchen Papierkram er dafür erledigen muss.<< Er machte eine Pause um die Bedeutung seiner nächsten Worte zu verstärken. >>Aber du hast Recht. Björn Barkas ist das einzige Bindeglied, das wir momentan haben. Ich hoffe, ihr könnt etwas erreichen.<<

Fast eine Stunde dauerte das Gespräch zwischen Peter und seinem Chef Anton Wagner.

Zuerst war er skeptisch, verstand jedoch recht schnell, warum es sich um eine gute Idee handelte. Allerdings verfinsterte sich seine Laune rasch, als ihm klar wurde, was das für ihn bedeuten würde, wenn er der Sache zustimmen würde.

So richtig in Fahrt kam Anton, als Peter ihm eröffnete, dass er Samantha bereits mit Laura losgeschickt hatte.

Peter blieb äußerlich ganz ruhig. Anton Wagner war inzwischen schon so lange sein Vorgesetzter, dass er ihn genau einschätzen konnte.

Natürlich war es nicht richtig gewesen, eine solche Entscheidung über seinen Kopf hinweg zu fällen, aber er hatte das Gefühl, dass Laura Recht hatte. Er kannte sie zwar noch nicht lange, aber bisher waren ihre

Einschätzungen immer richtig gewesen. Er vertraute auf ihr Urteilsvermögen und er mochte Sie.

Wahrscheinlich war es eine Kombination aus allem, warum er sie zusammen mit Sam nach Schweden gehen ließ, auch wenn er selbst gerne dabei gewesen wäre.

Wie dem auch sei, letztendlich urteilte er, dass seine Entscheidung richtig gewesen war und Laura diesen Vertrauensvorschuss verdient hatte.

Anton war sauer und ließ es ihn auch deutlich spüren, aber spätestens wenn die Beiden mit neuen Erkenntnissen zurückkommen würden, würde auch er erkennen, dass es richtig war.

Jetzt hieß es Daumen drücken, sie mussten einfach etwas in Erfahrung bringen, wenn nicht, dann würde er sich ein solches Vorgehen nicht noch einmal erlauben können.

Kapitel 21

Samstag 18. Juni 2022

Er hatte lange hin und her überlegt, er konnte sich nicht recht zwischen dem lässig-eleganten oder dem sportlich-schicken Outfit entscheiden.

Nach dem Date gestern konnte Alexander es kaum erwarten seine Bella heute endlich wieder zu sehen.

Ungezwungener, dachte er sich.

Nachdem er sie gestern fein zum Essen ausgeführt hatte, brachte er sie selbstverständlich nach Hause, so wie es sich für einen Gentleman gehörte.

Als er sich vor ihrer Haustür von ihr verabschiedet hatte und schon im Begriff war zu gehen, rief sie noch einmal seinen Namen. Fast wäre er wie ein kleines Kind herumgefahren, er fühlte sich wie ein frisch verliebter Teenager. Gerade noch konnte er sich beherrschen und blieb ruhig, aber freudig und drehte sich langsam zu ihr um.

Mit einer Hand streifte Isabella ihre langen dunkelbraunen Haare, die ein leichter Windhauch ihr ins Gesicht geweht hatte, zurück über ihre Schulter und fragte ihn verlegen, ob er morgen schon etwas vorhatte.

Viel zu schnell platzte ihm ein Nein heraus und er spürte, wie die Röte in ihm aufstieg. Er konnte nur hoffen, dass sie es in der Dunkelheit des späten Abends nicht sehen konnte.

Sie lud ihn zu sich nach Hause ein. Sie könnte etwas leckeres Kochen und er eine gute Flasche Wein mitbringen, schlug sie vor.

Da sie bei Isabella zu Hause sein würden und das sportlich-schicke Outfit gleichzeitig das gemütlichere sein würde, hatte er sich letztendlich dafür entschieden.

Sie hatte ein fabelhaftes Entrecôte, genau auf dem Punkt, gezaubert. Dazu feine Kartoffelschnitze und gedünstetes Gemüse.

Es war ein Genuss.

So gut hatte er schon lange nicht mehr gegessen, selbst das überteuerte Essen von gestern Abend, welches aus einer Sterneküche kam, konnte da nicht mithalten.

Der argentinische Malbec, den er mitgebracht hatte, passte ausgezeichnet dazu. Leider war die Flasche Wein viel zu schnell leer.

>>Ich denke, ich habe noch eine Flasche Wein im Keller.<< sagte sie, als sie den letzten Rest in sein Glas eingoss.

Als sie sich von ihrem Stuhl erhob, um für eine neue Flasche Wein in den Keller zu gehen, konnte Alexander seinen Blick nicht von ihr lassen.

Sie sah so bezaubernd aus in ihrem eng anliegenden schwarzen Kleid mit silberfarbenen Akzenten und Pailletten. Das Kleid war zwar um ihren Hals herum geschlossen, hatte aber auf der Vorderseite einen vertikalen Schlitz, durch den man ihr Dekolleté erahnen und bei manchen Bewegungen auch sehen konnte. Am Rücken war das Kleid tief ausgeschnitten. Das eng anliegende Kleid betonte ihre schmale Taille besonders. Das Kleid endete knapp über ihren Knien, wobei der Stoff unterhalb der Hüften nach unten hin, in einem gleitenden Übergang, immer durchsichtiger wurde und er durch den Stoff, die Silhouette ihre Schenkel sehen konnte.

Er schaute ihr so lange hinterher, bis sie um die Ecke verschwunden war und sie nicht mehr sehen konnte. Sein

Herz schlug ihm bis zum Hals.

Er konnte sein Glück kaum fassen eine so fantastische Frau kennen gelernt zu haben, die zugleich auch noch den Körper einer Göttin hatte.

Als sich sein Puls wieder zu beruhigen begann, stand er auf und begann damit, den Tisch abzuräumen. Als sie wiederkam, stellte er gerade den letzten Teller auf der Arbeitsplatte der offenen Küche ab.

Sie reichte ihm die Flasche, damit er sie öffnete und ging an ihm vorbei. Dabei streifte Sie mit ihren Fingern über seinen unteren Rücken.

>>Komm.<< sagte sie in verführerischen Tonfall und deutete mit dem Kopf in Richtung Sofa.

Nachdem er ihr ausgiebig hinterhergeschaut hatte, öffnete er die Flasche, schenkte den neuen Wein in die beiden Weingläser und machte diese dabei etwas zu voll. Daraufhin nahm er die Gläser und folgte ihr ins Wohnzimmer, wo sie bereits auf dem zweisitzigen Sofa Platz genommen hatte.

Alexander überlegte kurz, ob er sich neben sie, oder auf den Sessel zu ihrer Linken setzen sollte, entschied sich aber schnell, sich direkt neben Isabella zu setzen.

Sie unterhielten sich den ganzen Abend bis spät in die Nacht.

Sie sprachen über die Arbeit, das Leben, ihre Vorstellungen von der Zukunft und über die Schwierigkeit einen festen Partner zu finden. Wobei er sich letzteres bei ihr überhaupt nicht vorstellen konnte.

Nachdem sie auch die zweite Flasche gemeinsam geleert hatten und eine längere Pause entstanden war, stand Alexander auf um sich zu verabschieden.

Isabella erhob sich ebenfalls vom Sofa. Allerdings merkte sie die Wirkung des Weins und schwankte mit dem Oberkörper leicht auf Alexander zu.

Alexander hielt sie sofort an der Taille fest, um einen möglichen Sturz von ihr zu verhindern.

Isabella stützte sich mit den Händen an seinen Schultern ab und machte sich dabei etwas schwerer als notwendig.

Sie verharrten eine Weile in dieser Position und schauten sich dabei tief in die Augen, bis ihr Blick anfing zwischen seinen Augen und seinem Mund hin und her zu wechseln.

Alexanders Herz begann erneut zu rasen. Es war unmöglich, dass Isabelle dies mit ihren Händen, die immer noch auf seinen Schultern ruhten, nicht spürte.

Langsam kamen sie sich immer näher, bis ihre Lippen nur noch Millimeter voneinander getrennt waren.

Schließlich nahm er seinen Mut zusammen und küsste sie. Einem zaghaften Kuss folgten viele leidenschaftliche Küsse.

Mit einer Hand hielt er sie fest an ihrer Taille, mit der anderen fuhr er über ihren Rücken. Durch das hinten weit ausgeschnittene Kleid, berührte er ihre nackte Haut. Sie fühlte sich unglaublich an.

Isabellas Hand war inzwischen von seiner Schulter über seinen Rücken bis an seinen Hintern gewandert, mit der anderen hielt sie seinen Kopf und drückte ihn fest an sich.

Als er gerade damit beginnen wollte, den Reißverschluss ihres Kleides zu öffnen, löste sie ihren festen Griff langsam und begann damit, die Heftigkeit der Küsse zu reduzieren, bis ein letzter zaghafter Kuss erfolgte.

>>Ich sollte dann mal lieber gehen.<< sagte Alexander, obwohl er das im Augenblick am allerwenigsten wollte. Doch als Gentleman verstand er ihre zaghafte Zurückhaltung richtig zu deuten und bewahrte sie davor, ihm einen Korb für das geben zu müssen, wozu es unweigerlich geführt hätte.

>>Es war ein sehr schöner Abend.<< entgegnete Isabella und begleitete ihn zur Tür.

Mit einem letzten Kuss verabschiedete sie sich und blickte ihm so lange hinterher, bis er um die nächste Ecke verschwunden war.

Kapitel 22

Monika wurde von einem rasselnden, schabenden Geräusch geweckt.

Sie wachte erschrocken in dem dunklen und muffigen Raum auf und setzte sich aufrecht auf der Matratze auf. Sie wusste sofort wo sie war.

Sie musste eingeschlafen sein. Sie erinnerte sich daran, wie sich ihre Gedanken im Kreis gedreht hatten.

Es waren immer die gleichen Fragen, die ihr durch den Kopf gingen. Warum ich? Wo bin ich hier? Wie lange werde ich wohl hier sein und warum ist hier so viel Trinken und Essen? Wie kann ich von hier fliehen?

Sie stellte sich eine Frage und überlegte, konnte jedoch keine Antwort darauf finden, also triftete sie zur nächsten Frage ab und von dieser zu einer weiteren, bis sie wieder bei der ersten Frage angelangt war.

In diesem Strudel aus Fragen musste sie wohl vor Erschöpfung eingeschlafen sein.

Das Geräusch, von dem sie geweckt wurde, konnte sie nicht zuordnen, lediglich dass es sehr nah war und von der Wand links von ihr kommen musste.

Sie öffnete ihre Augen soweit sie konnte und versuchte, irgendetwas zu erkennen und sei es nur, Konturen erahnen zu können. Aber es war genauso stockdunkel in dem Raum wie es auch gestern schon der Fall war.

Aus Verzweiflung ließ sie sich wieder rücklings auf die Matratze fallen und starrte in der Dunkelheit an die Decke.

Sie glaubte dabei wenigstens eine ihrer Fragen beantworten zu können.

Die Frage nach dem: warum ich?

Ihre Eltern hatten etwas Geld. Sie waren nicht reich, aber sie versuchte sich damit zu beruhigen, dass es um Geld gehen musste. Darum, dass man ein Lösegeld für sie forderte. Lösegeld, das ihre Eltern so schnell wie möglich bezahlen würden und sie dann bald wieder frei sein würde.

Das viele Essen und Trinken, war sicherlich nur eine Vorsichtsmaßnahme.

Etwas anderes konnte und wollte sie sich nicht vorstellen.

Die Vorstellung hier für lange Zeit fest zu sitzen machte ihr mehr Angst, als alles andere.

Kapitel 23

Sonntag 19. Juni 2022

Nachdem Laura und Samantha in Stockholm gelandet waren, verloren sie keine Zeit.

Glücklicherweise war Samantha eine genauso pragmatische Person wie sie selbst.

Samantha hatte sich beim Packen ihrer Sachen ebenfalls auf das notwendigste konzentriert und so war es bei Handgepäck für beide geblieben, was ihnen ein schnelles Verlassen des Terminals ermöglichte.

Schnellen Schrittes gingen sie zu Lauras Auto, welches sie bei ihrer Abreise direkt am Flughafen geparkt hatte.

Ein Volvo V60 Hybrid in Silbergrau.

Auf direktem Weg fuhren sie in die Haftanstalt, in der Björn Barkas seit seiner Verurteilung einsaß.

Lauras Kollegen hatten bereits alles in die Wege geleitet und sie in der Haftanstalt angemeldet, so dass es dort zu keinen Verzögerungen kommen sollte.

Vom Flughafen aus fuhren sie direkt auf der E4 in südlicher Richtung, um dann die circa einhundert Kilometer auf der E18 in westlicher Richtung zurückzulegen.

Glücklicherweise war heute Sonntag und die Straßen vor den Toren Stockholms somit einigermaßen frei, sie schafften die Strecke in einer guten Stunde.

Die Haftanstalt bestand aus mehreren Gebäuden, die von Zäunen mit Stacheldraht und einer hohen Mauer umgeben waren.

Den Wagen mussten sie außerhalb parken.

Zu Fuß durchqueren sie erst ein Gittertor in dem hohen Maschendrahtzaun, der zusätzlich noch einmal das ganze Gelände umgab und am oberen Ende mit Stacheldraht gesäumt war. Anschließend gingen sie auf ein riesiges Metalltor in einer massiven Betonmauer zu.

Eine kleinere graue Metalltür neben dem Tor öffnete sich und ein kräftiger Wärter in Uniform begrüßte sie mit einem Nicken.

Laura grüßte ihren Landsmann auf Schwedisch, wechselte dann aber gleich ins Englische, damit auch ihre Kollegin von Anfang an alles verstand.

Der Wärter führte die Beiden durch unzählige Schleusen und über einen kleinen Hof in ein längliches Gebäude, in dem sich unter anderem ein Empfangsraum befand, wo sich Insassen mit ihren Anwälten treffen konnten oder wie in diesem Fall mit Polizistinnen.

Der Wärter öffnete eine massive Tür mit einem Schlüssel, nachdem er sich vorher durch ein in die Tür eingelassenes Fenster vergewissert hatte, dass der Häftling an dem Tisch saß, an den er mit Handschellen an einer in den Tisch eingelassene Öse gefesselt war.

Laura und Samantha betraten den Raum und warteten einen Augenblick, bis der Wärter die Tür hinter ihnen wieder geschlossen hatte.

Das Schließen der Tür hinterließ ein metallisches hallen im Raum.

Laura und Samantha nahmen dem Häftling gegenüber auf Stühlen aus Aluminium Platz.

Björn Barkas war ein schmächtiger, groß gewachsener Mann, der vermutlich schneller gealtert war, als es unter normalen Umständen der Fall gewesen wäre.

Laura erinnerte sich an Barkas bei seiner Verhaftung. Schon damals war er schmächtig, sah aber nicht so abgemagert aus.

Seine dunkelblonden Haare waren von silbergrauen Strähnen durchzogen und in seinem Gesicht hatten sich tiefe Falten gebildet.

>>Erinnern sie sich an mich?<< fragte Laura den Häftling auf englisch um gleich in Erfahrung bringen zu können, ob er englisch sprach und sie die Vernehmung auf englisch führen konnten.

>>Sprichst du kein schwedisch?<< stellte Barkas eine Gegenfrage.

Da er sie offensichtlich verstanden hatte, ging Laura auf seine Frage nicht ein und setzte das Verhör auf Englisch fort. Sie begann gerade damit, sich und ihre Kollegin vorzustellen, als Barkas ihr ins Wort fiel.

>>Ich weiß wer du bist.<<

Laura Lindholm ließ sich davon jedoch nicht beirren und beendete ihren Satz und stellte sich und ihre Kollegin Samantha Mahdi vor.

>>Du bist eine von denen die mich damals hier rein gebracht hat.<< fuhr er mit finsterer Miene fort.

>>Sie haben sich damals gestellt. Erinnern Sie sich?<< entgegnete Laura und blickte ihm dabei tief in die Augen.

Anscheinend lernte jeder Häftling in einem Gefängnis unweigerlich, dass immer jemand anderes daran Schuld hatte einzusitzen.

Barkas lehnte sich langsam auf seinem Stuhl zurück, die gefesselten Hände ausgestreckt auf der Tischplatte liegend und schwieg.

>>Wir glauben nicht, dass Sie das getan haben, wofür sie hier einsitzen!<< stach Samantha hervor.

Laura war mindestens genauso überrascht von der Aussage ihrer Kollegin wie Barkas. Im Gegensatz zu ihm ließ sie sich jedoch nichts anmerken und vertraute auf den Instinkt ihrer Kollegin, auch wenn es ihr momentan sehr schwer viel.

Barkas schaute verdutzt von der einen Polizistin zur Anderen und wieder zurück auf Samantha Mahdi.

Offensichtlich versuchte er in den Gesichtern der beiden Frauen abzulesen, ob diese ihn verarschen wollten. Die tiefen Falten in seinem Gesicht zuckten dabei.

>>Oh nein, auf diesen Trick falle ich nicht herein.<< sagte er schließlich.

>>Was für einen Trick? entgegnete Samantha. >>Sie sitzen hier lebenslang im Gefängnis! Warum sollte ich den langen Weg von Deutschland hierhin auf mich nehmen, nur um mir einen Spaß mit ihnen zu erlauben?<<

Barkas Blick wechselte wieder zwischen den beiden Polizistinnen und entschied dann für sich, dass er bei Laura Lindholm wohl bessere Chancen hatte.

>>Was meint sie damit?<< wollte er von Laura wissen.

Laura zögerte mit ihrer Antwort kurz, da sie abwog ob sie diese Vorgehensweise mitgehen wollte oder nicht, wartete mit ihrer Antwort allerdings nicht zu lange, Barkas sollte auf keinen Fall misstrauisch werden.

>>Wie meine Kollegin bereits sagte. Wir glauben nicht dass sie der Täter sind.<<

Am liebsten wollte Laura Samantha jetzt mit einem ernsten Blick strafen, wusste aber, dass dies jetzt nicht möglich war, da Barkas das sofort durchschauen würde.

Barkas lehnte sich ganz langsam nach vorne.

>>Von mir erfahrt ihr nichts.<< sagte er spöttisch und voller Inbrunst und lies sich wieder zurück in seinen Stuhl fallen.

>>Das heißt, wir haben also recht.<< stichelte Samantha weiter.

Barkas wechselte mit seinen Blicken wieder zwischen den beiden Polizistinnen hin und her. Man sah ihm an, dass er immer nervöser wurde. Seine tiefen Falten, zuckten immer mehr.

>>Ich sage gar nichts.<< platzte es schließlich aus ihm heraus und gab den Beiden unmissverständlich zu verstehen, dass das Gespräch beendet war.

Als Laura und Samantha den Raum verlassen hatten und der Wärter sie wieder durch die Korridore und Schleusen führte, schaute Laura Samantha mit einem bösen Blick an.

>>Das war kein guter Schachzug.<<

Samantha schwieg. In Gedanken suchte sie nach einem Fehler, der ihr unterlaufen sein musste.

Sie war sich so sicher, dass Barkas mit der Wahrheit herausrücken würde, was hatte er schon zu verlieren. Außerdem hatte sie diese Vermutung. Irgendetwas stimmte da nicht.

Es war eine ihrer Stärken so etwas zu merken. Sie selbst konnte es nicht erklären, an was sie es fest machte, jedoch lag sie damit eigentlich immer richtig.

Kurz vor dem Ausgang nahmen Laura und Samantha ihre persönlichen Gegenstände, Dienstwaffen und Mobiltelefone wieder in Empfang, die sie beim Betreten abgeben mussten.

Gerade als Samantha etwas sagen wollte, sah sie den verwirrten Gesichtsausdruck ihrer Partnerin, als sie eine Nachricht auf ihrem Mobiltelefon las.

Ohne Kommentar tippte sie zweimal auf das Display und hielt sich das Telefon ans Ohr.

Laura beendete das auf schwedisch geführte Gespräch und murmelte >>Döttrar<< vor sich hin.

Samantha zuckte mit den Schultern, um Laura zu verstehen zu geben, dass sie nicht wusste, was das Wort bedeutete.

>>Das waren meine schwedischen Kollegen. Sie haben etwas über Maja Larsson in Erfahrung gebracht.<<

Als Laura ihre Gedanken nicht weiter mit Samantha teilte, fragte diese schließlich schulterzuckend und ungeduldig, was das gewesen war.

>>Maja ist nicht die leibliche Tochter der Larssons gewesen, sie haben sie adoptiert.

>>Ich wusste doch, da stimmt was nicht.<< kam es Samantha über die Lippen.

>>Ja, und mein Kollege sagte "Döttrar", also Töchter.<<

Beide ließen diese Information kurz auf sich wirken.

>>Dann hatte Maja also recht mit ihrer Vermutung. Warum wissen Geschwister nichts voneinander? Das einzige was mir dazu einfällt ist, dass sie irgendwann getrennt wurden. Und wieso werden Kinder getrennt? Weil sie nicht mehr bei den leiblichen Eltern leben können. Weil diese zum Beispiel bei einem Unfall ums Leben gekommen sind.<< Samantha machte eine kurze Pause und fügte dann hinzu: >>Oder weil sie im Gefängnis sitzen. Hat Barkas Kinder?

>>Nein, laut Behördenakten ist er nur verheiratet.<<

>>Ich wette, Maja und ihre Schwester sind die leiblichen Töchter vor Björn Barkas. Wie auch immer er das alles angestellt hat. Aber darauf wette ich.<< sagte Samantha mit überzeugter Stimme und nickte in die

Richtung, aus der sie gerade von Barkas gekommen waren.

Laura dachte kurz nach.

Auf die Frage, wie er das hätte alles anstellen sollen, wusste sie auch keine Antwort, doch was hatten sie schon zu verlieren. Samantha hatte ihn mit ihrer Aussage ohnehin schon in eine neue Rolle versetzt.

>>Wir müssen sofort noch einmal zu Barkas!<< befahl Laura dem Wärter auf schwedisch.

Kapitel 24

Dienstag 2. April 2019

Monika lag schwach und fast regungslos auf dem Rücken auf der Matratze.

Ihr war kalt. Die wenige Kleidung die sie trug, hielt sie nicht warm und die Decke fühlte sich immer klammer an.

Anfänglich hatte sie versucht, die Tage zu zählen, die sie in diesem Loch verbrachte, es dann aber schnell aufgegeben. Ohne jegliches Tageslicht verlor sie schnell das Gefühl für die Zeit, sie wusste nicht einmal, ob es Tag oder Nacht war.

Sie versuchte sich einzureden, dass es noch gar nicht so lange sein konnte und hielt noch immer an dem Gedanken der Lösegeldforderung fest.

Ihre Eltern würden sie schon bald befreien und dann würden sie wieder alle glücklich zusammen sein.

Doch so sehr sie sich es auch wünschte, drängten sich ihre negativen Gedanken immer mehr in den Vordergrund.

Sie versuchte sich an das zu erinnern, was sie in der Schule über Sonnenlicht gelernt hatte und wie wichtig Sonnenlicht für die Umwelt aber auch für den Mensch war und was es auslöste, wenn man kein Sonnenlicht abbekam und der Körper nicht in der Lage war Vitamin D zu produzieren.

Das Immunsystem wurde geschwächt, die Denkleistung stark reduziert und auch negative Gedanken und Depressionen wurden davon ausgelöst, wenn sie sich recht erinnerte.

Gerade als sie versuchte, die negativen Gedanken abzuschütteln und mit offenen Augen an die für sie unsichtbare Decke starrte, fiel ihr wieder dieses unscheinbare rötliche Licht auf.

Bisher hatte sie es für eine optische Täuschung gehalten, eine Irritation ihrer Augen, da sie vermutlich seit Tagen kein Licht, geschweige denn Tageslicht mehr gesehen hatte. Doch jetzt drängte sich ein anderer Gedanke in den Vordergrund.

Ihr kleiner Bruder hatte sich vor einem Jahr zu Weihnachten ein Nachtsichtgerät gewünscht, um Tiere, die sich im Sommer nachts im Garten herum treiben, beobachten zu können.

Da er sein neues Spielzeug im Winter erhalten hatte, langweilte es ihm allerdings recht schnell, damit in den Garten zu spähen, in dem fast nichts passierte. Also hatte er damit angefangen, sie zu ärgern, indem er sich im dunklen Haus oder ihrem Zimmer versteckte, sie durch das Nachtsichtgerät beobachtete und dann erschreckte.

Das Nachtsichtgerät war nichts Besonderes da ihre Eltern nicht wussten wie lange er sein neues Hobby ernst nehmen würde, doch es hatte eine Infrarotleuchte, Infrarotdiode oder wie auch immer dieses Ding hieß, damit man auch bei völliger Dunkelheit ein möglichst nicht wahrnehmbares Licht erzeugen konnte.

Sie erinnerte sich daran, wie ihr kleiner Bruder ihr erklärte, dass ein Nachtsichtgerät nichts anderes machte als das Restlicht zu verstärken und wo es kein Restlicht gab, das verstärkt werden konnte, konnte man wohl auch mit einem Nachtsichtgerät nichts sehen.

Was also, wenn sie die ganze Zeit über immer wieder beobachtet wurde?

Sie wollte schon aufspringen und versuchen, den rötlichen Punkt mit ihren Händen zu erreichen, besann sich dann aber eines besseren und beschloss sich für den Fall, dass sie Recht hatte, sich nichts anmerken zu lassen.

Sie würde erst einmal liegen bleiben und beobachten, ob das Licht von Zeit zu Zeit verschwand und wieder erscheinen würde.

Ein Funke Hoffnung keimte in ihr auf, auch wenn sie noch nicht wusste, was sie mit der Information anfangen konnte, für den Fall, dass sie Recht hatte.

Kapitel 25

Björn Barkas saß widerwillig an denselben Tisch gefesselt, wie noch vor ein paar Minuten.

>>Sie sind ein verdammtes Arschloch. Ihre Tochter könnte noch leben.<< fuhr Laura Barkas an und beobachtete ihn dabei ganz genau, um seine Reaktion deuten zu können.

Dieser sah verwundert zu Samantha Mahdi, war diese Lindholm doch vorhin noch die nettere von Beiden gewesen.

>>Ja, Sie haben mich schon richtig verstanden. Wir wissen dass Maja ihre leibliche Tochter war.<< bluffte Laura und betete, dass ihre deutsche Kollegin recht behalten würde.

Unschlüssig wie er darauf reagieren sollte wechselte Barkas wieder unsicher mit den Blicken zwischen den beiden Polizistinnen hin und her. Seine tiefen Falten zuckten merklich.

>>Was hat er oder sie gegen sie in der Hand?<< wollte Laura wissen.

Barkas war anzusehen, dass er überlegte, was er nun tun sollte. In Laura wuchs die Hoffnung, dass Samantha Recht hatte und versuchte, Barkas aus der Reserve zu locken.

>>Jetzt reden Sie schon oder wollen Sie ihre zweite Tochter auch noch unnötig in Gefahr bringen.<<

Auf diese Aussage hin, dauerte es keine Sekunde mehr und Laura bekam die Reaktion, die sie sich so sehr erhofft hatte.

>>Was ist mit Astrid?<< platzte es aus Barkas heraus.

Damit war klar, dass Samantha Recht hatte. Laura war erleichtert und beeindruckt zugleich. Am liebsten hätte sie Samantha jetzt umarmt und ihr kräftig auf die Schultern geklopft. Stattdessen wandte sie sich jedoch wieder an Barkas und lies ihn von ihrer Erleichterung nichts spüren.

>>Wen decken Sie hier?<<

>>Zuerst will ich wissen, was mit Astrid ist.<< forderte Barkas.

>>Hören Sie, so läuft das hier nicht. Entweder Sie reden mit uns oder Sie verrotten hier.<<

>>Das, das können Sie nicht machen. Sie haben gesagt, Sie glauben, dass ich unschuldig bin.<< jammerte Barkas nach einer kurzen Denkpause und sah die Beiden abwechselnd flehend an, wobei seine tiefe Falten im Gesicht wieder zuckten.

So kannte Laura Barkas nicht. Er war immer der starke Mann gewesen, vor dem alle Respekt hatten.

Trotzdem, oder erst recht deshalb, nutzte sie die Situation zu ihrem Vorteil.

>>Ach ja? daran kann ich mich gar nicht erinnern.<< sagte sie regungslos und schaute zu Samantha die mit den Schultern zuckte.

>>Ich auch nicht. Sie werden hier noch ewig sitzen und bereuen, dass sie ihre Chance nicht genutzt haben.<<

Björn Barkas war der Verzweiflung nahe. Er dachte sich: War die Dunkelhaarige nicht eben noch die nettere von Beiden gewesen?

>>Aber, aber Sie haben das doch bestimmt aufgenommen. Das Gespräch meine ich. Ja doch so was müssen Sie doch immer aufnehmen.<<

>>Das hier ist kein Verhörzimmer, das ist auch kein Besucherraum. Das ist ein Raum, in dem Sie sich mit

Ihrem Anwalt treffen. Das wissen Sie doch, oder? Es ist nicht gestattet die vertraulichen Gespräche zwischen einem Anwalt und seinem Mandanten aufzunehmen.<<

In Barkas Kopf rasselte es, das konnte man ihm eindeutig ansehen.

Nach einer schier endlos erscheinenden Pause sagte er in schnellen Worten:

>>Ich habe meine Frau umgebracht.<< sagte er und brach Sekunden später in Tränen aus.

Laura und Samantha sahen sich einen Augenblick lang an und versuchten, diese Information einzuordnen.

>>Was hat das mit den Entführungen zu tun?<< wollte Laura dann schließlich wissen.

>>Ich weiß nicht woher Sie das wussten.<<

>>Wer sind die? Und was haben die damit zu tun? Haben Sie einen Namen für uns?<< hackte Laura nach.

>>Ihre Namen kenne ich nicht. Sie waren plötzlich da, wie aus dem Nichts. Sie haben mich nach der Arbeit abgefangen. Haben gesagt sie würden das Problem für mich lösen.<< schluchzte er.

>>Was lösen? Ihre tote Frau verschwinden lassen?<<

Barkas nickte schluchzend.

>>Und Sie waren so dumm zu glauben, dass die das aus reiner Nächstenliebe machen?<<

>>Ich war verzweifelt. Maja hatte immerzu nach ihrer Mutter gerufen und Astrid hatte kaum mehr etwas getrunken. Sie war doch noch ein Baby, ihre Mutter hatte sie noch gestillt. Ich habe das Schlafzimmer abgeschlossen und ständig gelüftet, aber es hat trotzdem angefangen zu stinken. Ich wusste nicht, was ich machen sollte. Ich wollte das nicht.<< berichtete er und brach bei dem Gedanken an seine Töchter erneut in Tränen aus.

>>Was ist dann passiert?<< fragte Samantha wieder in ihrem beschwichtigendem Tonfall.

Barkas beugte sich mit dem Kopf zu seinen gefesselten Händen und wischte sich die Tränen aus dem Gesicht.

>>Als alles erledigt war, sind sie wieder zu mir gekommen und haben mich erpresst. Sie sagten, ich müsste zur Polizei gehen und diese Entführungen gestehen. Wenn ich es nicht täte, würden sie zur Polizei gehen und ihnen sagen, was ich getan habe und noch schlimmer, sie würden meine Kinder für immer verschwinden lassen.

>>Wer sind die? Erinnern Sie sich an irgendwas, an ein Auto mit dem sie gekommen sind oder mit dem sie den Leichnam ihrer Frau fortgeschafft haben?<<

>>Nein sie sagten mir wann ich mit meinen Kindern aus dem Haus sein sollte und danach wäre alles erledigt.<<

>>Oh Mann, wie kann man nur so naiv sein.<< prustete Laura.

Barkas saß in sich zusammengesackt auf seinem Stuhl, Tränen kullerten erneut aus seinen Augen und liefen ihm durch seine tiefen Falten über die Wangen.

>>Warum haben Sie nach Ihrer Verurteilung nicht geredet?<< fragte Samantha

>>Was hätte das gebracht? Lebenslang für Mord oder Lebenslang für mehrere geplante Entführungen und Erpressungen.<<

>>Und so haben sie wenigstens ihre Kinder geschützt.<<

>>Ja.<< sagte Barkas leise und resigniert.

>>Können Sie die beschreiben?<< wollte Samantha wissen.

>>Es ist schon lange her, aber ich kann es versuchen.
Die Frau war jedenfalls schwanger.<<

Kapitel 26

Sonntag 19. Juni 2022

Es war an diesem Sonntag bereits zu spät, um einen Phantombildzeichner zur Haftanstalt zu bekommen.

Laura hatte ihre Kollegen informiert, die sich um alles weitere kümmern würden.

Wenn Barkas die Erinnerungen einigermaßen deutlich aus seinem Gedächtnis abrufen konnte, dann hätten sie morgen zum ersten Mal ein Gesicht zu ihrem Verdächtigen, oder wie es jetzt aussah, zu ihren Verdächtigen.

Laura und Samantha waren auf dem Weg zu Lauras Haus. Sie hatte Samantha dazu eingeladen, die Nacht bei ihr im Gästezimmer zu verbringen. Ihren Chef Anton Wagner würde es sicher freuen, wenn die Spesenabrechnung dadurch geringer ausfallen würde.

Die Beiden saßen schweigend im Auto. Samantha hatte schon längst erkannt, dass Laura wieder dabei war, das Gespräch mit Barkas Revue passieren zu lassen.

Sie war beeindruckt von der Hingabe, mit welcher Laura ihrem Job nachging. Sie fragte sich, ob sie selbst eine bessere Polizistin sein würde, wenn sie ebenfalls in scheinbar jeder freien Minute an ihren aktuellen Fall denken würde.

Sie wurde aus ihren Gedanken gerissen, als Laura auf eine nur mit losem Kies geschotterte Straße einbog, wodurch das Auto einmal kräftig ruckelte.

>>Wir sind fast da.<< sagte Laura.

Die Straße führte zwischen Kiefern um eine leichte Linkskurve. Dahinter kam ein Haus mit graublauer

Holzvertäfelung, dessen Hölzer an den Ecken des Gebäudes und um die Fenster herum weiß gestrichen waren, zum Vorschein.

Laura parkte den Wagen auf dem leicht sandigen Boden vor dem Haus.

Als die Beiden auf der großen Veranda, die fast das ganze Haus umgab um die Ecke kamen, stockte Samantha für einen Augenblick der Atem. Von der Veranda aus hatte man einen atemberaubenden Blick über die runden Felsen hinunter auf einen großen See, dessen endlos erscheinendes Ufer von einem Kiefernwald gesäumt war.

Die tiefstehende Sommersonne hüllte den See in Farben aus blau, lila, gelb und orange.

>>Kommst du?<< fragte Laura, die in der Zwischenzeit aufgesperrt und das Gepäck ins Haus gebracht hatte.

Samantha wurde davon aus ihren Tagträumen gerissen und löste sich schwer von dem verzaubernden Anblick, drehte sich dann aber doch um und folgte Laura ins Haus.

Es war geschmackvoll eingerichtet mit Möbeln von schwedischen Designern.

Samantha hatte jedoch auch nichts anderes erwartet. Kein Vergleich mit meiner zwei Zimmerwohnung ohne Balkon und mit den kleinen Fenstern, durch die nur zu den Morgenstunden Licht kommt, dachte sie sich als sie von Laura aus ihren Gedanken gerissen wurde.

>>Möchtest du ein Glas Wein?<<

>>Ja, sehr gerne.<< hörte sie sich antworten ohne lange nachzudenken.

Aus dem Glas waren dann doch drei Gläser für jeden geworden.

Eine wohlige Wärme und ein leichter Nebel breiteten sich in Samanthas Körper und Kopf aus.

Nachdem sie sich über Stunden ausgiebig, wie alte Freunde, über alle möglichen Themen unterhalten hatten, war nun eine kleine Pause entstanden.

>>Komm, ich zeige dir das Gästezimmer.<< sagte Laura, die sich in diesem Moment vom Sofa erhob und Samantha mit einer einladenden Handbewegung signalisierte, ihr zu folgen.

Die Beiden begaben sich ins Dachgeschoss des Hauses.

>>Das hier ist mein Schlafzimmer.<< sagte Laura, während sie mit der Hand auf eine Tür zu ihren Linken zeigte. >>Hier gegenüber ist das Bad, dahinter mein Büro und hier das Gästezimmer.<< führte Laura weiter aus, während sie die Tür zum Gästezimmer öffnete und eintrat.

>>Wohnst du hier ganz alleine?<< wollte Samantha wissen.

>>Ja, das Land und das Haus gehören schon lange der Familie meines Vaters. Es scheint, als wäre ich nicht für Beziehungen gemacht. Die letzte ist schon eine ganze Weile her, er konnte sich nicht an meinen Beruf gewöhnen.<<

Samantha folgte ihr in das Gästezimmer, das direkt neben Lauras Schlafzimmer lag und ebenfalls auf den See ausgerichtet war.

Es war zwar schon spät in der Nacht, doch draußen dämmerte es nur, wie es um diese Jahreszeit in der Umgebung von Stockholm üblich war.

Laura hatte schon an die Vorhänge gegriffen und wollte sie gerade zuziehen, als sie Samantha sanft nein rufen hörte und Laura davon abhielt die Vorhänge zu zuziehen, indem sie mit ihrer linken nach Lauras rechter Hand griff.

Die Berührung traf Laura wie ein Blitz.

Für einen kurzen Augenblick schien alles um sie herum still zu stehen. Sie fühlte die Wärme von Samanthas Hand auf ihrer Haut in einer sonderlichen Intensität und der liebliche Duft ihres Parfums fühlte sich so vertraut an.

>>Bitte lass sie noch etwas geöffnet, die Aussicht ist so fantastisch.<< Mit diesen zart ausgesprochenen Worten wurde Laura schlagartig aus ihrem andauernden Moment gerissen.

>>Äh, ja natürlich, wie du möchtest.<< sagte Laura und wandte sich peinlich berührt schnell von Samantha ab.

>>Ich lege dir noch frische Handtücher ins Badezimmer.<<

Mit diesen Worten wollte sich Laura gerade heimlich aus der Situation retten und das Gästezimmer verlassen als Samantha ihren Namen aussprach.

>>Ja?<< zögerlich und etwas nervös blieb sie in der Tür stehen.

>>Danke.<<

>>Wofür?<<

Ja, wofür? Samantha kannte die Antwort darauf selbst nicht ganz. Dafür, dass sie bei Laura übernachten konnte, dafür dass sie ihr diesen wundervollen Flecken Erde gezeigt hatte, dafür dass sie sich dafür eingesetzt hatte, dass sie sie nach Schweden begleiten durfte oder vielleicht einfach dafür, dass sie in ihr Leben getreten war oder von allem etwas?

Laura bemerkte, dass die Antwort viel zu lange dauerte, auch wenn sie nicht mit Bestimmtheit sagen konnte, warum, kam sie Samantha zuvor.

>>Ist doch selbstverständlich.<< sagte sie, um so zu
tun, als wäre nach kurzer Überlegung doch klar, dass
sie sich dafür bedanken wollte, dass sie hier schlafen
konnte und verschwand mit einem kurzen Lächeln aus
der Tür.

Kapitel 27

Monika war sich inzwischen fast sicher, was das rote Licht anging. Es musste zu einem Nachtsichtgerät oder einer Nachtsichtkamera gehören.

Ihre Augen waren auf den Punkt an der Decke gerichtet, an dem das rote Licht erschien, wenn es an war. Sie hatte sich einen Plan zu Recht gelegt.

Sie wusste nicht ob es funktionieren würde, doch sie musste es versuchen. Die Hoffnung auf einen Erfolg ließ sie die Kälte und alles andere vergessen. Es war nur noch die Aussicht auf Erfolg, auf die sie sich konzentrierte.

Als das Licht das nächste Mal anging, fasste Monika sich sofort mit beiden Händen fest am Bauch, begann zu stöhnen und wälzte sich von einer Seite der Matratze auf die andere.

Ihr Peiniger sollte denken, dass es ihr ganz und gar nicht gut ging.

Sie hatte sich zuvor etwas von einem eingeschweißten Sandwich in den Mund gesteckt und die nun breiigen Überreste seit einer gefühlten Ewigkeit im Mund behalten. Mehrmals war sie kurz davor, sich wegen der ekelhaften Konsistenz in ihrem Mund zu übergeben, doch sie riss sich zusammen.

Nun, als das rötliche Licht wieder an war, intensivierte sie das Theater und spuckte den Brei so aus, als müsste sie sich übergeben. Sie musste nicht lange auf die gewünschte Reaktion warten.

Sie hörte, wie sich ein Schlüssel im Schloss drehte und sich die Tür schwerfällig öffnete, allerdings blieb es dabei stockfinster, also machte sie mit ihrer Show weiter.

Als sie spürte, wie jemand nach ihrer Schulter griff, schnellte sie schlagartig mit ausgestrecktem Arm herum.

Sie spürte, wie ihre Faust einen Treffer landete und nutzte den Überraschungseffekt, um schnell Richtung Tür zu fliehen.

Sie war gerade zur Tür gestartet, als sie jemand von hinten am Hals packte. Ihre Füße waren noch schnellen Schrittes Richtung Ausgang unterwegs, während ihr Hals und Kopf nach hinten gerissen wurden.

Mit voller Wucht und ungebremst landete sie mit dem Rücken auf dem harten Steinboden.

Instinktiv wollte sie vor Schmerz aufschreien, doch der harte Aufprall schnürte ihr unwillkürlich die Luft ab.

Gerade als der Schmerz anfing, etwas nachzulassen und sie das Gefühl hatte, wieder atmen zu können, bemerkte sie, dass sie trotzdem keine Luft bekam.

Erst jetzt realisierte sie, dass ihr Peiniger sich auf sie gesetzt hatte und sie mit den Händen am Hals würgte.

Ihre Hände waren unter seinen Oberschenkel eingeklemmt. Sie versuchte, ihren Fuß zu heben, um ihn mit dem Knie in den Rücken zu treffen, doch dafür hatte sie bereits zu wenig Kraft.

Als sie kurz davor war, das Bewusstsein zu verlieren, löste er den Griff um ihren Hals. Sie schaffte es gerade einmal Luft zu holen, als seine Hände ihren Hals schon wieder fest im Griff hatten.

Verzweifelt versuchte sie ihre Hände zu befreien, doch seine Schenkel drückten sie mit solcher Kraft fest an ihren Körper, dass sie es nicht schaffte.

Es waren schier endlose Minuten zwischen Hoffnung, wenn er den Griff kurz löste und Todesangst wenn er wieder zudrückte.

Langsam wurde alles um sie herum ganz dumpf. Obwohl sie nichts sehen konnte, hatte sie das Gefühl, dass es um sie herum heller wurde. Sie japste nach Luft, doch es wollte kein frischer Sauerstoff bis zu ihren Lungen durchdringen.

Er blieb noch eine ganze Weile so auf ihr sitzen, obwohl es keinen Widerstand mehr leistete.

Er verspürte noch immer diese Erregung, die seinen ganzen Körper durchströmte.

Vor seinem inneren Auge sah er noch immer ihr grünlich eingefärbtes Gesicht, die Verzweiflung und Panik in ihren Augen, bis sie schließlich verblassten.

Er genoss diesen Augenblick solange er anhielt. Erst einige Minuten später löste sich die Anspannung in seinem Körper und er lockerte die Muskeln, die es seinem Opfer unmöglich machten, sich zu wehren oder zu entkommen.

Es war ein gutes Opfer gewesen, auch wenn er es gerne noch länger leiden gesehen hätte.

Er war befriedigt, doch der Umstand, dass er wieder nicht gänzlich über den Zeitpunkt, wann es zu Ende gehen sollte, entscheiden konnte, machte ihn wütend.

Seine Zeit war noch nicht gekommen, doch es ließ ihm keine andere Wahl.

Er wusste was zu tun war.

Er musste sich besser konzentrieren, er durfte nicht auf so alberne Spielchen hereinfallen, er musste lernen, seine Kraft, mit der er sein Opfer würgte, besser zu dosieren.

Er stellte fest, dass er seinem Opfer keine Zeit ließ, um sein Leben zu flehen.

Äußerlich war er ganz ruhig, doch dieser Fehler brachte ihn innerlich fast um den Verstand. Das hätte nicht passieren dürfen. Er fragte sich, ob alles umsonst war?

Als er aus dem Dunklen trat, nahm er sein Nachtsichtgerät von seinem Kopf und schlussfolgerte letztendlich, dass es für das erste Mal ganz gut war, doch das nächste Mal, würde es viel besser werden.

Kapitel 28

Alexander lag an diesem Sonntag lange im Bett. Es war gestern ziemlich spät geworden, bis er nach seinem Date mit Isabella zu Hause im Bett war. Sein Kopf war vom Wein noch schwer.

Schwermütig schwang er sich aus dem Bett und gönnte sich eine ausgiebige Dusche.

Anschließend beschloss er, sich noch einmal an den Computer zu setzen und weiter zu Peters Fall zu recherchieren. Er konnte nicht glauben, dass ein Täter, der sein Opfer so gezielt erwürgt hatte, zuvor noch nie in Erscheinung getreten war. Es musste möglich sein, eine Verbindung oder zumindest eine Übereinstimmung zu einem vorherigen Verbrechen herzustellen.

Da es wieder ein sehr heißer Tag war, schnappte sich Alexander lediglich eine weiße Trainingshose, in die er hinein schlüpfte, als er aus der Dusche kam und machte sich auf den Weg in die Küche.

Die kalte Dusche hatte bereits geholfen und sein Kopf fühlte sich nicht mehr so schwer an. Jetzt noch eine ordentliche Tasse Kaffee und es würde ihm wieder richtig gut gehen.

Mit der Tasse in der Hand, ging er zu seinem Schreibtisch und machte sich daran, noch einmal in dem Fall zu recherchieren.

Er beschloss, sich dieses Mal nicht auf die Datenbanken der Polizei und der Gerichtsmedizin zu konzentrieren, sondern darauf, die öffentlichen Medien zu durchforsten.

Er setzte sich an seinen Schreibtisch, öffnete den Laptop und begann mit der Hilfe von unterschiedlichen Suchmaschinen nach Schlagwörtern, die den Fall betrafen, zu suchen.

Wie so oft hatte er die Zeit dabei völlig vergessen. Als es plötzlich an seiner Tür klingelte schaute er auf die Uhr die rechts oben auf seinem Laptop eingeblendet war. Es war tatsächlich schon nach 19 Uhr.

Verwundert darüber, wer ihn so spät an einem Sonntagabend noch besuchen könnte, machte er sich auf zur Tür und öffnete sie. Noch ganz in Gedanken, an die Ergebnisse seiner Recherche, öffnete er die Tür, ohne nachzusehen, wer davor stand.

Als er die Tür geöffnet hatte, blickte er in Isabellas Augen, die gerade dabei waren, an seinem Körper hinab zu wandern.

Erst jetzt registrierte Alexander, dass er Isabella gerade halb nackt die Tür geöffnet hatte. Halb verlegen und halb verwundert über ihren Besuch bat er sie herein.

>>Bitte entschuldige meinen Überfall, ich hätte vorher anrufen sollen, aber ich hatte Sehnsucht nach dir.<< begann Isabella das Gespräch.

>>Aber nein, das ist doch kein Problem.<< stammelte Alexander. >>Möchtest du etwas trinken?<<

>>Nein danke.<< antwortete Isabella kopfschüttelnd und drehte sich zu ihm um, nachdem sie eingetreten war und er die Tür geschlossen hatte.

Sie trat ganz nah an ihn heran. Er spürte, wie sich eine Erregung in ihm breit machte.

Die Wärme des Tages, die Nähe zu Isabella, das enge weiße Kleid, das sich über ihre Brüste spannte und ihr Duft in seiner Nase ließen sein Glied immer weiter wachsen.

Es war ihm äußerst unangenehm, doch zurückweichen wollte er auch nicht.

Dadurch, dass er nur seine weiße Trainingshose trug, gab der dünne Stoff seiner Erregung immer weiter nach und sein inzwischen steifes Glied drückte sich an Isabellas Schambereich.

Isabella erhöhte den Druck noch etwas, indem sie sich gegen Alexander lehnte und anfing, ihn zu küssen.

Isabella führte ihre rechte Hand zwischen sie beide und fuhr mit der Handinnenfläche über sein erigiertes Glied, das nur noch von einem dünnen Stück Stoff seiner Trainingshose im Zaum gehalten wurde.

Während sie sich weiter küssten, legte sie ihre Hände auf seine nackten Hüften und ließ ihre Finger auf der Innenseite seiner Hose immer weiter an ihm hinabgleiten, bis der Bund über seinen Hintern gestreift war und seine Trainingshose haltlos zu Boden fiel.

Mit ihren Händen hielt sie sich an seinem Hintern fest, als sie begann, seinen Hals zu küssen und anschließend mit ihrer Zunge zu seiner Brust wanderte.

Langsam ging sie in die Knie und küsste ihn immer weiter an seinem Körper hinab, über den Bauch zu seinem Schambereich, bis sie schließlich an seinem harten, erigierten Penis ankam, der voller Erregung zuckte, als sie ihn an der Spitze mit ihrer Zunge berührte. Sie umschloss ihn mit ihren vollen, warmen Lippen und hörte Alexander dabei voller Erregung leise Stöhnen.

Kapitel 29

Als Alexander an diesem Morgen von seinem Wecker aus dem Schlaf geholt wurde, wehte ein kühler Wind durch das noch immer geöffnete Fenster.

Es roch nach Sommerregen. Er konnte sich noch daran erinnern, wie ein Gewitter über die Stadt zog als er und Isabella sich in seinem Bett immer wieder liebten.

Er klopfte mit der Hand auf seinen Wecker und brachte ihn damit zum Schweigen.

Noch im Halbschlaf erinnerte er sich an den Abend und die Nacht.

Nachdem Sie ihn mit ihrem Mund ganz verrückt gemacht hatte, zog sie ihr Kleid, unter dem sie nichts trug, aus. Sie ging zu einem der Stühle an seinem Esstisch, lehnte sich über die Lehne eines Stuhls, stütze sich mit den Händen an dessen Armlehnen ab und streckte ihm, ihren wohlgeformten Hintern entgegen, während sie ihn lustvoll über die Schulter hinweg anschaute.

Sie hatten den ganzen Abend und die ganze Nacht Sex.

Nein, es war nicht nur Sex, sie hatten fantastischen Sex, den besten, den er je gehabt hatte.

Zuerst an seinem Esstisch und im Wohnzimmer, bevor sie schließlich im Schlafzimmer gelandet waren.

Sie verstand es ihn wahnsinnig zu machen. Immer wenn er kurz davor war zum Höhepunkt zu kommen, hielt sie für einen Augenblick inne und wartete den Moment ab, bis sich seine Erregung soweit gelegt hatte, dass er für einen weiteren intensiven Aufstieg zum Gipfel bereit war.

Dabei lag er meist auf dem Rücken. „Ich liege nicht so gern unten, das liegt an meinem Job." hatte sie scherzhaft gesagt.

Voller Lust auf morgendlichen Sex, drehte er sich zur anderen Seite seines Bettes um, doch zu seiner Enttäuschung, lag Isabella nicht neben ihm.

In der Küche fand er einen Zettel mit der Aufschrift:

Danke für die schönen Stunden. Ich freue mich darauf, dich wiederzusehen. Kuss. Isabella.

Ein Lächeln machte sich auf seinem Gesicht breit.

Auch wenn er gerne da weiter gemacht hätte, wo sie spät in der Nacht aufgehört hatten, würde der heutige Tag wundervoll werden.

Kapitel 30

Montag 20. Juni 2022

Peter stürmte ohne anzuklopfen in das Büro seines Chefs Anton Wagner.

Anton stand vor seinem Fenster und betrachtete das Treiben unten auf der Straße. Sein Rücken war der Eingangstür seines Büros zugewandt.

Auch wenn er schon wusste, wer so ungestüm in sein Büro platzte, drehte er seinen Kopf über die linke Schulter und betrachtete seinen aufgeregten Kollegen ausgiebig, bevor er den Kopf wieder drehte und weiter aus dem Fenster schaute.

>>Wir haben ihn!<< rief Peter euphorisch.

>>Den Mörder von Maja Larssson?<< fragte Anton Wagner und wandte sich mit ernstem Blick Peter Jakobs zu.

>>Ja. Also wir haben ihn noch nicht, aber wir wissen, wer es ist. Zumindest deutet alles auf ihn hin.<<

Anton Wagner sagte nichts. Er setzte sich in seinen Bürosessel und drehte sich zu Peter. Mit der Hand deutete er ihm, sich ihm gegenüber zu setzen.

>>Die Techniker haben zwei Hinweise, die zu ein und derselben Person führen. Lucas Maier, 32 Jahre, ledig und wohnhaft hier in Stuttgart.<< sagte er, während er sich aufgeregt hinsetzte.

>>Und was bringt uns zu der Annahme, dass Lucas Maier unser Täter ist?<<

>>Also, die Techniker konnten die E-Mail zurückverfolgen, die Maja nach Stuttgart gelockt hatte. Es war wohl kompliziert, aber sie haben es irgendwie geschafft. Lucas hat um online zu gehen eine SIM-Karte

verwendet, eine Prepaidkarte die er, zu unserem Glück, am 12. Juli 2017 gekauft hat.<<

>>Zu unserem Glück?<< hackte Anton verwundet nach.

>>Seit dem 01. Juli 2017 müssen sich alle Käufer von Prepaid Karten ausweisen. Lucas Maier hatte auch danach noch Karten gekauft, also gehen wir davon aus, dass er das auch schon davor tat. Vermutlich dachte er, dass es sich bei dieser Karte noch um eine alte Karte handelt, für die er sich nicht ausweisen musste.<<

Anton Wagner würdigte die gute Arbeit mit einem Kopfnicken.

>>Aufgrund dessen habe ich eine Halterabfrage gemacht und die Kollegen gebeten sich die Aufzeichnungen der Verkehrskameras aus der Nacht, als Majas Leiche im Rosensteinpark abgelegt wurde, anzuschauen. Auf Lucas Maier ist ein dunkelblauer BMW 5er Touring, Baujahr 2017 zugelassen und genau dieser BMW wurde von einer der Verkehrskameras erfasst. Genauer gesagt zwei Mal erfasst. Dies wiederum veranlasste die Kollegen aus der Technik dazu, noch genauer hinzuschauen. Sie sind sich sicher, dass der BMW, als er das erste Mal von der Verkehrskamera erfasst wurde, eine Ladung transportierte. Der Abstand zwischen Hinterreifen und Kotflügel hat sich zwischen der Hinfahrt und der Rückfahrt verändert.<<

>>Ihr meint also, dass Maja Larsson im Kofferraum gelegen hat.<< schlussfolgerte Anton Wagner.

>>Was sagst du, reicht das für einen Durchsuchungsbeschluss?<<

Anton Wagner nickte langsam mit dem Kopf. Das tat er immer, wenn er überlegte und wog ob es für einen

Beschluss reichen würde. Dann sagte er schließlich, dass er sofort mit dem Staatsanwalt reden würde.

Kapitel 31

Montag 20. Juni 2022

Laura saß mit einer Tasse Kaffee in der Hand auf ihrer Veranda.

Sie hatte für sich und Samantha ein kleines Frühstück hergerichtet, bestehend aus frischem Toast, Marmelade und Honig sowie aus Kaffee und Orangensaft. Mehr hatte sie nach ihrer spontanen Abreise nach Deutschland nicht mehr vorrätig.

Es war erst kurz nach sechs Uhr, der Phantomzeichner würde erst gegen neun in der Haftanstalt eintreffen. Die Fahrzeit von circa eineinhalb Stunden mit einberechnet blieb ihnen noch genug Zeit für ein Frühstück.

Laura fühlte sich an diesen Morgen besonders gut. Sie hatte gut geschlafen und war erholt.

Die morgendliche Luft war hier in Schweden noch kühl, daher trug sie eine dünne Strickjacke über ihrem Top.

Dicht über dem See schwebte ein feiner Nebel, der von der Sonne durchdrungen wurde. Es sah so aus als würde der ganze See dampfen.

Laura blickte über den See und war in Gedanken versunken. Sie ging das Gespräch mit Björn Barkas vom vorherigen Tag noch einmal durch, als Samantha zu ihr auf die Terrasse trat und sie mit einem überschwänglichen "Guten Morgen" aus ihren Gedanken riss.

Samantha sah fantastisch aus. Zu ihrer Jeans vom Vortag, trug sie eine weiße Bluse, die ihren dunklen

Teint zur Geltung brachte, doch die wahre Schönheit strahlte sie mit ihrem Gesicht aus.

Sie schien, trotz der kurzen Nacht, ebenfalls ausgeschlafen und munter zu sein.

>>Guten Morgen. Hast du gut geschlafen?<<

>>Oh, so gut wie schon lange nicht mehr. Und, es gibt noch mehr gute Neuigkeiten!<<

Du möchtest für immer hier bleiben, antwortete Laura still und wunderte sich noch in derselben Sekunde über ihre Gedanken.

Anstatt diese jedoch laut auszusprechen, fragte sie nur knapp, was für gute Neuigkeiten das seien.

>>Ich habe soeben mit Peter telefoniert.<<

Laura spürte eine leichte Enttäuschung in ihrem Körper und wunderte sich erneut über sich selbst.

>>Er hat mich angerufen um mir mitzuteilen, dass sie den Mörder von Maja Larsson vermutlich haben.<<

Die Nachricht versetzte Laura einen Stich in die Magengrube.

Samantha berichtete Laura von den Neuigkeiten, welche die Techniker zu Tage gefördert hatten und dass ihr Chef Anton Wagner gerade dabei war einen Durchsuchungsbeschluss zu beschaffen.

Laura wusste ihre Gefühle nicht recht einzuordnen.

Auf der einen Seite war sie froh, dass ein Verbrecher vermutlich dingfest gemacht werden konnte, auf der anderen Seite war sie traurig darüber, dass dies vermutlich das Ende der Zusammenarbeit mit Samantha bedeuten würde und somit auch das Ende ihrer gemeinsamen Zeit.

>>Wir sollten heute trotzdem zu Barkas. Wir zeigen ihm ein Foto von Lucas Maier. Wenn Barkas ihn wiedererkennt, können wir uns zumindest das

Anfertigen eines Phantombildes des Mannes und vielleicht auch von der Frau sparen.<< sagte Laura.

>>Die Beweislast ist gut, aber einen Zeugen zu haben, der bestätigt, dass er früher schon illegale Sachen gemacht hat, wäre umso besser.<< bestätigte Samantha.

>>Außerdem glaube ich, dass Barkas uns gestern nicht die ganze Wahrheit gesagt hat.<<

Samantha hatte sich inzwischen gesetzt und sich einen Toast mit Blaubeermarmelade gemacht und wollte gerade davon abbeißen, doch jetzt war sie ganz Ohr, was ihre Kollegin zu sagen hatte. Es war ja nicht das erste Mal, dass Laura mit ihrer Intuition und ihren nachträglichen Gedanken zu einem Gespräch Recht hatte.

>>Es gab kurz nach Barkas Verhaftung eine Gesetzesänderung in Schweden. Ein Gefangener kann bei der Regierung um Gnade bitten, seine lebenslange Haftstrafe auf eine bestimmte Anzahl von Jahren umwandeln zu lassen. Zwar ist das erst nach zehn Jahren möglich, aber es besteht die Möglichkeit frei zu kommen. Natürlich spielt bei der Entscheidung die Chance auf Rehabilitation eine große Rolle und so wie ich das sehe stehen die Chancen hierfür bei mehrfacher Entführung an willkürlichen jungen Frauen deutlich schlechter als bei einem Mord, der sagen wir mal, aus dem Affekt in einer wiederholt stressigen Situation geschehen ist.<<

>>Dadurch hätte er aber seine Kinder in Gefahr gebracht. Wenn er sein Geständnis widerrufen hätte, hätte das mit Sicherheit großes öffentliches Interesse geweckt welches mit großen Schlagzeilen durch die Presse gegangen wäre.<< konterte Samantha und nahm einen Bissen von ihrem Toast.

>>Da hast du wohl recht, aber warum wurde seine Tochter getötet wenn er sich an alles gehalten hatte, was man ihm aufgetragen hatte?<<

Kapitel 32

Peter saß zusammen mit dem Einsatzleiter des SEK und fünf weiteren Männern seiner Truppe in einem Fahrzeug, das dem Spezialeinsatzkommando als mobile Einsatzzentrale diente.

Der Mercedes-Benz Sprinter war im Heck den speziellen Anforderungen entsprechend ausgerüstet.

Peter erklärte den Männern in kurzen aber aussagekräftigen Sätzen um was es ging, dass dem Verdächtigen vorgeworfen wurde, eine Frau gezielt umgebracht zu haben und er sie anschließend an den liegenden Baum im Rosensteinpark gefesselt hatte um sie öffentlich zur Schau zu stellen und, dass es unklar war, ob der Verdächtige mit Schusswaffen bewaffnet war, dass aber davon ausgegangen werden musste.

Als er damit fertig war, übernahm der Einsatzleiter das Wort und deutete auf einen Monitor, der Gegenüber der Sitze, an der Seitenwand montiert war. Auf diesem war auf der linken Seite eine topografische Karte der Umgebung und auf der rechten Seite die Grundrisspläne des Gebäudes, in dem der Verdächtige vermutet wurde, zu sehen.

Es handelte sich um ein altes, kleines Haus, das auf einem sehr weitläufigen und hängigen Grundstück errichtet worden war.

Da sich das Zentrum von Stuttgart in einem Talkessel befand, war es nicht unüblich, dass Gebäude auf abfallendem Gelände gebaut wurden.

>>Das Gelände ist zu unseren Gunsten. Es gibt nur einen schnellen Fluchtweg den Berg hinab. Linkerhand

ist das Grundstück stark verwildert und auf der rechten Seite durch eine Stützmauer zum Nachbargrundstück hin eingefriedet.<< Der Einsatzleiter veranschaulichte seine Aussage, indem er mit der Hand auf einen weiteren Monitor zeigte, auf dem aktuelle Aufnahmen des Grundstücks zu sehen waren, die in diesem Moment von einer Drohne aufgenommen wurden.

>>Da der Zugriff durch die Vordertür erfolgen wird, müsste der Verdächtige durch die Hintertür oder eines dieser Fenster fliehen, doch soweit wollen wir es gar nicht erst kommen lassen.<<

Ohne seine Männer beim Namen zu nennen, teilte er sie ein.

Zwei Männer sollten den Hinterausgang des Gebäudes und die Seitenfenster sichern, zwei weitere den Zugriff durch den Vordereingang mit ihm zusammen durchführen. Seinen Präzisionsschützen teilte er eine Stelle leicht oberhalb des Gebäudes zu, für den Fall, dass seine Männer, die am aktiven Zugriff beteiligt waren, unter Beschuss genommen wurden.

Abschließend bekräftigte er nochmal, dass ein finaler Rettungsschuss nur im absoluten Notfall erfolgen dürfe, die Freigabe hierfür jedoch erteilt sei.

Der Einsatzleiter erteilte den Befehl zum Zugriff.
Die Männer kontrollierten noch einmal mit gekonnten Handgriffen ihre kurzläufigen Sturmgewehre und machten sich hintereinander auf den Weg zum geplanten Einsatzort. Nur der Präzisionsschütze schlug einen anderen Weg ein und bezog oberhalb des Gebäudes Stellung.
Kurz vor dem Gebäude teilten sich die Männer auf. Zwei von ihnen waren auf dem Weg hinter das Gebäude, um den gegebenenfalls Flüchtigen stellen zu

können. Die anderen drei bezogen Position vor der Haupteingangstür. Dabei sicherte der Einsatzleiter mit einem weiteren Kollegen die Tür, während der dritte Mann mit einer Ramme Schwung holte und die Tür mit einem kraftvollen Stoß krachend öffnete.

Das Schließblech schepperte zu Boden und die Beamten stürmten das Haus.

Peter Jakobs beobachtete die Aktion aus sicherer Entfernung. Er durfte sich dem Haus erst nähern und es betreten, wenn das Einsatzkommando das Haus als gesichert erklärte.

Die drei Männer stürmten durch den Eingangsflur und gaben sich mit lauten Rufen "Polizei" zu erkennen.

Der Einsatzleiter war als erstes in das Haus gestürmt. Dicke, verbrauchte Luft schlug ihm entgegen. Das Haus war dunkel, obwohl draußen die Sonne schien. Die Fenster waren klein und vor ihnen hingen schwere, alte Vorhänge welche zugezogen waren. Die Vorhänge ließen kaum Sonnenlicht in den Raum eindringen. Eine düstere Musik war im ganzen Haus zu hören. Die Musik klang gedämpft und musste aus einem Raum mit verschlossener Tür kommen.

Gleich nachdem die Männer den Eingangsflur betreten hatten, befand sich auf der linken Seite eine Tür, an der der Einsatzleiter schnellen Schrittes vorbei ging, ganz in dem Wissen, sich auf seinen Kollegen, der direkt hinter ihm war, verlassen zu können. Dieser öffnete die Tür und sicherte den Raum, während der dritte für die Rückendeckung verantwortlich war und die Treppe zum Dachgeschoss sicherte.

Aus dem ersten Raum ertönte ein lautes "gesichert", was dem Einsatzleiter signalisierte, dass von diesem Raum keine Gefahr ausging und er weiter in das Gebäude vordringen konnte. Blitzschnell waren auch das Wohnzimmer, Esszimmer und die Küche auf diese Art und Weise gesichert.

Im nächsten Augenblick nahmen die beiden Männer ein Geräusch über ihnen war. Sie machten sich sofort auf den Weg zurück zu ihrem Kollegen, der die Treppe zum Dachgeschoss sicherte, als sie einen dumpfen Schuss hörten.

Noch bevor sich der Einsatzleiter ausmalen konnte, was geschehen war, war er bereits wieder im Eingangsflur angekommen und hatte Sichtkontakt zu seinem Kollegen, der die Treppe sicherte.

Er stand angespannt, mit seinem kurzläufigen Sturmgewehr im Anschlag, an der Treppe.

Er war unverletzt, deutete seinem Vorgesetzten mit einem Zeichen jedoch an, dass der Schuss im Dachgeschoss abgegeben worden war.

Auf ein kurzes Zeichen hin, begab sich der Kollege Stufe für Stufe nach oben. Seine Kollegen folgten ihm und sicherten sowohl ihn, als auch den Treppenabsatz hinter ihm.

Gerade als der Beamte den Flur im Dachgeschoss betrat, ertönten zwei weitere Schüsse in kurzer Abfolge aus einem Raum hinter einer Tür zu seiner Rechten.

Der Beamte fuhr herum, ging in die Knie und richtete sein Sturmgewehr auf die Tür.

Der Einsatzleiter trat mit einem brutal anmutenden Tritt die Tür ein, woraufhin die Musik deutlich lauter zu hören war.

Die Tür flog rasend schnell auf. Der Einsatzleiter brachte sein Sturmgewehr in Anschlag und trat einen Schritt vor, um zu verhindern, dass die Tür, nachdem sie an die seitliche Wand geknallt war, durch den enormen Schwung wieder zurück schwingen konnte.

Mit dem Sturmgewehr im Anschlag, hatte er den Verdächtigen im Visier. Er hatte mit vielem gerechnet, aber nicht mit dem, was er nun sah.

Vor ihm saß ein Mann mit weit aufgerissenen Augen auf einem Bürostuhl, der aussah wie ein Ohrensessel mit Lautsprechern, die links und rechts auf Kopfhöhe angebracht waren. Aus diesen und unzähligen weiteren Lautsprechern, die im ganzen Raum verteilt waren, war ein weiterer Schuss zu hören. Just in diesem Moment drehte sich das Bild auf dem riesigen Monitor hinter dem Mann zur Seite und die Aufnahme sackte auf den virtuellen Boden ab. Das Bild wurde zunehmend unscharf.

Lucas Maier war soeben gestorben. Zumindest in dem von ihm gespielten Videospiel.

Kapitel 33

Montag 20. Juni 2022

Obwohl es montagmorgens häufig mehr Verkehr auf den Straßen rund um Stockholm gab, waren Laura und Samantha etwas früher in der Haftanstalt eingetroffen als geplant.

Ein Wärter begrüßte Sie und brachte die Beiden durch die Korridore und Schleusen zum selben Raum wie am gestrigen Tag, während er mit Laura, auf Schwedisch, Smalltalk hielt.

>>Hast du das Spiel am Samstag gesehen?<< wollte der Wärter wissen.

>>Nein, leider nicht. Ich war beruflich in Deutschland<<

>>Deutschland, ja? 1:1, dabei hätte Stockholm ein Sieg gegen Karlstad gut getan.<<

Laura schmunzelte, der Wärter sprach offenbar von der vierten Liga.

>>Ja, wenn Sie es in den nächsten zwei Jahren schaffen wollen, gegen den FC Stockholm zu spielen, dann müssen sie sich etwas ranhalten.<<

Der Wärter strafte Laura mit einem argwöhnischen Blick. Sie hob daraufhin nur abwehrend die Hände und lächelte den Wärter dabei an.

Zum Glück hatten sie bereits den Hof überquert und waren in dem länglichen Gebäude mit den Verhörräumen angekommen.

Vor dem Raum wartete bereits eine junge, etwas mollige Frau auf die Beiden. Sie trug einen roten Hosenanzug zu einer schwarzen Bluse und schwarzen Schuhen. Ihr Gesicht war rundlich, aber sehr hübsch.

Als sie die Beiden sah, trat sie sofort einen Schritt auf sie zu, dabei lächelte sie breit aber ehrlich.

Sie stellte sich als die angefragte Phantombildzeichnerin vor.

Während Laura ihr erklärte, dass es eine Wendung und einen Verdächtigen in dem Fall gab, schaute Samantha durch das kleine, in die Tür eingelassene Fenster in den Raum, in dem Björn Barkas bereits mit den Händen an den Tisch gefesselt saß.

Sein Äußerliches hatte sich zwar über Nacht nicht verändert, aber trotzdem sah er irgendwie anders aus.

Die Falten in seinem Gesicht schienen nicht mehr ganz so tief zu sein. Er machte fast den Eindruck erleichtert zu sein.

>>Good moron.<< begrüßte Laura Barkas auf schwedisch bevor sie ins Englische wechselte.

Ohne weitere Umschweife zückte Sie ihr Mobiltelefon, das Sie auf Grund der Umstände behalten durfte, öffnete das Bild von Lucas Maier und hielt es Barkas vor sein faltiges Gesicht.

Björn Barkas wich mit dem Kopf ein Stück zurück um das Foto besser betrachten zu können, danach zuckte er mit den Schultern und lehnte sich zurück.

>>Wer soll das sein?<<

>>Sie kennen diesen Mann nicht? Sind ihm noch nie begegnet?<< wollte Laura wissen.

>>Nein.<< sagte Barkas verunsichert und tauschte abwechselnd Blicke mit Laura ,die direkt neben ihm stand und Samantha, die ihm gegenüber Platz genommen hatte, aus.

>>Ich kenne diesen Mann nicht. Wirklich!<< beteuerte er, während seine Blicke weiter zwischen den beiden Polizistinnen wechselte.

>>Das ist also nicht der Mann, der ihnen damals zusammen mit der schwangeren Frau seine Hilfe angeboten hat?<<

>>Neiiiiin, das ist er nicht. Ich meine, das Alter könnte passen, aber nein. Der hier ist blond, der Mann hatte dunkle Haare und auch das Gesicht ist ganz anders, das ist er nicht.<<

Laura trat einen Schritt zurück, aus dem Sichtfeld von Barkas heraus und tauschte einen schnellen Blick mit Samantha aus, die ihr mit einem langsamen Blinzeln und minimaler Abwärtsbewegung ihres Kopfes als Nicken zu verstehen gab, dass auch ihr klar war, dass Lucas Maier nicht der Mann von damals sein konnte, wenn sein heutiges Alter in etwa dem des Mannes von damals entsprach.

>>Hören Sie, draußen wartet eine Frau, die mit ihrer Hilfe ein Phantombild der Beiden, die damals an sie herangetreten sind, anfertigen wird.<<

>>Was ist mit Astrid? Solange ich nicht weiß, dass es ihr gut geht, mache ich gar nichts.<<

>>Bis gestern wussten wir nicht einmal, dass Sie eine Tochter haben, geschweige denn zwei. Aber Sie können beruhigt sein, unsere Kollegen sind dran.<<

>>"Unsere Kollegen sind dran!<< blaffte Björn Barkas Laura nach. >>Was soll das heißen?<<

>>Das heißt, dass es nicht so einfach ist, jemanden zu finden, von dem man nicht einmal wusste, dass es sie überhaupt gibt! Wieso wussten wir nichts von ihren Töchtern? Und wieso wissen sie nicht zu wem ihre Töchter gekommen sind?<<

Björn Barkas Falten fingen wieder an zu zucken.

Sichtlich überlegte er, ob er den beiden Polizistinnen vertrauen konnte. Er ließ sich tiefer in seinem Stuhl rutschen und brauchte ein paar Sekunden, ehe er sich wieder aufrecht hin setzte.

Offensichtlich hatte er eine Entscheidung getroffen.

>>Bevor ich mich damals gestellt hatte, habe ich eine junge Richterin am Familiengericht angerufen, die selbst Mutter von zwei Kindern ist. Ich habe ihr damit gedroht, ihre Kinder zu entführen.<<

Laura und Samantha wechselten einen ungläubigen Blick und forderten Barkas mit einer Geste auf, weiter zu sprechen.

>>Ich dachte mir, wenn ich ohnehin schon für Verbrechen in den Bau gehe, die ich nicht begangen habe, dann kann ich das doch wenigstens zu meinem Vorteil nutzen.<<

Barkas sah die beiden Polizistinnen an, die lediglich leicht den Kopf schüttelten.

>>Mann, das war meine Versicherung. Ich wollte mich nicht alleine auf das Wort von diesen dahergelaufenen verlassen.<< sagte er mit energischer und leicht genervter Stimme.

>>Das ist das erste Mal, dass ich Sie verstehen kann, auch wenn der Weg der Falsche war.<< sagte Samantha.

>>Ich habe ihr gedroht, dass ich ihre Kinder entführen würde. Dass sie sich ja wohl denken kann, dass ich die Entführungen und Erpressungen nicht alleine durchgezogen hatte und dass egal was passieren würde, ich oder mein Partner sich jederzeit ihre Kinder schnappen könnte und diese nicht wie die anderen wieder auftauchen würden.<<

>>Aber Sie hatten keinen Partner, Sie haben die Mädchen noch nicht einmal entführt.<<

>>Natürlich nicht, aber das wusste die Richterin doch nicht. Mal ganz ehrlich, ist es so abwegig, dass die das zu zweit durchgezogen haben. Jedenfalls machte ich ihr

klar, dass wenn mir etwas passieren oder ich verhaftet werden würde, Sie dafür sorgen muss, dass meine Kinder zu fürsorglichen Familien kommen und was noch viel wichtiger war, dass es keinerlei Verbindungen zu mir geben durfte. Sie wollte sich davor drücken. Fragte wie ich mir das vorstelle, dass es doch nicht einfach so ging, die Eltern von Kindern aus den Akten verschwinden zu lassen. Die Angst war dann aber wohl doch zu groß und Sie tat, was ich von ihr verlangt habe.

>>Das wird ja immer besser! Jetzt ist in die Sache schon eine Richterin involviert, die ihr Amt, und wer weiß wen und was alles noch missbraucht hat.<<

>>Die Polizei an der Nase entlanggeführt hat.<< fügte Laura nach einer kurzen Pause noch hinzu.

>>Wenn Sie nicht wollen, dass das jetzt alles raus kommt und mit einem mega Hype durch die Presse geht, dann helfen Sie uns jetzt auf der Stelle ein Phantombild von den Beiden anzufertigen!<< schnauzte Laure ihn an.

>>Und was ist mit Astrid?<< fragte Barkas.

>>Wir versuchen Sie schnellstmöglich zu finden und werden Sie schützen, bis die ganze Sache hier vorbei ist.<< sagte Laura widerwillig.

Barkas lehnte sich weit nach vorne, um sich mit seinen, an den Tisch gefesselten Händen, sein Gesicht reiben zu können. Als er den Kopf wieder hob, schaute er nur Samantha an, die ihm immer noch gegenüber saß. Ihr Gesichtsausdruck signalisierte ihm eindeutig, dass er von ihr keine Hilfe erwarten konnte.

>>Okay, okay. Wie ich schon sagte, es ist lange her, aber ich werde es versuchen.<<

Als Samantha und Laura die Tür öffneten, um die Phantombildzeichnerin reinzuholen, rief Barkas den Beiden hinterher.

>>Alice Rosenqvist, die Richterin. Das ist ihr Name, Alice Rosenqvist. Bitte machen Sie ihr keinen Ärger.<<

Laura und Samantha nickten Barkas beim Verlassen des Raumes zu und baten die Phantombildzeichnerin, ihnen die angefertigten Bilder sofort zukommen zu lassen, wenn sie fertig waren.

Kapitel 34

Montag 20. Juni 2022

Nachdem das Gebäude gesichert und der Verdächtige festgenommen wurde, informierte man Peter Jakobs über Funk und bat ihn, sich die Situation vor Ort anzusehen.

Als er die knarzende Holztreppe hinter sich gelassen hatte und den Raum im oberen Stockwerk betrat, traute er seinen Augen kaum.

Es handelte sich in der Tat um einen schwer bewaffneten Mann, allerdings nur in einem Videospiel.

Lucas Maier war korpulenter als er auf dem behördlichen Foto wirkte. Lucas Maier trug ein weißes T-Shirt, welches unter den Achseln nass geschwitzt war und eine beige Khaki Hose, die sich im Schritt dunkel verfärbt hatte.

>>Bringen Sie diesen Mann ins Präsidium.<< sagte Peter Jakobs zu zwei uniformierten Kollegen, die inzwischen eingetroffen waren. >>Und sorgen Sie dafür, dass er sich vorher etwas Frisches anzieht.<< Er nickte mit dem Kopf in Richtung von Lucas Maiers Beine.

Erst jetzt schien Lucas Maier selbst bemerkt zu haben, dass er sich in die Hose gemacht hatte. Die Blässe in seinem Gesicht wich abrupt einer deutlichen Röte.

Anton Wagner und Peter Jakobs standen hinter einem Einwegspiegel in einem Raum, der an ein Verhörzimmer des Polizeipräsidiums angrenzte.

Der Einwegspiegel ermöglichte es den Beiden, Lucas Maier zu beobachten, ohne dass dieser sie sehen konnte.

Von seiner Seite aus war die Scheibe wie ein gewöhnlicher Spiegel.

>>Das ist also unser Killer?<< fragte Anton rhetorisch.

>>Nein, aber er hat etwas mit der Sache zu tun.<< sagte Peter resigniert und runzelte die Stirn.

Er war verärgert. Er hatte gehofft, dass Lucas Maier ihr Mann war, doch nun war er nur ein weiteres Puzzlestück in der ganzen Sache.

Anton Wagner quittierte die Aussage nur mit einem kurzen "mmmhh".

Mit einem Kopfnicken in Richtung der Scheibe, hinter der Lucas Maier saß, gab er Peter zu verstehen, dass der Verdächtige nun lange genug gewartet hatte und Peter ihn befragen sollte.

Als Peter Jakobs die Tür zum Verhörraum öffnete, zuckte Lucas Maier zusammen.

Der Raum war fast schalldicht, sodass keine Geräusche von außen in den Raum eingedrungen waren, seit Lucas Maier in dem Raum verharrte.

Das plötzliche Geräusch riss ihn aus seinen Gedanken.

Peter deutete ihm an, sitzen zu bleiben und nahm ihm gegenüber an dem Tisch, welcher in der Mitte des Raums stand, Platz. Er legte ein digitales Aufnahmegerät zwischen ihnen auf den Tisch und startete die Aufnahme.

>>Ihr Name ist Lucas Maier, Sie sind am zweiten April 1990 geboren, sind ledig und wohnen in Stuttgart?<<

>>Ja.<< sagte Lucas Maier mit einem Kopfnicken, ohne dem Kommissar dabei in die Augen zu schauen.

>>Herr Maier, Ihnen wird vorgeworfen, Frau Maja Larsson nach Stuttgart gelockt und vorsätzlich getötet zu haben.

Lucas Maier wich schlagartig jegliche Farbe aus dem Gesicht und sein Mund öffnete sich leicht, es kamen aber keine Worte daraus hervor.

>>Anschließend haben Sie ihren Leichnam in ihren BMW geladen, ihn in den Rosensteinpark geschafft und auf den liegenden Baum gebunden.<<

Peter machte eine Pause und beobachtete Lucas Maier ganz genau. Er war inzwischen so blass, dass Peter sich Sorgen machte, dass er gleich vom Stuhl kippen würde, doch plötzlich schüttelte Lucas Maier heftig mit dem Kopf.

>>Ich ich, nein, ich ich habe ni-ni-nichts gemacht!<< stotterte Lucas Maier.

>>Wir können beweisen, dass Sie Maja Larsson mit gefälschten E-Mails nach Stuttgart gelockt haben. Außerdem haben wir ihr Fahrzeug auf einer Verkehrskamera, auf dem Weg vom Tatort zum Rosensteinpark und keine 45 Minuten später ein weiteres Mal auf dem Weg vom Rosensteinpark zu Ihnen nach Hause. Genügend Zeit um...<

>>Nein! Nein, nein, nein.<< unterbrach ihn Lucas Maier lautstark. >>

>>Es bringt nichts, das zu leugnen. Die Beweislast gegen Sie ist erdrückend und ich bin mir sicher, dass die Kriminaltechnik DNA von Maja Larsson in ihrem Kofferraum finden wird.<< sagte Peter, um den Verdächtigen weiter unter Druck zu setzen.

Langsam ließ der Schock nach, in den die Vorwürfe des vorsätzlichen Mordes, Lucas Maier versetzt hatten und er konnte allmählich wieder einen klaren Gedanken fassen.

>>Bin ich verhaftet?<< wollte er wissen.

>>Natürlich sind Sie verhaftet.<<

>>Dann möchte ich sofort mit einem Anwalt sprechen.<<

Peters Mobiltelefon vibrierte zwei Mal. Er holte es aus der Innentasche seines Sakkos und betrachtete den Bildschirm. Die Nachricht war von Sam:

> Lucas Maier ist nicht unser Mann aus Schweden. Er müsste heute rund 15 Jahre älter sein.

>>Waren Sie schon einmal in Schweden?<< wollte Peter von Lucas Maier wissen.

>>Nein.<< antwortete er und runzelte aus Verwunderung über die Frage die Stirn.

Peter dämmerte, dass Lucas Maier vermutlich nicht der Entführer aus Schweden war, dennoch könnte er der Mörder von Maja Larsson sein.

Die Tür zum Verhörraum öffnete sich und Anton Wagner stand in der Tür.

Bisher hatte er das Gespräch hinter dem Einwegspiegel verfolgt. Jetzt deutete er Peter mit einem Kopfnicken und einer Seitwärtsbewegung des Kopfes an, dass das Verhör beendet ist und Peter ihm aus dem Raum folgen soll.

Als die Beiden den Raum verlassen hatten und wieder im Nebenzimmer waren, beobachteten sie den Verdächtigen durch den Einwegspiegel.

>>Damit ist noch nicht klar, dass er mit der Sache nichts zu tun hat. Und auch nicht, dass er Maja Larsson nicht getötet hat.<< sagte Peter mit Nachdruck.

>>Das mag schon sein, aber er hat nach einem Anwalt verlangt. Wir wollen doch nicht, dass uns der ganze Fall um die Ohren fliegt, nur weil wir einen Vernehmungsfehler gemacht haben.<<

Kapitel 35

Laura und Samantha saßen wieder in dem silbergrauen Volvo V60 und waren auf der E18 Richtung Stockholm unterwegs, allerdings saß nicht Laura am Steuer, sondern Samantha.

Laura hatte Sie darum gebeten, um während der Fahrt ein paar Telefonate führen zu können. Sie sprach schnell und auf Schwedisch und Samantha verstand kein Wort.

Schließlich legte sie auf und starrte gespannt auf ihr Mobiltelefon. Als es endlich piepste, tippte sie schnell zwei Mal auf das Display und hob sich das Telefon erneut ans Ohr.

Als auf der anderen Seite jemand den Anruf entgegen nahm fragte Laura:

>>Alice Rosenqvist?<<

Samantha verstand zwar auch von diesem Gespräch kein Wort, doch Lauras veränderte Stimme wusste sie sofort zu deuten.

Nachdem Laura das Gespräch beendet hatte, blickte sie stumm zu Samantha, die ihren Blick kurz erwiderte.

Laura verstand ohne Nachfrage, dass Samantha ihr wortlos folgen konnte. Sie hatte verstanden, dass sie die Richterin erreicht hatte und positives zu berichten wusste.

Erneut war Laura davon überrascht, wie gut sie sich wortlos verstanden und fühlte wieder diese wohlwollende Wärme in sich aufsteigen.

>>Fahr hier rechts ab, wir müssen auf die E4 Richtung Süden. Alice Rosenqvist hat mir zwar bestätigt, dass Sie Björn Barkas kennt, hat mir aber auch gleich zu verstehen gegeben, dass Sie am Telefon nicht darüber sprechen wird.<<

>>Ich denke, solange wir nicht wissen wo sich Astrid aufhält und wer hinter den Entführungen und dem Mord steckt, sollten wir das für uns behalten.<<

>>Das sehe ich genauso. Wir müssen nach Malmö. Die Richterin hat wohl das Revier gewechselt.<< Laura verzog das Gesicht und schaute auf die Uhr. >>Es wird früher Abend werden, bis wir dort ankommen.<< fügte sie hinzu, während sie die Zieladresse in das Navigationsgerät eintippte.

Anschließend wandte sie ihren Blick dem Beifahrerfenster zu und versuchte die einzelnen Puzzlestücke in dem Fall neu zu sortieren und zusammen zu setzten.

Samantha wusste, was das zu bedeuten hatte und ließ sie mit ihren Gedanken alleine.

Ein Blick auf das Navi verriet ihr, dass sie noch etwas mehr als 600 km vor sich hatten, der Tank war noch etwas mehr als die Hälfte gefüllt.

Das wird ein willkommener Tankstopp, dachte sie sich und drückte das Gaspedal noch etwas weiter durch.

Kapitel 36

Montag 20. Juni 2022

>>Wie lange kann das denn dauern, bis ein Anwalt seinen juristischen Hintern hierhin bewegt.<< fluchte Peter.

Anton Wagner betrachtete ihn mit einem strengen Blick.

Ist ja schon gut, gab Peter durch ein Achselzucken zu verstehen und ging in Antons Büro auf und ab, während dieser ruhig in seinem Bürostuhl saß und sich zurückgelehnt hatte.

>>Wenn du so weitermachst, brauche ich morgen einen neuen Teppichboden.<<

Peter Jakobs blieb für einen kurzen Augenblick stehen, als müsste er über die Worte seines Chefs nachdenken. Dann setzte er sich wieder in Bewegung.

Circa weitere fünf Minuten später klopfte es an der Bürotür. Eine junge uniformierte Polizistin streckte vorsichtig den Kopf herein, fast so, als wollte sie zunächst einmal die Lage checken, bevor sie sich ganz in das Büro wagte.

>>Der Anwalt von Herrn Maier ist jetzt…<<

>>Na endlich, das wurde aber auch Zeit.<< unterbrach Peter die junge Polizistin.

>>…da.<< beendete diese ihren Satz und schaute Anton Wagner fragend an, der ihr mit einer abwinkenden Handbewegung signalisierte, dass sie es ignorieren sollte und erhob sich aus seinem Bürostuhl, um Peter zu folgen, der schon längst aus der Tür gestürmt war.

Im Flur stieß er wieder zu Peter, der mit dem Anwalt sprach.

Sie hatten sich bereits einander vorgestellt.

Anton Wagner holte dies nach und öffnete die Tür zu dem Verhörraum, in dem der Verdächtige Lucas Maier noch immer saß.

Der Anwalt nahm auf einem Stuhl neben seinem Mandanten Platz und flüsterte diesem etwas ins Ohr.

Anton Wagner setzte sich dem Anwalt gegenüber.

Peter holte erneut das digitale Aufnahmegerät aus seiner Sakkotasche, startete die Aufnahme und sagte ein paar Worte zu dem Grund des Verhörs sowie der anwesenden Personen und legte es wiederholt in die Mitte des Tisches, bevor auch er sich setzte.

>>Herr Maier, wir glauben nun nicht mehr, dass Sie Frau Maja Larsson getötet haben.<< begann Peter das Gespräch.

In Lukas Maiers Gesicht machte sich Erleichterung breit, die sogleich wieder erlosch, nachdem Peter fortfuhr.

>>Wir können aber nachweisen, dass Sie an der Ermordung beteiligt waren.<<

Jetzt schaltete sich der Anwalt ein und wollte wissen, um welche Art von Beweisen es sich dabei handelte.

Peter Jakobs erklärte ihm ausführlich, dass die E-Mail, die Maja Larsson nach Deutschland lockte, von einem Laptop des Verdächtigen aus geschrieben und versandt wurde.

Ebenfalls zeigte er dem Anwalt die Aufzeichnungen der Verkehrskameras, die den BMW von Lucas Maier aufgenommen hatten. Auch Lucas Maier sah die Aufnahmen jetzt zum ersten Mal und widersprach sofort vehement, dass er das Auto nicht gefahren sei.

Sein Anwalt signalisierte ihm mit einer Handbewegung zu schweigen, woraufhin Lucas Maier sofort verstummte.

Der Anwalt dachte einen Moment nach, bevor er die Offensive ergriff.

>>Wie sind Sie überhaupt auf meinen Mandanten gekommen? Was verschaffte ihnen das Recht, in das Haus von Herrn Maier derart einzudringen und es anschließend zu durchsuchen?<<

Offensichtlich versuchte er den notwendigen Anfangsverdacht anzuzweifeln, ohne den es keine Durchsuchung hätte geben dürfen und somit alle gesammelten Beweise nichtig wären.

>>Unsere Techniker haben zweifelsfrei nachge-wiesen, dass die E-Mail von einem Computer aus versendet wurde, der mittels einer SIM-Karte ins Internet eingeloggt war. Diese SIM-Karte ist auf den Namen ihres Mandanten registriert.<<

>>Unmöglich!<< platzte es aus Lucas Maier heraus.

Die Hand des Anwalts schnellte blitzschnell in die Höhe, um seinen Mandanten zum Schweigen zu bringen. Er beugte sich zu ihm hinüber und drehte den Kopf etwas zur Seite, sodass sein Mandant ihm etwas ins Ohr flüstern konnte.

Peter ahnte genau, was jetzt kommen würde und beschloss, dem Anwalt zuvorzukommen.

>>Herr Maier hat seit dem 12. Juli 2017 bis heute mehrere SIM-Karten gekauft. Mit einer davon ist der sichergestellte Laptop online gegangen, als die E-Mail an Frau Larsson versendet wurde. Die E-Mail konnte von unseren Technikern mittlerweile auf dem Laptop rekonstruiert werden. Sie war so verfasst und manipuliert worden, dass Frau Larsson davon ausgehen

musste, dass die E-Mail von Professor Doktor Gerstenmaier stammte, woraufhin sie sich auf den Weg zu dessen Haus machte.<<

>>Das beweist höchstens, dass mein Mandant eine E-Mail an Frau Larsson geschrieben hat, nicht aber, dass er an dessen Ermordung beteiligt war, noch das er überhaupt davon wusste, dass Frau Larsson ermordet werden sollte.<<

>>Durch die Aufnahmen der Verkehrskameras konnten unsere Techniker berechnen, dass der BMW von Herrn Maier auf der Fahrt Richtung Rosensteinpark mit etwa 65 kg im Kofferraum beladen war, was in etwa dem Gewicht von Frau Larsson inklusive der von ihr getragenen Kleidung entspricht. Auf dem Rückweg zur Wohnung von Herrn Maier war diese Ladung nicht mehr im Kofferraum des BMW.<< sagte Peter und schaute Lucas Maier direkt in die Augen, um eine Reaktion von ihm deuten zu können. Doch dieser schüttelte nur leicht mit dem Kopf.

>>Das sind keine Beweise. Das hätte alles Mögliche im Kofferraum des Autos von meinem Mandanten sein können. Außerdem ist mein Mandant auf den Videos nicht zweifelsfrei zu erkennen.<<

Nun mischte sich auch Anton Wagner in das Gespräch ein.

>>Solange ihr Mandant uns keine plausible Erklärung liefern kann, was er rein zufällig, genau zu dieser Zeit, an diesem Ort, transportiert und abgeladen hat, bleibt er in Haft und ein Richter kann das irgendwann entscheiden.<<

Der Anwalt und Lucas Maier steckten wieder die Köpfe zusammen und flüstern sich abwechselnd ins Ohr.

>>Mein Mandant bestreitet weiterhin etwas mit dem Mord zu tun zu haben.<<

Der Anwalt musterte die beiden Polizisten für einen Augenblick und erhoffte sich, etwas aus deren Reaktion ablesen zu können, doch diese verzogen keine Miene.

>>Mein Mandant ist unter Umständen bereit ihnen zu sagen was er weiß.<<

>>So! Er ist also unter Umständen bereit uns etwas zu sagen.<< wiederholte Peter in einem sarkastischen Tonfall. >>Wenn ihr Mandant uns nicht augenblicklich erzählt, was er weiß, geht er für lange Zeit in den Bau. Das wissen Sie genauso gut wie wir. Die Beweise und Indizien sind belastend genug. Kein Richter dieser Welt wird ihn unter diesen Umständen frei sprechen.<<

Der Anwalt wusste, was dies für seinen Mandanten bedeuten würde, also bedeutete er seinem Mandanten, durch ein Kopfnicken zu reden.

Kapitel 37

Montag 20. Juni 2022

Samantha steuerte den Volvo V60 auf die Ausfahrt zu einer Rastanlage mit Tankstelle kurz hinter Jönköping.

Für die etwas mehr als 300 km hatte sie gerade mal etwas mehr als zwei Stunden gebraucht.

Durch ihre konzentrierte Fahrweise, war ihr überhaupt nicht aufgefallen, dass Laura sie vom Beifahrersitz aus beobachtete. Erst als sie die Geschwindigkeit auf der Ausfahrt drosselte, wurde ihr das bewusst.

Sie blickte noch einmal kurz zur Seite, um zu sehen, ob Laura sie immer noch anschaute.

Als sie Gewissheit darüber hatte, spürte sie eine leichte Röte in sich aufsteigen und fragte sich, wie lange Laura sie wohl schon beobachtete.

>>Wir müssen einen kurzen Tankstopp einlegen.<<

>>Ich weiß.<< sagte Laura, ohne sie dabei aus den Augen zu lassen.

Samantha schaute nochmals kurz zu ihr hinüber und musste anfangen zu lächeln, als sie sah, dass Laura sie noch immer mit ihrem Blick fixierte.

Auch Laura konnte sich daraufhin ein Lächeln nicht verkneifen, ließ den Blick aber nicht von ihr ab.

Beide Frauen mussten abwechselnd immer mehr lachen, bis sie gemeinsam in Gelächter ausbrachen.

Samantha stoppte den Wagen an einer der Zapfsäulen. Laura öffnete die Tür und stieg aus, um den Wagen zu betanken. Allerdings nicht ohne Samantha nochmal einen liebevollen Blick zuzuwerfen.

Samantha stieg kurze Zeit später ebenfalls aus dem Wagen aus und streckte sich ausgiebig, bevor sie sich vom Auto entfernte und Laura wissen ließ, dass sie eine Kleinigkeit zu essen besorgen würde.

Laura war mit dem Tanken bereits fertig und hatte den Volvo etwas von der Tankstelle entfernt an einem Grünstreifen geparkt, als Samantha zurückkam.

Sie streckte Laura ein frisch zubereitetes, noch leicht dampfendes Schinken-Käse-Sandwich entgegen.

Als Laura es ihr abnahm, berührten sich ihre Finger. Sie wusste nicht, ob dies mit Absicht geschah, aber sie blickte Samantha dabei in die Augen und spürte, dass auch sie froh war, dass sie sich durch diesen Fall kennen gelernt hatten.

Nachdem sie aufgegessen hatten, stieg Laura auf der Fahrerseite und Samantha, wie selbstverständlich, auf der Beifahrerseite ein.

Sie schnallten sich an und Laura beschleunigte den Volvo mit einem beherzten Tritt aufs Gaspedal. Sie lenkte den Volvo zur Auffahrt und fuhr wieder auf die E4 in Richtung Malmö auf.

>>Und?<< fragte Samantha nur knapp.

Laura schüttelte den Kopf, um ihr zu verstehen zu geben, dass sie bei ihren Überlegungen keine neuen Resultate oder Unstimmigkeiten gefunden hatte.

Kapitel 38

Montag 20. Juni 2022

Alexander war gerade im Begriff, Feierabend zu machen, als sein Mobiltelefon klingelte.

Er war schon dabei, schlechte Laune zu bekommen, da er dachte, dass das Klingeln weitere Arbeit und Überstunden bedeuten würde. Doch als er auf das Display schaute, erhellte sich sein Gesicht und ein freudiges Lächeln machte sich breit.

IsaBELLA

stand auf dem Display. Er drückte sofort auf den grünen Hörer. Vielleicht etwas zu schnell, überlegte er für einen kurzen Augenblick. Doch so schnell wie der Gedanke gekommen war, war er auch wieder verflogen.

>>Ciao Bella!<< begrüßte er sie stattdessen. >>kannst du hellsehen? Ich bin gerade dabei, Feierabend zu machen.<<

>>18 Uhr bei mir?<< fragte sie nur knapp mit einem erotischen Ton in der Stimme.

Alexander warf einen Blick auf seine Armbanduhr.

Etwas mehr als eine Stunde.

Sportlich urteilte er.

Schnell nach Hause, duschen, etwas Frisches anziehen und zu ihr fahren. Das jetzt alles bei dem Verkehr zu der Zeit.

>>Einverstanden.<< hörte er sich jedoch selbst sagen. Er konnte es nicht erwarten sie wieder zu sehen.

>>Ich freue mich…<< sagte Isabella verführerisch und legte auf.

Und ich mich erst, dachte sich Alexander und machte sich schnellen Schrittes auf den Weg zu seinem Porsche, der direkt vor dem Gebäude der Rechtsmedizin geparkt war.

Frisch geduscht und neu eingekleidet, saß er nun wieder in seinem Porsche und sah auf die Uhr in der Mitte des Armaturenbretts.

Viertel vor sechs zeigte diese.

Könnte klappen, dachte er sich und betätigte den Startknopf. Der Porsche startete den Motor mit einem kernigen aufheulen.

Teils viel zu schnell steuerte er den Sportwagen durch die Straßen Stuttgarts. Gezielt bremste er vor den Stellen ab, an denen Radarstationen installiert waren und beschleunigte sofort danach wieder.

Plötzlich vernahm er ein helles rötliches Blitzen.

Im Augenwinkel nahm er noch den dort abgestellten Blitzeranhänger wahr. Er ärgerte sich darüber, doch ein kurzer Blick auf den Tacho brachte ihm die Gewissheit, dass alles noch im grünen Bereich war. Es würde wahrscheinlich teuer werden, aber für ein Fahrverbot war er nicht schnell genug gewesen.

Kapitel 39

Montag 20. Juni 2022

In dem Verhörraum war für einen kurzen Moment eine beklemmende Stille eingekehrt, ehe sich Lucas Maier auf seinem Stuhl aufrichtete. Er legte die Hände auf den Tisch, senkte den Kopf und schaute auf seine Finger, dann begann er zu reden.

>>Die haben mich dazu gezwungen. Genauer gesagt, die haben mich erpresst.<<

Peter und Anton forderten Lucas Maier nicht dazu auf, fortzufahren, als dieser eine kurze Pause machte. Er schaute zu seinem Anwalt, der ihn mit einem weiteren Nicken dazu ermutigte, weiter zu sprechen.

>>Eine Frau hat mich angerufen.<<

Peter und Anton schauten sich verwundert an.

>>Das erste, was sie mir klargemacht hat, war, dass Sie meine Freundin entführt haben, ihr aber nichts passieren würde, wenn ich tue, was sie sagen.<<

Peter und Anton schauten sich ein weiteres Mal an, danach blickten sie beide auf den ängstlichen Verdächtigen.

Peter, der seine Arme leicht vor sich ausstreckte, als würde er einen Ball in seinen Händen halten, forderte Lucas Maier damit auf, ihnen zu erzählen, wo seine Freundin jetzt war.

Lucas Maier hob seine Hände abwehrend von der Tischplatte.

>>Es geht ihr gut, naja so gut es einem eben gehen kann, nachdem man eine solche Erfahrung gemacht hat.<<

>>Und keiner von ihnen kommt auf die Idee zur Polizei zu gehen?<< wollte Anton fassungslos wissen.

Lucas Meier lehnte sich erneut zu seinem Anwalt und flüsterte diesem etwas ins Ohr, der daraufhin das Wort ergriff.

>>Können Sie meinem Mandanten zusichern, dass Sie ihn nicht Strafrechtlich verfolgen werden, wenn er Ihnen in diesem Zusammenhang andere Dinge gesteht, die nichts mit dem Fall zu tun haben?<<

>>Das kommt ganz darauf an, um was es sich handelt.<< antwortete Anton Wagner.

Der Anwalt hatte nichts anderes erwartet und wägte kurz ab, von welcher Bedeutung die nebensächlichen Geständnisse für die beiden Polizisten sein würden. Dann signalisierte er seinem Mandanten, fortzufahren.

>>Vielleicht habe ich schon mal den einen oder anderen Hack für jemanden gemacht. Ich wollte nicht, dass ich dafür ins Gefängnis komme, also habe ich alles für mich behalten. Und was meine Freundin, oder besser Ex-Freundin angeht...<< er zuckte mit den Schultern >>...weiß ich nicht was sie gemacht hat. Nach der Sache wollte sie nichts mehr mit mir zu tun haben. Die müssen ihr gesteckt haben, dass das alles nur wegen mir ist. Anders kann ich mir das nicht erklären.<<

Mit einer Handbewegung signalisierte Peter einem Kollegen, hinter dem Einwegspiegel in den Verhörraum zu kommen. Kurz darauf öffnete sich die Tür und ein uniformierter Kollege trat einen Schritt ein.

Peter fragte den Verdächtigen nach dem Namen seiner Ex-Freundin und wies den Kollegen an, sie sofort ausfindig zu machen und aufs Revier zu bringen.

Als der uniformierte Kollege den Raum verlassen hatte, setzte Lucas Maier seine Aussage fort.

>>Die Frau erklärte mir, was sie von mir wollen. Mir war klar, dass ich das auf keinen Fall von zu Hause aus machen konnte, also habe ich eine von den alten SIM-Karten dafür benutzt. Ich kann mir nicht erklären, wie diese SIM-Karte zu den alten...<< er stoppte mitten im Satz.

>>Ja ja, schon gut.<< sagte Anton Wagner, um Lucas Maier und seinem Anwalt zu bestätigen, dass sie ihn wegen des vermeintlichen, für illegale Zwecke eingesetzten, SIM-Kartenmissbrauchs nicht belangen werden.

>>Ein paar Tage später hat sie mich erneut angerufen. Ich wollte wissen, wie es meiner Freundin geht. Sie sagte mir, dass ich mein Auto zu einer bestimmten Zeit an einem bestimmten Ort abstellen sollte und den Fahrzeugschlüssel auf dem linken Hinterrad ablegen sollte. Danach sollte ich sofort nach Hause gehen. Es sei zu meinem Besten, hat sie gesagt. Ich habe natürlich recherchiert, was an dem Ort ist, an dem ich das Auto abstellen sollte.<<

>>Vor der Pension, in dem Sie ermordet wurde.<< schlussfolgerte Peter.

Lucas Maier nickte.

>>Ja, genau. Eine kleine Pension etwas außerhalb der Stadt. Ich konnte damit nichts anfangen, aber sie hat gesagt, danach würden Sie, Sie sofort gehen lassen.<<

Peter fluchte leise und unverständlich vor sich hin. Wieder nichts, dachte er sich gerade, als Lucas Maier sich nochmals zu Wort meldete.

>>Ich habe ihn gesehen.<<

>>Ihn gesehen?<< fragte Peter erstaunt.

>>Ja, ich habe getan, was sie wollten, aber ich bin nicht sofort nach Hause gegangen. Im Nachhinein hätte ich wohl lieber in eine Bar gehen und mich betrinken

sollen. Dann hätte ich jetzt zumindest ein Alibi.<< resignierte er.

>>Ja ja, schon gut. Was haben Sie gesehen?<<

>>Ich habe mich versteckt. Circa eine Stunde später kam ein junger Mann mit Baseballkappe. Er ist hinter der Pension verschwunden. Ich wusste ja nicht..., also ich meine, wenn ich gewusst hätte, dass er...<< Lucas Maier stoppte mitten im Satz und war den Tränen nahe.

Anton Wagner holte ein Päckchen Papiertaschentücher aus seiner Sakkotasche und reichte sie ihm, doch er winkte dankend ab.

>>Danke, es geht schon. Etwa eine halbe Stunde später kam er aus dem Eingang der Pension. Er hatte eine Tasche mit Rollen bei sich. Allerdings ungewöhnlich groß.<<

Peter wandte sich Anton zu und flüsterte ihm etwas ins Ohr. Er wollte Lucas Maier dieses Detail ersparen.

>>Daher die gebrochenen Hüften. Er musste sie irgendwie unbemerkt aus der Pension schaffen.<<

Sein Chef quittierte die Aussage mit mehrfachem unmerklichem Nicken.

>>Können Sie den Mann beschreiben?<< sagte Peter, wieder in normaler Lautstärke an Lucas Maier gewandt.

Lucas Maier betonte mehrfach, dass er sich weit von dem Mann entfernt versteckt hatte und es dunkel war.

Trotzdem saß er jetzt schon seit fast zwei Stunden mit einem Zeichner der Polizei zusammen und versuchte angestrengt mit dessen Hilfe, ein Phantombild anzufertigen.

Kapitel 40

Als sie nach dem Besuch der Messe in Freiburg wieder zu Hause angekommen war, saß sie an ihrem Küchentisch und wusste nicht mehr weiter.

Vor ihr Stand ein Glas Rotwein. Ihr Blick war stur auf den Tisch vor ihr gerichtet und Tränen liefen ihr über die Wangen.

Es war schon wieder passiert. "Passiert". Sie grübelte über das Wort nach. War es überhaupt das Richtige Wort für das was geschehen war.

Wieder und immer wieder das Gleiche. Sie wusste nicht, wie sie ihm helfen sollte.

Sollte sie einen Arzt aufsuchen, einen Psychiater?

Aber was sollte sie dem sagen? Schweigepflicht hin oder her. Vielleicht würde man ihn für psychisch krank erklären, aber was ist mit ihr? Immerhin hat sie ihm geholfen und das nicht nur ein Mal.

Sie zweifelte daran, ob es damals die richtige Entscheidung gewesen war das Baby zu behalten. Doch was hätte sie tun sollen.

Sie hatte so große Angst. Angst davor, dass er sie aufsuchen und sie wieder mitnehmen würde, wenn er davon erfährt, dass sie das Kind nicht bekommen hat. In dem Fall drohte ihr ein Leben in Gefangenschaft. Keine schöne Aussicht für eine junge Frau, dachte sie sich heute.

Im Nachhinein wäre es wahrscheinlich aber doch besser gewesen, sie hätte das Kind nie bekommen.

Jetzt war es ohnehin zu spät. Sie musste eine Lösung finden. Zumindest was das anging war sie sich zu einhundert Prozent sicher.

Kapitel 41

Laura und Samantha saßen inzwischen seit fast zwei Stunden bei Alice Rosenqvist, nachdem sie eine gefühlte Ewigkeit durch den Feierabendverkehr von Malmö gebraucht hatten.

Das Navigationssystem korrigierte die verbleibende Zeit bis zum Ziel immer wieder nach oben. Waren gerade fünf quälende Minuten im Stau vergangen, zeigte das Navi wieder zehn Minuten mehr an.

Jetzt saßen Sie zu dritt an einem runden Tisch im Esszimmer der Wohnung. Ihren

Mann hatte sie mit einem Vorwand aus der Wohnung gebeten. Ihre Kinder waren inzwischen erwachsen und flügge geworden. Somit waren Sie allein in der großen Wohnung, doch trotzdem wollte sie auf das Gespräch nicht eingehen.

Laura versuchte immer wieder das Gespräch auf die Vorkommnisse von damals zu lenken, doch die Familienrichterin wich ihr immer wieder aus.

Sie hatten sich inzwischen über fast alles unterhalten, was das Thema Smalltalk zu bieten hatte, Wetter, Politik, Urlaub, Attentate, selbst über geplante Fahrverbote für Stockholm hatten sie bereits gesprochen.

>>Frau Rosenqvist, bitte entschuldigen Sie, aber wir müssen über die Angelegenheit Björn Barkas sprechen.<< sagte Laura und versuchte das Gespräch freundlich aber bestimmt auf das zu lenken, warum sie den langen Weg auf sich genommen hatten.

>>Ich weiß nicht, wie ich ihnen helfen kann.<< versuchte die Richterin das Gespräch zu unterdrücken, bevor es überhaupt entstehen konnte.

>>Ich bin von der Mordkommission. Wir versuchen einen Mord aufzuklären, der in Deutschland verübt wurde und mit den Taten von damals in Schweden zu tun hat. Ich habe kein Interesse daran, Ermittlungen gegen Sie einzuleiten.<<

>>Sie vielleicht nicht, aber Sie werden einen Bericht schreiben und darin wird stehen, was ich getan habe und das wird für mich nicht ohne Folgen bleiben.<<

>>Wir müssen Astrid finden, bevor die es tun.<< sagte Laura mit ihrer sanften Stimme.

Samantha war erneut fasziniert davon, wie präzise Laura ihre Stimme und ihren Ausdruck einsetzen konnte, um Leute dazu zu bringen, ihr zu sagen, was sie wissen wollte.

Obwohl sie das Gespräch kaum verstand, da sie sich auf schwedisch unterhielten, konnte sie ganz genau spüren, was gerade geschehen war.

Alice Rosenqvist senkte den sonst so erhobenen Kopf und holte einmal tief Luft.

>>Er kam zu mir und stellte Forderungen. Einfach so, aus dem Nichts.<<

>>Das wissen wir.<< unterbrach Laura sie sanft und schaute ihr dabei verständnisvoll in die Augen.

>>Fangen Sie bitte damit an, wie Sie seine Forderungen umgesetzt haben.<<

Nach einer Pause, in der Alice Rosenqvist mehrmals tief durchatmete begann sie endlich zu reden.

>>Ich habe einen Freund bei der Polizei, der mir einen Gefallen schuldete, gebeten, sich über die beiden Kinder und Björn Barkas zu informieren. Weder gegen die Kinder noch gegen Barkas oder seine Frau lag

irgendetwas vor. Ich konnte mir keinen Reim darauf machen, aber Barkas war so kalt. Ich hatte keinerlei Zweifel daran, dass er für die Entführungen verantwortlich war. Ich war so perplex, dass er damit ausgerechnet zu mir kam.<<

Alice Rosenqvist griff zu einem Glas Wasser, das vor ihr auf dem Tisch stand. Sie trank einen Schluck und sprach dann weiter, ohne die beiden Polizistinnen anzuschauen.

>>Mir leuchtete natürlich ein, warum er seine Kinder in Sicherheit und Geborgenheit wissen wollte. Was ich nicht verstand, warum seine Frau sich nicht um die Kinder kümmern sollte?<< fragte sie und blickte die beiden Polizistinnen an. Sie erhoffte sich eine Antwort.

>>Die Mutter der Beiden war zu diesem Zeitpunkt bereits Tot.<< sagte Laura, um der Richterin das Gefühl zu geben, nicht die einzige zu sein, die etwas preisgibt.

>>Das erklärt natürlich so einiges. Ich bin daraufhin ins Archiv und habe mir die Geburtsurkunden der beiden Mädchen geholt. Zu der Zeit wurde noch nichts elektronisch erfasst. Ich habe die Urkunden vernichtet und neue ausgestellt. Vater unbekannt. Für die Mutter habe ich den Namen einer erst kürzlich verstorbenen Frau, ohne weitere Familienangehörige, eingetragen. Die Vornamen der Kinder habe ich übernommen. Sie hätten das in dem Alter nicht verstanden. Die Beiden waren noch so klein, ich dachte, sie würden es ohnehin noch nicht verstehen, trotzdem habe ich ihnen immer wieder gesagt, dass ihre Eltern bei einem Autounfall gestorben sind.<<

>>Inwieweit kann das jemand nachverfolgen?<<

>>Eigentlich gar nicht.<< sagte die Richterin nach einer kurzen Denkpause. Sie trank einen weiteren Schluck Wasser und fuhr mit monotoner Stimme fort.

>>Wie ich bereits sagte, die Geburten wurden damals noch nicht digital erfasst. Für die neuen Geburtsurkunden standen mir die Original Formulare und Stempel zur Verfügung. Alles, was zwischenzeitlich digitalisiert wurde, beruht also auf den von mir ausgestellten Geburtsurkunden.<< Sie machte eine weitere Denkpause.

Laura beobachtete sie dabei ganz genau, stellte aber keine Zwischenfrage.

>>Also wenn jemand ihren neuen Namen kennt, dann kann er Astrid bis zu ihrer Geburt nachverfolgen. Bis dahin ist aber alles sauber. Das einzige was ich nicht ändern konnte, sind die Unterlagen der Krankenhäuser.<<

>>Das bedeutet, dass die Geburten von Maja und Astrid in den jeweiligen Krankenhäusern unter ihrem richtigen Nachnamen dokumentiert sind?<<

>>Ja, genau. Aber um das herauszufinden, müsste jemand schon Zugriff auf die Krankenhausunterlagen haben. Da kommt aber nicht jeder einfach so ran.<< sagte Sie mit fester Stimme.

>>Wie ging es weiter, nachdem Sie den Beiden neue Identitäten verschafft haben?<< wollte Laura wissen.

>>Familien, die auf die Möglichkeit einer Adoption warteten, gab es genügend. Ich habe eine Familie aus dem Süden und eine aus dem hohen Norden ausgesucht. Die waren froh diese Chance zu bekommen und waren mit der Auskunft, dass die Eltern bei einem Unfall ums Leben gekommen waren und es keine weiteren Angehörigen gab zufrieden.<<

>>Das heißt Astrid lebt jetzt im Norden von Schweden?<<

>>Wenn sie dort jetzt noch wohnt, sie ist im Frühjahr dieses Jahres 18 geworden.<< sagte sie und schaute Laura dabei das erste Mal wieder direkt in die Augen.

>>Wo genau?<< fragte Laura knapp.

Kapitel 42

Dienstag 14. Juni 2022

Er stand neben ihr, an ihrem Bett. Er hörte ihre leisen, gleichmäßigen Atemzüge in der Dunkelheit. Er schloss die Augen für einen Moment und genoss die in ihm aufsteigende Erregung.

Es fühlte sich ganz anders an. Zum ersten Mal würde er es für jemand anderen tun.

Es erfüllte ihn mit Stolz, dass er es für seine Mutter tun würde. Sie war immer für ihn da gewesen. Schon früh, als er mit einer toten Katze vor ihr stand, war sie für ihn dagewesen.

Auch danach hatte sie immer wieder hinter ihm aufgeräumt. Jetzt war es an ihm, etwas für sie zu tun.

Mit einem feuchten Tuch, das er ihr vor die Nase hielt, betäubte er sie. Allerdings ließ er es sie nur leicht einatmen.

Er wollte sie nicht für Stunden außer Gefecht setzen, wie er es sonst getan hatte.

Er gab dem Mittel kurze Zeit, seine Wirkung zu entfalten bevor er die Nachtischlampe anknipste.

Anschließend drehte er sie vorsichtig aus ihrer Seitenlage auf den Rücken.

Ein kurzer Laut aus ihrem Mund verriet ihm, dass sie nicht völlig weggetreten war, aber sie war auch nicht im Stande, sich zu wehren.

Als er sie auf den Rücken gedreht hatte, hob er ihre Bettdecke an und schlug sie bis über ihre Beine zurück.

Er betrachtete ihren wohlgeformten, jungen Körper. Selbst in dem dünnen Nachthemd, das sie durchaus ihrer Großmutter hätte geklaut haben können, sah sie so jung und unschuldig aus.

Er nahm vorsichtig ihre Arme und platzierte sie neben ihrem Körper. Ihre Haut fühlte sich warm und seidig weich an. Er streichelte ihr einmal sanft über ihren Unterarm, der daraufhin kurz zuckte.

Ein inneres Lächeln durchströmte ihn.

Anschließend deckte er sie wieder bis unters Kinn zu.

Er setzte sich breitbeinig über sie und fixierte dabei mit seinen Knien die Bettdecke. Wenn sie aufwachen würde, würde sie nicht im Stande sein, sich zu wehren.

Jetzt brauchte er nur abzuwarten.

Es dauerte nicht lange, bis sie sich von der sanften Betäubung erholt hatte.

Als sie realisierte, dass sie nicht alleine war, riss sie schlagartig ihre blauen Augen auf. Ein Schauer durchströmte seinen Körper.

Noch bevor sie für einen Schrei Luft holen konnte, presste er ihr das zweite Kissen aus dem Bett auf ihr Gesicht.

Seine Mutter hatte ihn ermahnt. "Keine Spielchen. Es darf nichts schief gehen. Mach es einfach so, wie wir es besprochen haben."

Er hatte alles genauso gemacht, wie sie es geplant hatten. Doch diesen Augenblick würde sie ihm nicht nehmen können. Ein kurzes Spiel mit seinem Opfer musste ihm vergönnt sein, er konnte nicht anders.

Er brauchte diese Befriedigung, wenn es realisierte, dass es vollkommen machtlos war.

Immer wieder löste er das Kissen von ihrem Gesicht und schaute ihr in die Augen.

Beim ersten Mal, als er das Kissen anhob, war es Angst, die aus ihren Augen sprach, beim zweiten Mal die reine Verzweiflung und beim dritten Mal die pure Panik.

Darauf stand er ganz besonders. Er genoss den Augenblick, solange es ging, bevor es wieder genug Atem für einen Schrei haben würde, presste er ihr das Kopfkissen wieder aufs Gesicht.

Beim vierten Mal, dass der das Kopfkissen von ihrem Gesicht hob, war es ein Flehen das aus ihren feuchten Augen sprach, das Flehen um ihr Leben. Als es erkannte, dass es kein Entkommen und keine Gnade geben würde, schloss es die Augen und presste die Kiefer fest zusammen.

Bevor es anfangen würde zu schreien, presste er ihr das Kopfkissen ein letztes Mal aufs Gesicht bis es bewusstlos wurde, dann kehrte er zu dem eigentlichen Plan zurück.

Er stand auf, schlug die Bettdecke zurück, hob sie hoch und legte sie mit dem Oberkörper in den vorbereiteten Rollkoffer.

Er nahm einen Dolch und eine Folie aus der Innentasche der anderen Hälfte des Rollkoffers.

Er breitete die Folie über ihr aus, drückte die losen Enden, bis auf eine Stelle, um sie herum in den Koffer.

Mit dem Dolch in der Hand fuhr er unter die Folie, setzte den Dolch an ihrer Burst, auf Höhe des Herzes an und drückte langsam immer stärker auf den Griff.

Ihre junge Haut war elastisch, es dauerte einen Moment, bis die Spitze des Dolches ihre Haut durchstochen hatte.

Er spürte, wie die Klinge langsam durch ihr Fleisch schnitt, bis der Widerstand geringer wurde. Der Dolch hatte ihre Brusthöhle erreicht, die Spitze war kurz vor ihrem Herzen zum Stehen gekommen. Er holte noch einmal tief Luft und genoss den Augenblick, als er den

Dolch ein letztes Mal wenige Zentimeter weiter in sie hinein schob.

Urplötzlich hörte ihr Herz auf zu schlagen. Ihr Brustkorb senkte sich ein letztes Mal und er schloss die Augen und genoss den befriedigenden Moment.

Nachdem es tot war, zog er den Dolch vorsichtig wieder aus ihr heraus. Er achtete penibel darauf, dass kein Blut außerhalb des speziell hergerichteten Koffers kam.

Er streifte sich die bis über die Ellenbogen reichende Handschuhe ab, indem er sie auf links drehte und verstaute sie, zusammen mit dem Dolch in der Innentasche des Koffers. Danach nahm er ihre Beine, eines nach dem Anderen, zog sie zur Seite und brach ihr mit einer Rotation die Hüften. Es war nun ein Leichtes, ihr die eigenen Beine auf die Brust zu legen. Sie sah aus wie ein Schlangenmädchen aus dem Circus, das in einen Koffer gestiegen war.

Er klappte den Koffer zu, verschloss ihn sorgfältig mit allen Verschlüssen und stellte ihn auf seine Rollen.

Kapitel 43

Als Laura und Samantha die Wohnung von Richterin Alice Rosenqvist verließen, war es bereits spät, zu spät, um weitere sechs Stunden nach Stockholm in Lauras Haus zurückzufahren.

Sie checkten in einem nahegelegenen Scandic Hotel ein.

Da sie kein Reisegepäck dabei hatten und nicht auf eine Übernachtung vorbereitet waren, beschlossen die Beiden das Nötigste für die Nacht, in einem ums Eck gelegenen ICA zu besorgen.

Als sie den Supermarkt verlassen hatten, wechselten sie die Straßenseite und waren gerade auf dem Weg zurück zum Hotel, als Samantha Laura mit einer Kopfbewegung auf einen Laden auf der anderen Straßenseite aufmerksam machte.

>>Twilfit - Unterwäsche<< las Laura das Schild mit einem erotischen Unterton in der Stimme vor.

Die Beiden überquerten erneut die Straße und betraten das Geschäft.

Beide schauten sich nach Unterwäsche für den nächsten Tag um.

Während Laura die sorgfältig aufgereihten BHs mit passenden Höschen auf einem Kleiderständer betrachtete, erwischte sie sich bei dem Gedanken, wie sexy ihre Auswahl wohl ausfallen durfte, ohne dass es zu offensichtlich war, dass sie darin jemandem gefallen wollte.

In diesem Augenblick kam Samantha um den Kleiderständer herum, baute sich wie ein Model in Pose vor ihr auf und hielt sich ein Dessous-Outfit vor den Körper das aus einem wirklich sexy Push-up BH, der einem Korsett ähnelte welches auf der Vorderseite durch kreuzförmig angebrachte Schnüre zusammengehalten wurde, passendem Tanga und halterlosen Strümpfen in einem burgunderrot bestand.

Laura blieb fast die Luft weg, ihre sich selbst gestellte Frage hatte sich damit erübrigt.

>>Was meinst du?<< wollte Samantha mit einem Augenzwinkern wissen, nachdem Laura schweigend vor ihr stand.

>>Heiß! richtig heiß!<< antwortete Laura, die eine leichte Röte in sich aufsteigen spürte und sich selbst über ihre Aussage wunderte. Am liebsten hätte sie sich auf die Zunge gebissen, aber sagte stattdessen. >>Das musst du unbedingt kaufen.<<

>>Das werde ich.<< sagte Samantha mit einem Lächeln im Gesicht. >>Hast du für dich auch schon etwas gefunden? Das hier würde dir bestimmt gut stehen.<< führte sie weiter aus und hob einen Bügel mit fast weißen, aber keinesfalls weniger sexy Dessous vom Kleiderständer. Sie zeigte es Laura kurz bevor sie es ihr vor den Körper hielt.

>>Perfekt!<< urteilte Samantha. >>Jetzt brauchen wir nur noch was für die Nacht.<<

Sie nahm Laura bei der Hand und zog sie durch den Laden hinter sich her, zu einer Ecke des Ladens, der Negligés vorbehalten war.

Als sie den Laden wieder verlassen hatten, gingen die Beiden noch etwas Essen bevor sie in ihr gemeinsames Hotelzimmer zurückkehrten. Samantha betrat das kleine, aber geschmackvolle Badezimmer. Sie zog sich aus, drehte das Wasser der Dusche auf und wartete einen Moment, bevor sie eintrat, bis das Wasser warm war.

Sie stellte sich mitten unter den großen, in der Decke eingelassenen Duschkopf. Das warme Wasser strömte über ihren Kopf den Körper hinab und hüllte sie wie in eine andere Welt.

Das vom über ihren Kopf laufende Wasser verursachte Rauschen in ihren Ohren ließ sie für einen Augenblick alles andere vergessen.

Vor ihrem geistigen Auge sah sie nur Laura.

Sie überlegte, ob sie etwas zu ihr sagen sollte. Doch was und wie? Und was würde das schon ändern?

Außerdem war Lauras letzte Beziehung mit einem Mann, wahrscheinlich machte sie sich nicht einmal was aus Frauen. Und überhaupt, selbst wenn das zu etwas führen würde, was würden ihre eigenbrötlerischen Kollegen dazu sagen. Es war schon schwer genug, sich als Frau, dazu noch als Tochter von Immigranten in diesem von Männern dominierten Beruf durchzusetzen.

Dazu kam, dass sie Laura keinesfalls mehr in ihrem Leben missen wollte, selbst wenn das bedeutete, dass sie nur gute Freundinnen sein würden.

Auch wenn sie nicht wusste, wie es nach diesem Fall weiterging, konnte sie spüren, dass sie in jeden Fall in Kontakt bleiben würden.

Als Samantha aus dem Bad trat, saß Laura auf einem Sessel, den sie vor das große Fenster gedreht hatte. Im Spiegelbild des Fensters erkannte Samantha, dass Laura in Gedanken versunken war und sie nicht bemerkt hatte.

Samantha trat von hinten an sie heran und blieb direkt hinter dem Sessel stehen. Vorsichtig legte sie ihre warmen Hände auf Lauras Schultern und begann mit den Daumen sie zart zu massieren.

Erst jetzt realisierte Laura sie.

Im Spiegelbild des bodentiefen Fensters betrachtete Laura sie von Kopf bis Fuß. Samantha trug das neu erworbene, dunkelgrüne, seidige Negligee. Die Farbe passte tadellos zu ihrem dunklen Teint. Es hatte nur dünne Spaghettiträger und endete auf Höhe ihrer Oberschenkel, was ihren sportlichen Körper extrem attraktiv in Szene setzte.

Eigentlich hatte sie keine Lust, jetzt über die Arbeit zu sprechen, dennoch hatte sie das dringende Bedürfnis, ihre Gedanken mit Samantha zu teilen.

>>Ich denke, solange wir keine anderen Erkenntnisse haben, dass Astrid in unmittelbarer Gefahr ist, sollten wir nicht offiziell nach ihr suchen.<<

>>Das sehe ich genauso. Immerhin wissen wir nicht, wie der oder die Mörder von Maja überhaupt auf sie aufmerksam geworden sind.<<

Für Laura war die Bestätigung ihrer neuen Kollegin ausreichend. Sie lehnte sich in dem Sessel zurück, versuchte sich zu entspannen und genoss die sanfte Massage und die warmen Finger von Samantha auf ihrer Haut.

Kapitel 44

Dienstag 21. Juni 2022

Als Alexander an diesem Morgen zu sich kam, fragte er sich, wie viel sie gestern Abend getrunken hatten.

Ihm war kalt und sein Kopf fühlte sich taub und schwer an. Er hörte das leise pulsierende Rauschen seines Blutes in seinen Ohren.

Mit einer Hand griff er sich an die Stirn. Jede Bewegung tat ihm dabei im Kopf weh.

Als er die Augen öffnen wollte, stellte er fest, dass diese bereits offen waren. Trotzdem war alles um ihn herum in totaler Finsternis.

Er musste bei Isabella eingeschlafen sein. Verwundert darüber wie sie ihr Schlafzimmer so dunkel bekam, griff er mit seiner rechten Hand nach seiner Armbanduhr an seinem linken Arm um die Hintergrundbeleuchtung der Uhr einzuschalten, doch sie war nicht da.

Weitere Verwunderung machte sich in ihm breit.

Eigentlich legte er seine Uhr nie ab.

Ein komisches Gefühl beschlich ihn und sein Herz begann schneller zu schlagen. Das Rauschen in seinen Ohren wurde lauter. Seine Gedanken kreisten. Er versuchte sich zu erinnern, was sie gestern getrunken hatten, doch seine gesamte Erinnerung war wie ausgelöscht.

Dennoch war er sich sehr sicher, dass sie keinen Fusel von irgendeiner Hinterhof-Brennerei getrunken hatten, bei denen durch einen Fehler Methanol statt Ethanol entstanden war oder die ihren Schnaps damit streckten und er deshalb erblindet war.

Diese Möglichkeit ausgeschlossen, schloss er seine Augen. Er musste sie bestimmt nur erneut öffnen und alles war wieder in Ordnung.

Er kniff die geschlossenen Augen fest zusammen. Als er sie wieder öffnete, war alles um ihn herum noch immer in völliger Dunkelheit.

Ein Gefühl von Angst machte sich in ihm breit und durchzog seinen Körper wie ein Schlag in die Magengrube.

Isabella schoss ihm in den Kopf und er rief nach ihr.

>>Bella! Bist du hier?<<

Er lauschte, doch hörte nichts als Stille.

Wo war sie und warum hatte sie ihn schon wieder alleine im Bett zurückgelassen?

>>Isabella!<< versuchte er es erneut mit deutlich lauterer Stimme.

Doch wieder bekam er nur Stille als Antwort.

Er tastete im Bett neben sich nach ihr. Doch anstatt weichem Bett traf er eine harte Wand.

Vollkommen perplex zog er seine Hand ruckartig zurück.

Was war hier los, und wo war er? Wieso war er alleine an einem ihm völlig fremden Ort, er war doch gestern zu Isabella gefahren und hatte einen schönen Abend mit ihr verbracht.

Hatte er das? schoss es ihm in den Kopf.

Das Letzte an was er sich erinnern konnte war, wie sie gemeinsam in der Küche waren und er eine Flasche Wein öffnete. Einen Caselfeder Kreuzweg, Chardonnay, selbst an das Jahr, 2019, konnte er sich erinnern.

Er dachte noch, dass sie eine ausgezeichnete, wenn auch teure, Wahl zum Räucherlachs getroffen hatte.

Und dann? Was war dann? So sehr er es auch versuchte, er konnte sich an nichts mehr erinnern.

Panik machte sich in ihm breit. Er spürte wie sie von seinem Körper immer mehr Besitz ergriff.

Du darfst jetzt keine Panik in dir aufkommen lassen, sagte er zu sich selbst und wiederholte die Worte immer und immer wieder während er dabei tief ein- und ausatmete.

Nachdem er sich gesammelt hatte, realisierte er einen modrigen Geruch, wie in einem schlecht belüfteten Keller.

Vorsichtig tastete er die Umgebung um sich herum ab. Er lag scheinbar nicht in einem Bett, sondern nur auf einer auf dem Boden liegenden Matratze.

Der Boden war kalt und feucht. Bröselige Betonreste klebten an seinen Finger. Die Wände fühlten sich ebenfalls kalt und feucht an. Die Oberfläche bröckelte unter seinen Fingern, als er an einer Wand entlangfuhr, um den Raum zu erkunden.

Plötzlich ertastete er etwas Raues, Metallisches vor sich, Hoffnung stieg in ihm auf.

Eine Tür!

Er suchte nach dem Griff, doch da war keiner. Mit den Fäusten schlug er gegen die Tür. Das donnernde Geräusch hallte in dem kleinen Raum wieder.

>>Hallo!!! ist da jemand?<< schrie er mit voller Kraft, dann lauschte er der Stille.

Kapitel 45

Mittwoch 22. Juni 2022

Es war mitten in der Nacht, draußen war es sogar für südschwedische Verhältnisse recht dunkel.

Die dicken und blickdichten Vorhänge vor dem Fenster des Hotelzimmers dunkelten den Raum fast vollständig ab. Nur an den Rändern fiel etwas Licht der Stadt in den sonst dunklen Raum.

Laura lag im Bett auf ihrer linken Seite Samantha zu gewandt. Samanthas Rücken wurde von dem wenigen einfallenden Licht zart erhellt. Sie lauschte ihren gleichmäßigen Atemzügen.

Laura fühlte sich seit langer Zeit wieder so richtig wohl und geborgen.

Ihre letzte Beziehung war ein ständiges auf und ab gewesen. Er war kein Polizist und hatte wenig Verständnis dafür, dass sie sich nicht immer an vereinbarte Verabredungen halten konnte. Das brachte ihr Job so mit sich. Verbrecher richten sich nicht nach meinen Arbeitszeiten, hatte sie immer versucht sich zu erklären, aber wenn sie ganz ehrlich war, hatte sie manchmal auch einfach keine Lust auf einen weiteren Vorwurf, nur weil sie ein paar Minuten zu spät kam. Da blieb sie lieber gleich im Büro und erledigte längst überfälligen Papierkram.

Jetzt lag sie hier im Bett, in einem Hotel in Malmö, mit einer Frau, die sie erst seit ein paar Tagen kannte, und alles fühlte sich so vertraut und schwerelos an, als würden sie sich schon seit ihrer frühen Kindheit kennen. Alles war so selbstverständlich und trotzdem berauschend und aufregend.

Laura verstand sich selbst nicht mehr.

Ihre Gedanken kreisten und hielten sie vom Schlafen ab, doch das machte nichts. Samanthas Anblick verzauberte sie und sie könnte stundenlang weiter so daliegen und ihr beim Schlafen zu sehen.

Plötzlich wurde sie aus ihren verträumten Gedanken gerissen als Samantha sich im Bett umdrehte.

Schnell schloss Laura ihre Augen und blieb wie versteinert regungslos liegen.

Samanthas Kopf kam nur wenige Zentimeter von ihrem Gesicht entfernt zum Liegen.

Sie zwang sich langsam und gleichmäßig zu Atmen. Das Herz schlug ihr jedoch bis zum Hals. Wenn Samantha ebenfalls wach war, war es fast unmöglich, dass sie nicht bemerkt hatte, dass sie nicht schlief.

Kapitel 46

Mittwoch 22. Juni 2022

Die ersten Sonnenstrahlen wanderten über die Dächer Stuttgarts und fielen durch die Verglasung der Kaffeeküche. Die teils weißen Fronten der Küche wurden in ein warmes Licht getaucht.

Peter saß auf einem der Hocker an dem Stehtisch und nippte gerade an seinem Kaffee, als die Tür zu dem Raum aufging, in dem Lucas Maier zusammen mit einem Phantombildzeichner der Polizei die ganze Nacht verbracht hatte.

Es hatte sich wohl gelohnt die ganze Nacht auf das Phantombild zu warten.

Lucas Maier und der Zeichner hatten ganze Arbeit geleistet. Das Bild war sehr detailreich und sah aus, als hätte ein Künstler ein Porträt von jemandem angefertigt, der ihm direkt gegenüber saß.

Unglaublich, dachte sich Peter. Jetzt war nur zu hoffen, dass man dem Gedächtnis von Lucas Maier Glauben schenken durfte.

Sofort machte sich Peter daran, das Bild mit allen zur Verfügung stehenden Datenbanken abzugleichen.

Während der Computer seine Arbeit verrichtete, verschickte er das Bild an Sam.

Als die Mail mit dem Bild als Anhang den Postausgang verlassen hatte, wählte er ihre Telefonnummer.

Kapitel 47

Mittwoch 22. Juni 2022

Samantha lag noch im Bett, war aber schon wach. Sie spürte den Atem von Laura auf ihrer Haut. Ihr Kopf lag mit der Stirn auf ihrem Unterarm.

Als Samantha sich dabei erwischte, wie sie Lauras Gesicht, Schultern und Arme langsam und Stück für Stück betrachtete, bemerkte sie, wie schnell ihr Herz dabei schlug. Am liebsten würde sie sie jetzt ganz fest umarmen, ihre warme Haut auf der ihren spüren.

Sie wusste schon längst, dass sie mehr auf Frauen stand als auf Männer, doch sie hatte es sich nie getraut auszusprechen, oder gar auszuleben.

Selbst in der heutigen Zeit war es auch so schon schwer genug, sich als Frau in dem Beruf zu behaupten, vor allem mit ihrer Herkunft. Dabei waren es weniger die Kollegen, als die Akzeptanz in der Bevölkerung.

Unsanft wurde sie durch das Klingeln ihres Mobiltelefons aus ihren Gedanken gerissen.

Vorsichtig zog sie den Arm unter Lauras Kopf hervor.

Ein Blick auf das Display verriet ihr, dass es Peter war, der sie anrief.

Sie drehte sich auf die andere Seite, schwang ihre Füße aus dem Bett, blieb auf der Bettkante sitzen und nahm den Anruf entgegen.

>>Guten Morgen Peter.<< ging sie ans Telefon und versuchte dabei nicht verschlafen zu klingen.

>>Guten Morgen Sam. Es gibt Neuigkeiten. Halte dich fest, Lucas Maier ist zwar nicht unser Täter, aber er hat ihn gesehen.<<

Mit einem Schlag war Samantha plötzlich hellwach.

>>Er saß die ganze Nacht mit unserem Zeichner zusammen und hat ein Phantombild angefertigt. Sogar ein richtig gutes. Ich habe es dir bereits geschickt.<< fuhr Peter fort.

Samantha wollte sich gerade zu Laura umdrehen, um sie zu wecken, als sie bemerkte, dass sie sich schon im Bett hinter ihr aufgesetzt hatte. Samantha nahm das Telefon vom Ohr, stellte den Lautsprecher an und öffnete die Datei.

>>Ich habe dich auf Lautsprecher gestellt, Laura ist bei mir.<<

Als Samantha diese Worte aussprach, schoss ein Adrenalinstoß durch ihren Körper. Hatte sie damit gerade verraten, dass sie die Nacht mit Laura verbracht hatte? Schnell drehte sie sich zu Laura um, um zu sehen, wie sie darauf reagierte, doch Lauras Blick war strikt auf das Display von ihrem Mobiltelefon fixiert.

Für einen Moment schien plötzlich alles vollkommen still zu sein, bis Laura die Stille durchbrach.

>>Ich habe diesen Mann schon einmal gesehen.>> Sagte sie und wandte den Blick nicht von dem Bild ab.

>>Was? Wo?<< wollte Peter am anderen Ende der Leitung wissen.

Nach einem weiteren Moment der Stille antworte Laura mit einem leichten Kopfschütteln und den Worten:

>>Ich weiß es nicht.<<

Peters Hoffnung, den Täter bald verhaften zu können, platzte wie eine Seifenblase.

>>In Stuttgart oder hier in Schweden?<< wollte Samantha hingegen wissen.

Laura schüttelte wieder den Kopf

>>Ich weiß es nicht. Mir kommt es auch so vor, als hätte ich nicht das ganze Gesicht gesehen. Die Augenpartie kommt mir nicht bekannt vor.<<

Sowohl bei Samantha direkt neben ihr, als auch bei Peter, der über eintausend Kilometer entfernt am Telefon war, konnte sie die Verwunderung gepaart mit einem Rest Hoffnung, das zu einer ungewöhnlichen Spannung führte, förmlich spüren.

>>Diese kleine Narbe an seinem Mund...<< sagte Laura laut und überlegte weiter.

Wieso kann ich mich nicht an den Rest deines Gesichts erinnern? Ich habe den Rest deines Gesichts nicht gesehen. Stimmt's? führte Laura ein Gespräch mit dem Mann auf dem Display in ihrem Kopf.

Wieso habe ich dein Gesicht nicht gesehen? Laura schloss ihre Augen und an die Stelle der Augen des Mannes auf dem Display trat ein anderes Bild. Vor ihrem geistigen Auge sah sie den Mund mit der kleinen Narbe, die von der linken Unterlippe ausging, und darüber prangten die Großbuchstaben N und Y, die ineinander geschrieben waren.

Als Laura die Augen wieder öffnete, erkannte Samantha sofort, dass sie sich wieder erinnerte.

Auf ihrem Gesicht breitete sich ein sanftes Lächeln aus, das sie nicht unterdrücken konnte.

Mit einem leichten, kaum merklichen Nicken bedeutete sie Laura, endlich mit der Sprache herauszukommen.

>>In Stuttgart.<< antwortete Laura verspätet auf Samanthas Frage.

Sie erzählte den Beiden von dem Abend in Stuttgart. Davon, dass sie noch einen Döner-Kebab essen war und dabei das Gefühl hatte, beobachtet zu werden.

Laura schüttelte kurz und leicht den Kopf, als sie realisierte, dass sie sich eben doch nicht geirrt hatte. Jemand hatte sie tatsächlich beobachtet und sie hatte es gespürt.

>>Ich habe sein Gesicht tatsächlich nie gesehen. Er hatte den Kopf gesenkt und schaute auf sein Mobiltelefon. Der Schirm seiner Baseballcap verdeckte fast sein ganzes Gesicht, nur der Mund und die Narbe waren im Licht seines Handy-Displays zu sehen.<<

Samantha war erneut überwältigt von der Beobachtungs- und Kombinierungsgabe ihrer schwedischen Kollegin.

>>Woher wussten die, dass du in Stuttgart bist?<< fragte Samantha. >>Ich meine, das war ja noch am selben Tag, an dem du angekommen warst. Woher wussten die das so schnell?<<

>>Gute Frage. Zufall?<< kam es aus dem Telefon.

>>Ich weiß es nicht.<< wiederholte sich Laura. >>Doch es gibt da einen Zusammenhang. Die Leiche von Maja so offensichtlich zur Schau gestellt. Euer Rechtsmediziner, der rein zufällig schon mal von dem Fall aus Schweden gehört hat. Professor Doktor Gerstenmeier, der rein zufällig dann nicht zu Hause ist, als Maja in Stuttgart bei ihm aufschlägt. Der Täter, der genau dann rein Zufällig ein paar Meter weiter in einer Bar sitzt, wo ich mir etwas zum Abendessen hole. Das sind mir eindeutig ein paar Zufälle zu viel! Irgendwo gibt es eine Schnittstelle, die wir nicht sehen.<<

>>Was ist mit Lucas Maier?<< fragte Samantha

>>Ich denke, den können wir ausschließen. Seine Freundin, oder besser, seine Ex-Freundin, hat seine Geschichte bestätigt. Er ist ein weiteres Opfer und wurde dazu gezwungen, die E-Mail für sie zu schreiben, hat aber sonst nichts damit zu tun.<<

>>Können wir ausschließen, dass sie etwas damit zu tun hat?<<

>>Nun ja, sie wurde zu der Zeit als Geisel gehalten. Natürlich könnte das fingiert sein, aber nach den Erzählungen ihrer Eltern, war sie danach so fertig, dass sie Mühe hatten zu ihr durchzudringen. Und um ehrlich zu sein, ich kann es mir nach der Befragung auch nicht vorstellen.<<

>>Trotzdem ist Lucas Maier damit nicht vollständig auszuschließen.<<

>>Laut Björn Barkas war Lucas Maier zumindest damals in Schweden nicht beteiligt und er ist zu jung. Außerdem glaube ich nicht, dass er so dumm ist und sich selbst ins Spiel bringt.<< klang es aus dem Telefon.

>>Ablenkung. Ich meine, sich als Täter, als Zeuge zu inszenieren. Wieso nicht?<< stellte Samantha in den Raum.

>>Nein. Mein Gefühl sagt mir, dass Lucas Maier damit wirklich nichts zu tun hat. Aber was ist mit unserem Professor? Wurde sein Alibi inzwischen überprüft?<< fragte Laura.

>>Ja. Seine Angaben scheinen alle zu stimmen. Mehrere Zeugen haben seine Anwesenheit in Hamburg bestätigt und auch den Taxifahrer, der ihn nach Hause gebracht hat, konnten wir ausfindig machen und befragen. Der hat im Übrigen nichts Verdächtiges gesehen, oder kann sich zumindest an nichts erinnern. Auch als wir ihm ein Foto von Maja Larsson zeigten, klingelte nichts bei ihm.<<

>>Und das sonstige Umfeld des Professors?<<

>>Ich habe ein paar Kollegen darauf angesetzt, bisher kam dabei nichts wirklich Interessantes heraus. Er war verheiratet, seine Frau ist allerdings bei der Geburt der gemeinsamen Tochter gestorben. Anton bemüht sich

beim Staatsanwalt einen Beschluss zur Einsicht seiner Konten zu bekommen, die Wahrscheinlichkeit ist aber eher gering, da wir gegen ihn nichts in der Hand haben.<<

Kapitel 48

Dienstag 21. Juni 2022

Auf dem Display seines Smartphones sah er, wie Alexander den Raum abtastete, in dem er gefangen war.

Für seinen Geschmack war er dabei etwas zu ruhig, aber das würde sich mit Sicherheit noch ändern, dachte er sich und lächelte in sich hinein.

Er würde sich für ihn etwas ganz Besonderes einfallen lassen.

Im Augenblick diente es nur dem Zweck, dass die alte Schnüffelnase seinen Kommissar nicht auf die richtige Spur bringen konnte.

Wieso aber nicht das Nützliche mit dem Angenehmen verbinden?

Wieder lächelte er bei dem Gedanken in sich hinein.

Einen Mann hatte er noch nie. Er war gespannt darauf, ob es das Gleiche sein würde, oder ob sich ein Mann ganz anders verhalten würde und es für ihn eine ganz neue und aufregende Erfahrung werden wird.

Eines war jedenfalls sicher, Tageslicht würde der Schnüffler nie wieder erblicken.

Kapitel 49

Nach dem Telefonat mit Peter und einem kurzen Frühstück im Hotel, fuhr Laura zusammen mit Samantha zurück nach Stockholm, dieses Mal saß sie selbst am Steuer und jagte den Volvo in viel zu hohem Tempo über die Autobahn.

Im Radio spielte ein Song von Svensk Punk und Laura stellte das Radio am Lenkrad lauter.

Der schnelle Beat des Songs passte zu ihrer momentanen Stimmungslage und der pulsierende Bass war am ganzen Körper zu spüren.

Laura erhöhte die Geschwindigkeit noch ein wenig mehr und konzentrierte sich auf den Verkehr vor ihr.

Der Verkehr hielt sich an diesem Morgen bis vor die Tore Stockholms in Grenzen, nur die letzten Kilometer zu ihrem Revier waren etwas zähflüssig verlaufen.

Im Revier angekommen, gingen sie auf direktem Wege ins Büro ihrer Chefin, die bereits auf die Beiden wartete.

Auf dem Weg dorthin grüßte Laura einige Kollegen auf dem Flur oder warf einen kurzen Blick in eines der Büros.

Hinter ihnen spürte Samantha, wie sich die schwedischen Kollegen über sie und Laura unterhielten.

Als sie das Büro ihrer Chefin Aliya Lund betraten, schloss sie die Glastür hinter sich und die innen angebrachten, silberfarbenen Jalousien, klapperten zwei Mal gegen das Glas der Tür. Sie stellte Aliya und Samantha einander vor.

Samantha musste sich nicht zu einem Lächeln zwingen, ein kleines Schmunzeln breitete sich wie von selbst auf ihrem Gesicht aus, als sie den Namen Aliya hörte. Aliya bedeutete so viel wie die Erhabene. Was für ein passender Name für eine Frau in ihrer Position, dachte sie sich.

Aliya berichtete Laura in kurzen Sätzen, dass sich die Eltern von Maja Larsson gemeldet hatten. Sie waren im Urlaub gewesen und daher nicht erreichbar. Sie waren erschüttert, als sie die Nachricht von Majas Tod erfahren hatten, wussten aber ebenfalls nicht, dass Maja eine Schwester hatte. Sie wussten zwar davon, dass Maja davon überzeugt war, eine Schwester zu haben und auch davon, dass sie nach ihr suchte, aber nichts von ihrer Reise nach Deutschland und konnten sich auch nicht erklären, wo sie so viel Geld herhaben hätte können, wie sie es dem Professor angeboten hatte.

Samantha hörte den Beiden aufmerksam zu, doch verstehen konnte sie nur einzelne Worte die sie in den paar Tagen hier in Schweden bereits aufgeschnappt hatte.

Nachdem Aliya Laura alles Wichtige mitgeteilt hatte, blickte sie zu Samantha, wohl wissend, dass sie nichts von dem verstanden hatte und fasste das Wichtigste noch einmal für sie in einem fast akzentfreien arabisch zusammen.

Laura wusste zwar, dass sie als Kind aus Marokko nach Schweden gekommen war und aufgrund der geografischen Lage Marokkos neben arabisch sowohl Französisch als auch Spanisch sprach, trotzdem hatte sie ihre Chefin noch nie arabisch sprechen gehört.

Samantha antwortete ihr ebenfalls auf Arabisch und bedankte sich für das Update. Es war auch das erste Mal, dass sie Samantha diese Sprache sprechen hörte.

Nachdem die drei ins Englische gewechselt hatten, verließen sie das Büro und gingen in ein Großraumbüro.

Aliya ging direkt zu einem der uniformierten Kollegen und bekam von ihm ein paar Blatt Papier übergeben. Sie zeigte den Beiden die Phantombild Zeichnungen, die mit Barkas Hilfe entstanden waren.

>>Wir haben die Zeichnungen mit Hilfe einer speziellen Software modifiziert.<< Aliya legte neben die beiden Zeichnungen zwei weitere. >>So in etwa könnten die Beiden heute aussehen.<<

>>Sehr schön.<< sagte Samantha auf Deutsch, als sie die Bilder sah.

Die schwedischen Kollegen im Raum begannen zu schmunzeln und der Uniformierte, der Aliya die Bilder übergeben hatte sagte:

>>Yes, I can see the lake.<<

Einige der Kollegen versuchten sich ein Lachen zu verkneifen, doch es gelang ihnen nicht. Der ganze Raum brach in Gelächter aus. Auch Samantha wurde davon angesteckt und musste mit lachen, obwohl sie gar nicht wusste, worum es ging.

Als Laura sich wieder beruhigt hatte, versuchte sie es ihrer ahnungslosen Kollegin zu erklären.

>>Es gibt einen Film, eine schwedische Parodie namens Jönssonligan. Darin kommt eine Szene vor, in der ein Schweizer, der nur deutsch spricht und ein Schwede zusammen in einem Auto chauffiert werden. Als sie an einem See vorbeifahren, fragt der Schweizer: "sehr schön, nicht?" und meint dabei die Schönheit des Sees, an dem Sie gerade vorbeifahren. Das deutsche "sehr schön" ähnelt dabei dem schwedischen "ser sjön", was übersetzt "den See sehen" heißt. Der Schwede

welcher kein Deutsch spricht versteht also: "ser sjön?".
Verwundert über die Frage antwortet er: "ja ja, jag ser
sjön". Also „ja, ja, ich kann den See sehen". Immer
wenn deutsche Touristen oder in dem Fall nun eben du
„sehr schön" sagen, ist das eine lustige Erinnerung an
den Film. Sozusagen ein Running Gag in Schweden.<<

Samantha verstand und war ihren schwedischen
Kollegen auch nicht böse, dass sie über sie gelacht
hatten. Spaß musste nun mal sein.

Nachdem sich alle wieder beruhigt hatten und ihrer
eigenen Arbeit nachgingen, wollte Laura wissen, ob es
irgendwelche Treffer in der Datenbank gab.

>>Nein, nichts. Auch nicht in Deutschland. Ich habe
die Bilder bereits Herrn Jakobs geschickt und mit ihm
telefoniert.<< antwortete Aliya.

>>War ja eigentlich auch nicht zu erwarten.<< sagte
Laura resigniert. >>Wer weiß wie gut die Erinnerung
von Barkas ist, vor allem nach so langer Zeit und dann
noch die Modifikation. Schlussendlich können sie heute
auch ganz anders aussehen.<<

Samanthas Mobiltelefon klingelte, sie entschuldigte
sich und ging in den Flur. Als sie wieder zurückkam,
sagte sie, dass es Peter war, der sie gerade angerufen
hatte und berichtete von dem Gespräch.

>>Alexander ist verschwunden. Peter war heute mit
ihm im Institut verabredet. Alexander ist nicht bei der
Arbeit erschienen und zu Hause ist er auch nicht. Sein
Auto fehlt und sein Mobiltelefon ist ausgeschaltet und
kann nicht geortet werden.<<

>>Dafür gibt es bestimmt eine Erklärung.<<

>>Nein, so würde sich Alexander nie verhalten. Peter
macht sich große Sorgen.<<

Samantha sah die Beiden für einen Augenblick an
und versuchte abzuwägen, was jetzt am besten war.
Schließlich traf sie eine Entscheidung.
>>Ich muss zurück nach Deutschland.<<

Kapitel 50

Laura wollte Samantha um jeden Preis nach Deutschland begleiten.

Sie erzählte ihrer Chefin, wie wichtig es sei, jetzt an den Ermittlungen dran zu bleiben. Das die Chance bestünde nicht nur den Fall in Deutschland zu lösen, sondern vielleicht auch den Fall aus Schweden, für den, so wie sich abzeichnete, wohl der Falsche verurteilt wurde.

Nicht dass Laura es bekümmern würde, schließlich saß mit Barkas kein Unschuldiger hinter Gittern, immerhin hat er seine Frau umgebracht. Momentan war ihr jedoch alles recht, um einen Grund zu haben, Samantha wieder nach Deutschland begleiten zu dürfen.

Letztendlich hatte es geklappt. Ihre Chefin hatte ihr das Ok gegeben und so waren sie vor knapp zwei Stunden in Stuttgart gelandet und saßen jetzt zusammen mit Peter im Büro.

>>Ich habe alle Mittel und Wege genutzt um irgendwie in Erfahrung zu bringen, wo sich Alexander aufhalten könnte. Da sein Auto nicht zu Hause steht, habe ich die Aufnahmen von Verkehrskameras und Radarstationen checken lassen und was soll ich sagen. Wir haben einen vagen Anhaltspunkt gefunden. Alexander ist vorgestern Abend um 17.54 Uhr mit seinem Porsche auf der "Alten Weinsteige" in Fahrtrichtung Degerloch geblitzt worden.<<

>>Das ist gut, so haben wir zumindest eine Richtung. Allerdings weiß ich nicht so richtig, wie uns das helfen

soll? Von dort aus kann er überall hingefahren sein. In Degerloch kann er auf die B27 Richtung Süden aufgefahren sein, oder die A8 nach München oder Karlsruhe, meinetwegen sogar die A81 genommen haben.<< sagte Samantha.

>>Nein Sam, das glaube ich nicht. Alexander wohnt in der Nähe des Krähenwaldes. Die A81 würde er von dort aus direkt anfahren. Die Alte Weinsteige kommt nur dann in Betracht, wenn er um die Zeit den Stau auf der Neue Weinsteige vermeiden wollte. Also entweder wollte er weiter Richtung Süden oder auf die A8 Richtung München. Oder, und das ist es was ich glaube, er wollte einfach nur nach Degerloch.<<

Samantha und Laura schauten ihn fragend an.

>>Alexander hat mir kürzlich von seiner neuen Flamme berichtet. Ich vermute stark, er hatte es etwas zu eilig, zu ihr zu kommen.<< sagte Peter und zog dabei eine Augenbraue in die Höhe.

>>Und sie wohnt in Degerloch?<< wobei Samantha "sie" dabei besonders betonte, da Peter keinen Namen nannte.

Peter zuckte mit den Achseln und zog dabei den Kopf ein.

>>Was?<< fragte Samantha während sie ebenfalls mit den Achseln zuckte und Peter imitierte.

>>Er hat es mir nicht erzählt.<<

>>Oh Mann! Bitte sag mir, dass du ihren Namen kennst!?<<

>>Isabella.<< wobei er Bella besonders betonte, wie es Alexander immer tat, wenn er von ihr sprach.

>>Isabella. Und wie weiter?<<

Erneutes Achselzucken von Peter ließ Samantha schwer ein- und wieder ausatmen.

>>Er hat sie schon 2020 auf einer Messe kennengelernt. Irgend so einer Messe für Tote und Bestatter in Freiburg.<<

Noch während Peter seinen Satz beendete hatte Samantha ihre Finger schon auf der Tastatur ihres Computer und las dann von der Homepage vor:

>>Die Leben und Tod. "Weil es so wichtig ist, darüber zu sprechen... Als Fortbildungsveranstaltung für Haupt- und Ehrenamtliche aus Hospiz, Palliative Care, Seelsorge, Trauerbegleitung und Bestattungskultur wendet sie sich gleichzeitig an Betroffene, Angehörige sowie interessierte Bürger:innen"<<.

>>Ja ganz genau, das ist es.<< sagte Peter voller Euphorie, einen Schritt weiter zu sein.

>>Und du sagst, er hat sie dort schon 2020 kennengelernt?

Es dauerte nur einen Bruchteil einer Sekunde, bis Peter verstand, auf was Samantha hinaus wollte.

>>Das ist es!<<

Samantha nickte ihm zu, als Peter schon zum Telefon griff, die Nummer eintippte, die Samantha ihm von ihrem Bildschirm vorlas. Er stellte den Lautsprecher an und es klingelte nur wenige Male, bis sich eine Frauenstimme meldete.

Peter ließ die Frau nicht mal ihren Begrüßungstext aussprechen. Er fiel ihr sofort ins Wort und stellte sich vor.

Er wollte von ihr wissen, ob man sich wegen Covid19 für die Messe anmelden oder registrieren musste.

Die Frau lachte und erklärte Peter, dass man sogar via Livestream an der Veranstaltung teilnehmen konnte, da die Besucherzahl begrenzt war, doch das interessierte Peter überhaupt nicht, stattdessen fragte er nochmal gezielt nach den Besuchern vor Ort. Daraufhin erklärte ihm die Frau, dass man sich natürlich registrieren musste, das wäre zu der Zeit ja so vorgeschrieben gewesen.

Peter war sichtlich erleichtert und bat die Frau, ihm die Liste aller anwesenden Gäste zukommen zu lassen und betonte, wie wichtig es sei und dass es eilte.

Nach kurzem hin und her bezüglich Datenschutzes, versicherte sie ihm, dass er die Datei in den nächsten Minuten via E-Mail erhalten würde.

>>Hoffentlich haben wir Glück und finden eine Isabella aus Degerloch oder Umgebung.<<

>>Wenn Sie nicht von weiter weg kommt.<< sagte Samantha um Peters Euphorie etwas zu zügeln.

>>Das glaube ich nicht. Als ich Alexander besucht hatte, ließ er durchblicken, dass er am Vorabend ein Date mit ihr hatte und das war unter der Woche.<<

>>Zudem ist diese Messe ja wohl keine Großveranstaltung.<< sagte Peter und schaute Sam dabei fragend an.

Samantha tippte etwas auf der Tastatur und bestätigte dann, dass es sich nur um etwa zweitausend Besucher handelte.

Außerdem muss sie ein Bestattungsinstitut in der näheren Umgebung haben. Peter viel ein, wie Alexander von ihrem ersten wiedersehen nach der Messe berichtet hatte.

>>Sie muss irgendwo in der näheren Umgebung wohnen und auch ein Bestattungsinstitut haben. Alexander traf sie wieder, weil sie einen Leichnam bei ihm abgeholt hat.<<

>>Was aber noch nicht bedeutet, dass sie ein eigenes Institut hat.<<

Trotzdem machte sich Samantha direkt daran, alle Bestattungsunternehmen in der Gegend zu prüfen. Sie durchblätterte Impressum für Impressum, um nach einer Isabella als Inhaberin zu suchen.

Kapitel 51

Er musste eingeschlafen sein. Als Alexander aufwachte, tastete er sofort die Umgebung um sich herum ab, ganz in der Hoffnung, soeben aus einem bösen Traum erwacht zu sein. Doch seine Hoffnung starb sofort, als er neben sich den kalten, feuchten Boden unter seinen Fingern spürte.

Er wischte den krümeligen Beton, der dadurch an seinen Handinnenflächen und an seinen Fingern haftete, am Rad der Matratze, auf der er lag, ab.

Wie bin ich hier hineingeraten, ging es ihm durch den Kopf.

Mit dieser Frage musste er auch eingeschlafen sein.

Sein Zeitgefühl war völlig verloren gegangen. Diese andauernde Dunkelheit machte ihm mehr zu schaffen, als er es jemals vermutet hätte.

Er drehte sich auf den Rücken und atmete tief ein.

Als er wieder aus atmete, wurde ihm klar, dass er dennoch ganz schön ruhig war, für das, in welcher Situation er sich befand.

Er schaute nicht viel Fernsehen, doch wenn er es tat, liebte er es, sich Dokumentationen anzuschauen. Insbesondere über Spezialeinheiten unterschiedlicher Nationen und Behörden.

Eines hatten alle in ihrem Training gemeinsam. Sie werden trainiert, in Ausnahmesituationen Ruhe zu bewahren, um klare Entscheidungen treffen zu können oder sich aus misslichen Lagen zu befreien. Beides war in Panik nicht möglich.

Er selbst hatte so ein Training nie genossen. Den Wehrdienst hätte er wegen seines Medizinstudiums erst 18 Monate nach seinem Studium antreten müssen, doch zwischenzeitlich wurde der Wehrdienst ausgesetzt und er musste nie zur Bundeswehr.

Dennoch war er jetzt so ruhig. Aber was hatte er davon?

Es gab eine Tür, doch diese war von innen nicht zu öffnen und eine weitere Öffnung gab es im ganzen Raum nicht. Diesen hatte er zwischenzeitlich mehrmals abgetastet.

Das WC, schoss es ihm plötzlich in den Sinn.

Er stand auf und tastete sich vorsichtig an das Chemieklo heran. Es war irgendwie an der Wand befestigt. Er versuchte zu ertasten, wie man das WC leeren konnte. Er wollte herausfinden, ob dazu jemand zu ihm in den Raum kommen musste. Doch er konnte nichts finden. Keinen Hebel oder Ähnliches, lediglich einen Klodeckel gab es.

Ihm wurde klar, dass es eine Möglichkeit geben musste, das WC von außen zu leeren. Er versuchte zu ertasten, wie das WC befestigt war. Vielleicht war es möglich es zu entfernen und durch ein Loch in der Wand zu entkommen.

Seine Finger tasteten das Chemie-WC Stück für Stück ab. Am äußeren Rand ertastete er etwas, was scheinbar nicht zu dem WC gehörte. Es fühlte sich an wie ein Band aus Metall, das einmal um das WC herum ging.

Mit seinen Fingern folgte er dem Band auf einer Seite, bis es in der Wand verschwand.

>>Verdammt!<< fluchte er leise vor sich hin.

Enttäuscht setzte er sich wieder auf die Matratze und vergrub sein Gesicht in seinen Händen, da schoss ihm eine weitere Weisheit aus den Dokumentationen in den Kopf:

Es ist wichtig, Erfolgserlebnisse verbuchen zu können. Ganz egal wie klein diese auch waren.

Erfolgserlebnisse waren nötig, um das Gehirn zu belohnen. Ständige Misserfolge führen dazu, dass man anfängt an sich zu zweifeln und wer an sich zweifelt, schreckt davor zurück, Entscheidungen zu treffen und auch davon weiter zu machen, um eine Lösung zu finden. Und genau diese benötigte er jetzt.

Daher versuchte er also es als Erfolg zu verbuchen, etwas Neues über den Raum herausgefunden zu haben, in dem er gerade festsaß.

Vielleicht gab es eine Möglichkeit das Metallband zu durchtrennen oder, das WC daraus zu lösen.

Kapitel 52

Donnerstag 23. Juni 2022

Peter aktualisierte ständig das E-Mailprogramm, indem er fortwährend auf das kleine unterbrochene Kreissymbol mit einer Pfeilspitze an einem Ende klickte, das sich neben seinem Posteingang befand.

Er konnte es kaum erwarten, die Liste mit den Besuchern der Messe zu erhalten.

>>Okay, also gehen wir das Ganze nochmal durch.<< sagte Laura. >>Mister und Misses X entführen junge Frauen und erpressen ihre Familien um Geld. Zu dem Zeitpunkt gingen wir noch von einem Entführer aus. Bei der Sache stellte er oder sie sich so geschickt an, dass wir keine einzige Spur finden konnten. Trotzdem entschied er, oder wovon wir jetzt ausgehen, sie, irgendwann von heute auf morgen damit aufzuhören, obwohl sie zu dem Zeitpunkt noch Entführungsopfer in ihrer Gewalt haben. Den Grund kennen wir nicht. Damals dachten wir an eine Verletzung oder dass sich in seinem Umfeld etwas verändert hatte, damit er nicht weitermachen konnte. Heute wissen wir, dass die Frau schwanger war. Vielleicht war das der Grund.<<

>>Ja, das ist eine gute Theorie.<< stimmte ihr Samantha zu, die noch immer auf ihren Monitor fixiert war.

>>Aber! Sie wissen auch, dass wenn sie einfach nur damit aufhören, wir, die Polizei nicht einfach damit aufhören, sie zu suchen.<<

>>Also brachen sie einen Sündenbock.<<

>>Und da kommt Barkas ins Spiel. Woher auch immer sie von seiner Situation wussten. Sie halfen ihm

und hatten ihn damit in der Hand. Sie fütterten ihn soweit mit Informationen, dass sein Geständnis glaubhaft sein würde und zwangen ihn dann, sich bei der Polizei zu stellen.<<

>>Barkas nimmt das hin, er will seine Kinder um jeden Preis schützen. Doch warum musste Maja jetzt sterben?<< fragte Laura.

In dem Moment fuhr Peter in seinem Bürostuhl hoch

Eine neue E-Mail war in seinem Posteingang. Schnell öffnete er die sehnlich erwartete Mail und klickte auf den Anhang mit der Besucherliste. Schnellen Blickes überflog er die Namen aller registrierten Besucher.

>>Bingo!<< sagte er, machte mit der rechten Hand eine Faust, freute sich für eine Sekunde und zeigte dann mit dem Finger auf einen Namen auf der Liste.

Isabella Gluitz

Er wechselte schnell das Programm und gab ihren Namen ein. Samantha und Laura standen hinter ihm, alle drei schauten gespannt auf den Bildschirm, als er die Enter-Taste drückte. Auf dem Bildschirm erschien das Bild einer Frau mit langen, leicht welligen, dunkelblonden Haaren.

Samantha und Laura schauten zu Peter hinab und er blickte zu ihnen.

>>Das ist sie!<< sagte er.

Samantha sprang um den Schreibtisch herum zu der Galstafel, an der alle ermittlungsrelevanten Dinge hingen, auch die modifizierten Phantombilder, die mit Björn Barkas Hilfe erstellt wurden.

Sie zog den Ausdruck ab, kehrte eilig zurück und hielt ihn neben das Bild der Frau auf Peters Bildschirm.

>>Eindeutig, das ist sie.<< bestätigte Samantha.

Peter überflog ihre Daten, die der Computer über sie ausgespuckt hatte, hielt plötzlich inne und deutete mit dem Finger erneut auf den Bildschirm.

Mutter: Karin Gluitz, verstorben 15. Mai 1985
Vater: Dr. Frank Gerstenmeier

>>Das darf ja wohl nicht wahr sein<< sagte Laura. >>Wieso lässt eine junge deutsche Frau in Schweden eine Leiche verschwinden?<<

>>Und seht euch das hier an.<< Peter zeigte wieder auf den Monitor. >>Sie hat einen Sohn, Ebbe Gluitz, sein Alter passt genau. Sie war zu dem Zeitpunkt, als sie für Barkas die Leiche seiner Frau haben verschwinden lassen, schwanger.<<

Peter klickte die Verknüpfung zu ihm an. Als sein Bild auf dem Bildschirm erschien, blickten sie sich gegenseitig an.

>>Das Puzzle fügt sich zusammen!<<

Auf dem Bild war ein Mann mit kurzem dunklen Haar und braunen Augen zu sehen. An der Unterseite seiner linken Lippe, hatte er eine Narbe.

Kapitel 53

Donnerstag 23. Juni 2022

Isabella saß gerade mit ihrem Tablet am Esstisch und las die Nachrichten, als ein lauter Schlag sie zusammenzucken ließ.

Mit einem lauten Knall flog die Haustür auf, das Schließblech wurde aus der Verankerung gerissen und schepperte blechern auf den gefliesten Boden.

Maskierte Männer in Kampfanzügen mit dem Schriftzug POLIZEI auf der schusssicheren Weste stürmten durch den kurzen Flur in ihre offene Wohnküche und riefen laut "Polizei, runter auf den Boden!".

Isabella saß perplex auf dem Stuhl und starrte die Männer nur an. Noch bevor sie reagieren konnte, war einer der Männer bei ihr, riss sie vom Stuhl und drückte sie bäuchlings fest auf den Boden.

>>Polizei, keine Bewegung!<< rief er und fixierte ihre Hände auf dem Rücken, während die anderen Männer strukturiert Raum für Raum sicherten, bis schließlich einer der Männer "Sicherheit" in sein Funkgerät sprach.

Drei weitere Personen in ziviler Kleidung betraten ihr Haus.

Peter nickte zu dem Kollegen, welcher Isabella Gluitz noch immer am Boden fixierte und signalisierte ihm, dass er Frau Gluitz aufhelfen soll.

Der gut trainierte Kollege hob Isabella Gluitz so leichthändig vom Boden, als würde er eine Sporttasche aufheben. Er half der Frau, deren Hände inzwischen mit

Kabelbinder hinter ihrem Rücken fixiert waren, auf dem Stuhl Platz zu nehmen, auf dem sie ein paar Minuten zuvor gesessen hatte.

>>Isabella Gluitz?<< fragte Peter.

Sie nickte mit dem Kopf und war den Tränen nahe.

>>Sie sind verhaftet, wegen des dringenden Tatverdachts Frau Maja Larson ermordet zu haben. Außerdem müssen Sie mit weiteren Anklagepunkten aus Schweden wegen erpresserischen Menschenraub und Vertuschung einer Straftat rechnen.<<

Isabella sagte nichts, Tränen schossen ihr in die Augen. Sie schluchzte und versuchte den Kopf in ihrem Schoss zu vergraben.

>>Hören Sie, es ist vorbei! Wo ist Alexander?<<

Isabelle schluchzte weiter und hob den Kopf. Dicke Tränen flossen ihr über die Wangen.

>>Ich wollte das nicht.<< brachte sie wimmernd hervor.

>>Was wollten Sie nicht?<<

>>Das alles… mein ganzes Leben… ich wollte doch nur ein paar Tage weg!<< sagte sie und brach erneut so heftig in Tränen aus, dass sie kaum mehr Luft bekam.

>>Hören Sie, ich verstehe kein Wort. Aber ehrlich gesagt ist mir das im Moment auch alles vollkommen egal. Machen Sie es nicht noch schlimmer und sagen sie mir, wo Alexander ist.<<

Isabella Gluitz weinte so heftig, dass Peter Angst hatte, sie würde gleich ersticken.

Zwischenzeitlich stellte er sich sogar die Frage ob Sie an einem Schock litt und sie einen Arzt brauchte.

Es dauerte noch eine gewisse Zeit, doch dann hatte sie sich wieder soweit gefangen, um reden zu können.

>>Alexander.<< Sagte sie schließlich. >>Es ist schon komisch, dass mich diese ganze verworrene Scheiße

ausgerechnet zu dem Mann führt, in den ich mich verliebt habe, und mit dem ich mir ein Leben hätte vorstellen können.<<

Isabella wischte sich die Tränen aus dem Gesicht, in dem sie ihr Gesicht in ihrem Schoss legte und den Kopf von einer Seite zur anderen an ihrer Jeans-Hose rieb.

Als sie wieder auf sah, waren ihre Augen noch immer glasig, doch sie schien sich wieder gefangen zu haben.

Die Gedanken an Alexander führten ihr vor Augen, warum sie das überhaupt gemacht hat.

Das Gute in ihr verdrängte ihre Wut. Immer wenn sie bei Alexander war oder an ihn dachte, konnte sie sich ein neues, normales und liebenswertes Leben vorstellen.

>>Alexander müsste es gut gehen.<< sagte sie.

>>Es müsste ihm gut gehen?<< Wiederholte Peter ihre Aussage als Frage. >>Was soll das heißen?<<

>>Ebbe ist bei ihm.<<

>>Ihr Sohn?<< wollte Peter wissen.

Sie nickte zwar aber meinte etwas anderes.

>>Nun ja, als meinen Sohn habe ich Ebbe schon lange nicht mehr gesehen.<< sie machte eine kurze Pause. >>Aber ja, wenn Sie so wollen. Er ist ein totaler Psychopath. Ich weiß nicht, was ich in meinem Leben verbrochen habe um ihn zu bekommen.<<

Als sie den letzten Satz aussprach, rannen ihr weitere Tränen über die Wangen.

>>Wo ist er?<< fragte Samantha in einem beruhigenden Ton.

Isabella blickte Samantha in die Augen.

>>Ich erkläre es Ihnen.<< sagte sie schließlich mit neuer Kraft in der Stimme.

Kapitel 54

Donnerstag 23. Juni 2022

Ebbe betrachtete Alexander auf dem Display seines Smartphones. Es passte ihm überhaupt nicht, wie es sich immer wieder von der Matratze erhob, um den Raum zu untersuchen. Es führte sich auf, als sei das alles nur ein Spiel. Ein Spiel, bei dem man ein Rätsel lösen musste, um zu entkommen. Doch so war es nicht. Es wird hier nie wieder rauskommen, dachte er sich, während er Alexander weiter auf seinem Smartphone beobachtete.

Seine Mutter hatte ihm verboten, in den Raum zu gehen. Doch was wusste die schon. Sie wird die nächste sein, die in diesem feuchten Raum verrecken wird.

Er brauchte sie jetzt nicht mehr. Er schloss die Augen und sah seine Mutter in dem Raum. Sie winselte um Gnade.

Er würde seinen eigenen Rekord brechen. So lange wie seine Mutter in dem Raum sein würde, war noch nie jemand in dem Raum gefangen.

Es würde sein Meisterstück werden. Der Gedanke daran machte ihn innerlich ganz unruhig und ergriff Besitz von ihm.

Doch zunächst musste dieser Doktor weg.

Er wollte sich gerade auf den Weg machen, um dem Doktor endgültig die Lichter aus zu knipsen, als auf seinem Display ein Alarm angezeigt wurde.

Schnell klickte er auf das Symbol und das Bild auf seinem Smartphone wechselte.

Verflucht, dachte er sich, als er mehrere Männer in Kampfanzügen auf sich zukommen sah. Jeden Augenblick würden sie in den alten Bunker eindringen.

Diese verfluchte Schlampe hatte ihn verraten. Das würde sie ihm büsen. Doch im Augenblick hatte er ein anderes Problem. Gegen diese Überzahl hatte er keine Chance.

Schnell versuchte er, seine Optionen abzuschätzen. Weiter hinten in dem Bunker gab es einen Schacht, der teilweise eingestürzt war. Er hatte sich nie die Zeit genommen, herauszufinden, wo dieser hinführte. Stattdessen hatte er die eingestürzte Stelle nur mit weiteren Steinen verschlossen. Dies bereute er jetzt.

Dennoch, es war seine einzige Chance.

Er steckte sein Smartphone in die linke Hosentasche und rannte los.

Schnell wurde es in dem Bunker so dunkel, dass er die Hand vor Augen nicht mehr sah. Er zog das Smartphone wieder aus der Hosentasche und aktivierte die Taschenlampe.

Als er an der verschütteten Stelle angekommen war, deaktivierte er die Taschenlampenfunktion wieder um keine Aufmerksamkeit zu erregen und steckte das Smartphone wieder zurück in seine linke Hosentasche und machte sich blind daran die Steine aus dem Weg zu räumen, die ihm den einzig möglichen Fluchtweg versperrten.

Kapitel 55

Donnerstag 23. Juni 2022

Polizei! riefen die Männer, als sie in den alten Bunker stürmten, von dem ihnen Isabella Gluitz erzählt und zu dem sie ihnen den Weg beschrieben hatte.

Der Eingang zu dem Bunker war gut getarnt und hinter einem wilden Bewuchs gut versteckt. Ohne ihre Hilfe und exakte Beschreibung hätten sie den Eingang niemals gefunden.

Die Männer vom mobilen Einsatzkommando hatten Laura, Samantha und Peter befohlen, draußen zu warten, bis sie die Lage geklärt und den Bunker gesichert hatten. Doch die drei dachten nicht einmal daran, draußen zu warten. Immerhin ging es hier um einen Kollegen und Freund. Somit stürmten sie mit schusssicheren Westen, die sie sich übergezogen hatten, den Männern vom MEK hinterher in den Bunker.

Vor ihnen hörten sie die Männer immer wieder, "Polizei" und "Sicherheit" rufen.

Zwei der Männer kamen vor einer verschlossenen Tür zum Stehen und warteten auf einen dritten Mann. Einer sicherte den Weg, der weiter in den Bunker führte, der andere die Tür. Der dritte Mann, der zwischenzeitlich an der Tür angelangt war, öffnete den schweren Riegel, mit dem sie verschlossen war und riss die Tür mit einem Ruck auf.

Alexander war von dem Lichtstrahl einer der taktischen Lampen an einem der Sturmgewehre geblendet. Erschrocken hielt er sich eine Hand vor das Gesicht.

"Wir haben ihn" hörte Peter einen der Männer rufen. Peter und seine beiden Kolleginnen eilten in den Raum, um nachzusehen, ob es Alexander gut ging.

Peter ging in die Hocke, um seinem Freund, der auf einer Matratze am Boden saß, in die Augen schauen zu können.

>>Gott sein Dank. Geht es dir gut?<< Wollte Peter gerade wissen, als er von draußen ein Geräusch wahrnahm. Es hörte sich an, als würden schwere Steine aufeinander treffen.

>>Der versucht abzuhauen!<< brüllte Peter und schnellte in die Höhe. >>Kümmert euch um ihn.<< hörten Samantha und Laura gerade noch von Peter, als er aus der Tür stürmte und sich an den Kollegen vom MEK vorbei drängte.

>>Peter nein!<< rief Samantha ihm hinterher. Doch Peter reagierte nicht auf sie.

Samantha schoss aus dem Raum, trat vor einen der MEK Beamten und bat ihn um sein Sturmgewehr. Laura, die mittlerweile neben ihr stand, drückte sie ihre Handfeuerwaffe in die Hände, schaute ihr einmal tief in die Augen und wusste sofort, dass sie sich auf sie verlassen konnte.

Sie knipste das taktische Licht am Lauf des Sturmgewehrs an und folgte dem dunklen Gang, der tiefer in den Bunker führte.

Alles um sie herum war dunkel, nur das gebündelte Licht der taktischen Lampe wies Samantha den Weg, bis an eine Engstelle.

Es schien so, als wäre der Gang an dieser Stelle eingestürzt und jemand hat sich einen Durchgang freigeschaufelt. Samantha richtete den Strahl der Lampe durch die Engstelle, doch sie konnte niemanden sehen.

>>Verflucht, Peter...<< fauchte sie vor sich hin und stieg durch das Loch.

Danach drehte sie sich um, um Laura zu leuchten, damit auch sie sich, auf allen vieren, durch den Durchgang zwängen konnte.

Als Laura sich aufgerichtet hatte, bedeutete sie Samantha weiter zu gehen.

Die beiden Polizistinnen eilten durch den tunnelförmigen Gang, der einen leichten Rechtsbogen machte. Als sie den Bogen hinter sich gelassen hatten, sah sie weit vor sich ein schwaches Licht. Das muss Peter sein, der die Taschenlampe seines Handys nutzt, dachte sie sich.

Zu ihrer Sicherheit brachte sie das Sturmgewehr an ihrer Schulter in Anschlag und betrachtete das schwache Licht vor sich nun durch das Visier der Waffe.

Kapitel 56

Donnerstag 23.Juni 2022

Samantha und Laura traten aus dem dunklen Tunnel, der sie in einen Buchenwald geführt hatte. Er lag vermutlich auf der anderen Seite des Hügels, als der Eingang, durch den sie in den Bunker gelangt waren.

Ihre Augen brauchten ein paar Sekunden um sich an das helle Licht zu gewöhnen. Samantha hielt eine Hand schützend über ihre Augen und sah sich um.

Sie versuchte, Peter irgendwo ausfindig zu machen.

>>Da!<< rief Laura und zeigte auf eine Stelle am Boden.

Ein alter, bereits modriger dicker Ast schaute teilweise unter dem braunen Buchenlaub hervor. Auf einer Seite war ein Stück frisch herausgebrochen.

>>Da ist jemand draufgetreten. Komm hier lang.<< fügte Laura hinzu und begann in schnellen Schritten den Hang hinunter zu eilen.

Samantha hatte Laura nach nur wenigen Metern bereits eingeholt.

Leichtfüßig rannte sie mit ihrem sportlichen Körper den immer steiler werdenden Hang hinunter. Gekonnt übersprang sie Hindernisse auf dem Boden und suchte sich einen Weg, vorbei an Gestrüpp und unkontrolliert neu wachsenden Buchen, die immer wieder ein wildes Dickicht bildeten, als sie weit vor sich eine Bewegung wahrnahm.

Es war Peter, der das Ende des Waldes erreicht hatte und auf eine Straße am Waldrand rannte. Auf der anderen Straßenseite erkannte Samantha die ersten Häuser von Stuttgart.

Sie war schnell, dennoch hatte sie Probleme, Peter einzuholen.

Als sie die Straße ebenfalls erreichte, stand Peter rund 500 Meter weiter die Straße hinunter, mit dem Rücken zu ihr auf der Straße und schaute sich um. Vermutlich hatte er Ebbe aus den Augen verloren. Sein Kopf war nach rechts gedreht. Es sah so aus, als durchsuchte er mit seinen Blicken den Wald neben ihm.

Im selben Augenblick raste ein schwarzes SUV hinter ihm aus einer kleinen Seitenstraße. Die Reifen quietschen, als das Fahrzeug um die Kurve schoss und wurden von einem dröhnenden aufheulen des Motors begleitet.

Samantha sah, wie Peter von der Situation überrascht wurde und das schwarze SUV direkt auf ihn zuraste.

>>Neeeeiiin!!!<< schrie Samantha, als das SUV Peter erfasste und er in hohem Bogen über das Fahrzeug hinweg katapultiert wurde.

Samantha brachte das Sturmgewehr in Anschlag, zielte durch das Visier und feuerte eine Salve auf das Heck des SUV ab.

Die getönte Heckscheibe platzte durch einen Treffer in Millionen kleine Bruchstücke. Im nächsten Augenblick verschwand das SUV mit quietschenden Rädern um die nächste Hausecke.

Laura, die mittlerweile neben Samantha stand, traute ihren Augen kaum.

Wie vom Blitz getroffen, rannten die Beiden zu Peter, der hart auf dem Boden aufgeschlagen war und sich nicht mehr regte. Sein rechtes Bein war verdreht und unter ihm hatte sich bereits eine Blutlache gebildet.

Samantha kniete sich nieder und überprüfte seine Vitalzeichen, während Laura schon mit der Leitstelle

der Rettungskräfte telefonierte und einen Kranken-
wagen und Notarzt rief.

Kapitel 57

Freitag 24. Juni 2022

Es war bereits nach Mitternacht. Samantha, Laura, Alexander und Anton Wagner saßen seit einer gefühlten Ewigkeit in einem Flur des Krankenhauses, in welches Peter eingeliefert worden war.

Die Wände waren trist in Weiß gehalten und es roch typisch nach Krankenhaus. Eine Mischung aus Desinfektions- und Putzmittel gemischt mit dem Geruch von altem Essen und kranken Leuten.

Immer wieder ging eine Tür auf und eine Krankenschwester oder anderes Personal betrat den Flur, um gleich darauf wieder in einem der anderen Zimmer zu verschwinden.

Als ein junger Mann in einem Arztkittel den Flur betrat, hielt es Samantha nicht mehr aus. Sie sprang von dem blauen und unbequemen Holzstuhl, der an einer Wand stand, auf und hielt den jungen Mann fest.

>>Was ist mit Peter Jakobs? Wird er es schaffen?<< fragte sie ihn in einem schroffen und dennoch hoffnungsvollen Tonfall.

Der junge Mann war offensichtlich verängstigt von Samanthas festem Griff und sah sie nur verwundert an.

Noch bevor er etwas sagen konnte, legte Anton Wagner eine seiner großen Hände auf den Arm von Samantha, mit dem sie den jungen Mann hielt.

>>Sam, lass ihn los. Er weiß vermutlich auch nicht mehr wie wir.<< sagte er in einem sanften Ton und blickte ihr von der Seite ins Gesicht.

Samantha lockerte den Griff und drehte den Kopf zu Anton und schaute ihm direkt in die Augen.

Ihre Augen wurden glasig und eine Träne rann ihr aus jedem Auge über die Wangen, als sie spürte, wie Laura hinter ihr stand und ihre warmen Hände auf ihre Schultern legte.

Die sonst so taffe Samantha drehte sich langsam zu ihr um und versank in ihren Armen. Laura hielt sie fest, während Samantha ihren Emotionen freien Lauf ließ.

Plötzlich spürte sie, wie alle um sie herum unruhig wurden und Laura ihr mit dem Daumen leicht auf ihren Rücken tippte.

Samantha löste sich aus Lauras Umarmung und wischte sich die verbliebenen Tränen aus den Augen.

Ein Arzt und eine Ärztin in blauer OP-Kleidung kamen auf sie zu.

>>Sind Sie die Kollegen von Peter Jakobs?<< fragte die Ärztin.

Anton Wagner beantwortete die Frage mit einem sich wiederholenden Nicken.

Eine kurze Pause entstand, bevor der Arzt das Wort übernahm.

>>Ihr Kollege hat durch den Zusammenstoß und den Aufprall auf den Boden ein Polytrauma erlitten. Neben einem Schädel-Basis-Bruch wurden mehrere Organe schwer verletzt und die Milz ist gerissen.<<

Alexander wurde bleich und ließ sich auf einen der Stühle, die an der Wand standen, sinken.

>>Wird er es schaffen?<< fragte Samantha, obwohl sie sich kaum getraute die Frage zu stellen, während sie Alexander beobachtete der nur zu Boden blickte. Es schien so, als wolle er die Reaktion der Ärzte auf die Frage weder sehen, noch hören.

Die Ärztin bewegte den Kopf leicht von links nach rechts und wieder zurück. Noch bevor die Ärztin anfangen konnte zu sprechen, wussten alle was sie jetzt sagen würde.

>>Es tut uns sehr leid. Wir konnten ihren Kollegen nicht retten.<<

Ein scheinbar ewig andauernder Zustand der Stille entstand.

In Samantha breitete sich eine unangenehme Wärme aus. Es war Wut, die in ihr entstand.

>>Ich schnappe mir dieses Arschloch! Und wenn es das letzte ist, was ich als Polizistin tue!<< schoss es plötzlich aus ihr heraus.

Anton Wagner schaute sie streng an.

>>Sam. Es ist schrecklich, was geschehen ist und wir alle brauchen Zeit, um das zu verkraften. Aber wenn du jetzt keinen kühlen Kopf bewahren kannst, ziehe ich dich von dem Fall ab! Ist das klar?<<

>>Nichts und niemand wird mich davon abbringen dieses Arschloch zur Strecke zu bringen.<< sagte sie, während sie abwehrend die Hände mit gespreizten Fingern hoch hob. >>Aber hey, ich bin ganz cool.<< sprach sie weiter zu Anton und drehte sich dann zu Laura um. >>Wir knüpfen uns jetzt seine Mutter vor.<< sagte sie zu Laura. >>Und du kommst mit!<< richtete sie ihre Worte an Alexander.

Kapitel 58

Freitag 24. Juni 2022

Isabella Gluitz war von uniformierten Polizisten aufs Revier gebracht worden, wo man sie mit der rechten Hand an einen Tisch in einem Verhörzimmer gefesselt hatte.

Der Raum war dunkel und düster. Sowohl der Tisch, als auch der Stuhl bestanden aus Metall, die Wände waren in einem dunklen, schon fast schwarzen Grau gestrichen und auch der Boden bestand aus einem grauen PVC-Belag.

Nachdem sie stundenlang dagesessen hatte, legte sie den Kopf auf ihrem Arm ab, der an den Tisch gefesselt war. In dieser Position musste sie, vor Erschöpfung, eingeschlafen sein.

Sie wurde aus dem Schlaf gerissen, als die Tür ruckartig geöffnet wurde.

Zwei Frauen und ein Mann betraten den Raum.

Es dauerte eine Sekunde, bis sie durch ihre müden und verschlafenen Augen wieder scharf sehen konnte, doch dann erkannte sie, dass der Mann Alexander war.

>>Alexander. Oh mein Gott. Zum Glück geht es dir gut.<< sagte sie völlig überrascht und mit Erleichterung in der Stimme.

Sie wollte aufspringen um zu ihm zu gehen, doch sie wurde jäh von der Kette, die ihr Handgelenk mit dem Tisch verband, aufgehalten.

Alexander antwortete ihr nicht. Er begab sich in eine Ecke des Verhörzimmers und ignorierte sie.

Verwundert über seine Reaktion schaute sie zu den beiden Frauen.

>>Sie kennen uns bereits. Ich bin Oberkommissarin Samantha Mahdi, von der Kriminalpolizei Stuttgart, das hier ist meine Kollegin Kriminalhauptkommissarin Laura Lindholm aus Stockholm und sie erzählen uns jetzt alles. Und zwar wirklich alles!<<

Isabella blickte zu Alexander, was Samantha natürlich nicht entging.

>>Er wird ihnen nicht helfen. Durch Sie und Ihren Sohn, hat er gerade seinen besten Freund verloren und ich meinen Partner und Freund.<<

>>Oh mein Gott!<< entfuhr es Isabella, die ihre Stirn in ihre linke Handfläche legte und fassungslos ausatmete. >>Haben sie ihn?<< fragte sie anschließend.

>>Nein. Deshalb werden sie uns jetzt alles sagen, was sie wissen. Alles! Haben wir uns verstanden!?<< sagte Samantha, während sie sich leicht vorbeugte und Isabella Gluitz tief in die Augen sah.

Isabella fing an zu nicken.

>>Also gut.<< sagte sie und blickte zu Alexander. >>Alexander, ich werde euch alles sagen, versprochen, doch ich möchte dass du weißt dass mir das alles wirklich sehr leid tut und ich mich wirklich in dich verliebt habe.<<

Alexander schaute ihr aus der Ecke des Raumes in die Augen, aus denen einzelne Tränen traten, die ihr über die Wangen liefen. Er wusste nicht, was er ihr glauben konnte und was nicht. Dennoch hatte er das Gefühl, dass er die Wahrheit in ihren Augen sah.

Isabella wandte den Blick von ihm ab, wischte sich die Tränen aus dem Gesicht und schaute wieder zu Samantha, die ihr gegenüber Platz genommen hatte.

>>Es war im Sommer 2003. Ich hatte gerade mein Abi in der Tasche, als ich nach Schweden reiste. Das Verhältnis zu meinem Vater war zu dem Zeitpunkt sehr

angespannt. Er wollte, dass ich sofort nach der Schule mit dem Studieren anfange. Doch ich war noch nicht so weit. Ich wusste noch nicht mal, was ich genau aus meinem Leben machen wollte. Meine Mutter ist bei meiner Geburt gestorben. Vielleicht war das auch der Grund, warum mein Vater mich immer so antrieb. Der Tod meiner Mutter sollte nicht umsonst gewesen sein, oder so ein Unfug.<< sie zuckte mit den Schultern. >>Ich habe also einen Rucksack gepackt, mir ein Interrail-Ticket gekauft und bin in ein Abenteuer gestartet. Als ich die Grenze zu Dänemark überquerte, hatte ich zum ersten Mal das Gefühl, frei zu sein. Doch schnell überkam mich ein seltsames Gefühl, ich hatte Angst, dass er sich in sein Auto gesetzt hatte und mir hinterher fuhr. Völlig irrational.<< sagte sie und schüttelte dabei den Kopf. >>Wie dem auch sei. Ich beschloss, dass ich weiter weg muss. In Kopenhagen habe ich mich auf eine Fähre geschlichen, um nach Schweden zu gelangen. Glauben Sie mir, ich habe das nicht getan, weil ich die Reederei prellen wollte, sondern weil ich keine Spuren hinterlassen wollte.<< sagte sie verunsichert, da sie sich ertappt fühlte.

>>Schon gut, deshalb sind wir nicht da.<< sagte Laura in ihrem beschwichtigenden Tonfall, den sie in Verhören immer aufsetzte um den Verdächtigen das Gefühl zu geben, ihr alles erzählen zu können.

>>Ich war wie auf der Flucht. Ich weiß noch, dass ich in einem Zug saß, der kurz vor Stockholm war, und plötzlich wache ich in einem schwarzen Loch auf.<<

Isabellas Tonfall änderte sich, sie sprach als wär sie völlig abwesend.

Laura und Samantha sahen sich verwundert an. Sie hatten beide den gleichen Gedanken.

>>Um mich herum war alles dunkel, ich hatte Panik, ich habe geschrien und geschrien, doch nichts passierte. Ich schrie so lange, bis ich aus Erschöpfung eingeschlafen sein musste.<<

Isabella machte eine Pause, während sie abwesend auf die Tischplatte vor sich starrte.

>>Als ich wieder aufwachte, lag ich in einem frisch gemachten Bett. Es roch nach Lavendel. Das Zimmer war klein und schäbig, mit alten Tapeten mit Blumenmuster an den Wänden, aber die Bettwäsche roch frisch. Ich werde diesen Geruch nie mehr vergessen. Ich spürte, dass etwas nicht stimmte. Ich hatte Schmerzen im Schambereich und ein unangenehmes ziehen in meinem Nacken.<<

Die beiden Polizistinnen schauten sie verwundert an.

Isabella drehte sich auf dem Stuhl, senkte den Kopf und strich mit der freien Hand ihr Haar nach vorne. Auf dem entblößten Nacken kam ein Tattoo zum Vorschein.

>>Eine hebräische Eins.<< sagte Samantha fast flüsternd und blickte zu Laura.

Laura konnte es kaum fassen, sie erhob sich von ihrem Stuhl und ging hinter Isabella Gluitz, um sich das genauer anzuschauen.

Kaum zu glauben, dachte sie sich.

>>Wir sind immer davon ausgegangen, dass es keine Nummer eins gibt. Alef ist der erste Buchstabe des hebräischen Alphabets. Nach der jüdischen Tradition hat er eine besondere Bedeutung.<< sagte Laura.

>>Er stellt G`tt, den Schöpfer, das tiefe Mysterium der Einheit und die Harmonie dar. Der numerische Wert von Alef ist 1.<< ergänzte Samantha

>>Genau.<< sagte Laura erstaunt. >>Alef, also die Nummer eins, symbolisiert den Anfang von allem im

Universum, denn alles hatte seinen Ursprung in G`tt. Daher dachten wir, dass Barkas ganz bewusst niemanden die Nummer eins gegeben hat. Barkas ist Jude und hat dazu nie eine Aussage gemacht.<<

Die beiden Frauen sahen Isabella an und baten sie fortzufahren.

>>Ein Mann betrat das Zimmer. Schon beim ersten Anblick sah ich das Böse in seinen Augen und ich wusste, dass er mich nicht mehr gehen lassen würde. Ich schwöre bei allem, was ich noch habe: Ich hatte weder mit den Entführungen noch mit den Morden etwas zu tun. Das müssen Sie mir glauben. Bitte!<<

Isabella sah die beiden Polizistinnen flehend an. Sie traute sich jedoch nicht, zu Alexander zu blicken. Doch sie spürte seine Blicke auf ihr.

>>Mit den Morden?<< fragte Laura.

>>Ja. Er ist ein absoluter Psycho. Er tut das einfach nur aus Spaß.<<

>>Wir dachten, er entführt die jungen Frauen nur, um Lösegeld zu erpressen.<< sagte Laura.

Isabella schaute Laura mit einem angewiderten Gesichtsausdruck an.

>>Nein! Die Entführungen hat er nur gemacht, um Geld zu haben. Um sich sein perverses Leben zu finanzieren.<<

Samantha blickte zu Laura, sie sah, wie widerwärtig sie das fand und dass Laura kurz davor stand innerlich zu explodieren. Daher übernahm sie das Gespräch.

>>Wie heißt er?<< fragte sie Isabella Gluitz.

>>Das weiß ich nicht, ich sollte ihn immer "Gudmund" nennen.

>>Gudmund… ich fasse es nicht.<< schnaubte Laura.

>>Gudmund ist ein alter schwedischer Name, abgeleitet

aus Gud für "Gott" und mundr für "der Beschützer".<< fassungslos schüttelte Laura den Kopf.

>>Als ich merkte dass ich schwanger war, hatte ich Selbstmord Gedanken. Ich konnte es mir unter keinen Umständen vorstellen, mit diesem Psychopathen ein Kind zu haben. Das bemerkte er natürlich sofort. In so was ist er gut. Oh ja, so was von gut. Er sperrte mich ein, sorgte dafür, dass nichts in meiner Nähe war, mit dem ich mich ernsthaft hätte verletzen können. Doch er merkte mit der Zeit auch, vor allem als mein Bauch immer größer wurde, dass wenn ich das Kind töten wollte, ich es auch anders schaffen würde.<<

Sie senkte den Blick und schaute auf ihren heute flachen Bach.

>>Dies nutzte ich zu meinem Vorteil. Es war meine einzige Chance. Hilfe von meinem Vater konnte ich nicht erwarten, ich hatte mich schon vorher nie bei ihm gemeldet und er wusste ja auch nicht wo ich war. Niemand wusste das. Also habe ich sein Spiel gespielt. Ich habe ihn erpresst. Das Leben seines Sohns gegen meine Freiheit, noch vor der Geburt.<<

>>Und darauf hatte er sich eingelassen?<<

>>Nicht sofort. Doch er wusste, dass er nicht mehr viel Zeit zum Überlegen hatte. Er hat mir erzählt, was er alles getan hat. Er hat mich zu einer Mitwisserin gemacht und mich dazu gezwungen, einen Sündenbock, den er zwischenzeitlich natürlich längst gesucht hatte, ans Messer zu liefern und dafür eine Leiche verschwinden zu lassen.

>>Haben Sie danach jemals wieder was von ihm gehört? Hat er sich irgendwie wieder bei ihnen gemeldet oder bei seinem Sohn?<< fragte Laura.

>>Nein. Als ich nach Deutschland kam, habe ich als erstes den Mädchennamen meiner Mutter ange-

nommen. Ich bin auch nicht nach Stuttgart zurückgekehrt, sondern bin in Kiel geblieben. Seine Geschichten und der allgegenwärtige Tod haben mich zunehmend beschäftigt. Um mich selbst besser damit auseinandersetzen zu können, habe ich in Kassel angefangen Thanatologie zu studieren und habe anschließend eine Ausbildung zur Bestatterin gemacht. Ich wollte Menschen helfen, die ihre Liebsten verloren haben.<<

>>Verständlich nach der Geschichte.<< räumte Samantha ein.

>>Als Ebbe 10 Jahre alt wurde. Ebbe, im Übrigen der Wunschname seines Vaters. Verurteilen sie mich nicht, aber irgendwie konnte ich ihm diesen Wunsch nicht verwehren.<<

Verlegen und unsicher schaute sie die beiden Polizistinnen an, doch als sie nicht reagierten, fuhr sie fort.

>>Als er zehn war, sah ich es auf einmal in seinen Augen. Er hatte es auch in sich. Das Böse seines Vaters war in ihm erwacht, er wusste es nur noch nicht. Aber ich, es holte mich alles wieder ein.<< sagte sie, während ihr Tränen in die Augen schossen.

Kapitel 59

Freitag 24. Juni 2022

Alexander hatte den Raum verlassen. Er konnte es nicht mehr ertragen, sie sehen zu müssen.

>>Wie konnte er sich in Isabella so täuschen?<< fragte er sich selbst.

Die Tatsache, dass er es normalerweise mit toten Menschen zu tun hatte, konnte wohl kaum rechtfertigen, dass er sich so in ihr getäuscht hatte.

Er hatte sie in sein Leben gelassen. Mit ihr zusammen gelacht und über das Leben geredet. Er hatte sich sogar ernsthaft vorstellen können, mit ihr alt zu werden, ja, vielleicht sogar, sie zu heiraten.

Alexander tigerte den Flur vor dem Verhörraum rauf und runter.

Völlig in Gedanken bemerkte er nicht, wie sich ihm jemand von hinten näherte.

Plötzlich spürte er eine Hand auf seiner Schulter. Erschrocken zuckte er zusammen und drehte sich um.

>>Oh mein Gott, haben Sie mich erschreckt.<< sagte er, während er in Anton Wagners Gesicht schaute.

Anton Wagner war zwar nicht sein Chef, doch von Peter wusste er, dass er ein guter war, der hinter seinen Leuten stand und immer für sie da war.

>>Es tut mir leid. Das war nicht meine Absicht. Wie geht es ihnen?<<

Alexander schüttelte nichtssagend den Kopf.

>>Ich weiß nicht was schlimmer ist. Das ich dieser Frau vertraut habe, oder das Peter meinetwegen tot ist.<<

>>Peter war ein sehr guter Polizist. Er kannte das Risiko. Und Peter ist nicht ihretwegen gestorben, sondern weil ein psychisch Kranker ihn eiskalt überfahren hat.<<

>>Danke, das weiß ich zu schätzen, aber hätte ich mich von dieser Frau nicht täuschen lassen...<<

>>Hören Sie auf damit sich die Schuld zu geben. Ich weiß das sie Schuldgefühle haben, aber Schuldgefühle sind nicht gleichzusetzen mit etwas Schuldhaftes getan zu haben.<<

Alexander dachte kurz über Anton Wagners Worte nach, doch in seinem Kopf herrschte ein solches Durcheinander, dass er sie nicht einordnen konnte. Um nicht nichts zu tun, reagierte er mit einem leichten Nicken auf seine Worte.

>>Ich hoffe, die Beiden kriegen ihn. Die sind echt ein super Team.<<

Anton Wagner stimmte Alexander mit mehrfachem Nicken zu.

>>Und dann soll er in der Hölle schmoren, und wehe er kommt mit einem Aufenthalt in einer Klapse aus der Nummer raus, dann sorge ich höchst persönlich dafür...<<

Alexander verstummte, als er realisierte, dass Anton Wagner kein guter Kumpel war, der ihm gerade einen wohlgemeinten Ratschlag erteilte, sondern der Chef der Kriminalpolizei.

>>Schon gut.<< sagte er mit einem Lächeln >> Wollen Sie einen Kaffee?<< und zeigte mit einem Arm in Richtung Kaffeeküche.

Kapitel 60

Isabella Gluitz hatte sich nach ihrem kleinen Zusammenbruch wieder gefangen.

Laura und Samantha hatten ihr ein Glas Wasser und einen Schokoriegel aus einem Automaten im Eingangsbereich der Wache geholt und sie von ihrer Fessel befreit. Isabella Gluitz war in ihren Augen keine Person von der Gefahr ausging.

Isabella rückte auf dem Stuhl etwas hin und her und brachte sich in eine aufrechte Position. Es schien so, als hätte sie ihre Fassung wieder gefunden.

>>Ebbe brauchte noch etwa drei Jahre, bis er das Böse in sich fand. Die Katze unseres Nachbarn war sein erstes Opfer.<<

Sie schüttelte den Kopf, weil sie es noch immer selbst nicht richtig fassen konnte, was er alles getan hatte und das sie so dumm gewesen war, ihm zu helfen.

Jetzt, als sie das erste Mal mit jemandem darüber sprach, wurde es ihr jedoch so richtig bewusst.

>>Es folgte ein Tier nach dem anderen. Er war nicht dumm. Er hat sie nicht einfach irgendwo liegen lassen oder verscharrt, damit sie jemand finden konnte. Er brachte sie zu mir in den Laden und sagte: "Mama, du musst sie verschwinden lassen." und blickte mit seinen dunklen, hasserfüllten Augen auf einen der Särge in der Ausstellungshalle.<<

Umso weiter sie sprach, wurde Isabella immer deutlicher, was sie getan hatte. Sie senkte den Kopf und holte einmal tief Luft und atmete langsam wieder aus.

Laura hatte in diesem Moment ein schreckliches Gefühl. Sie blickte zu Samantha und sah sie schwer schlucken, offensichtlich ahnte auch sie nichts Gutes.

Als Isabella den Kopf wieder hob, schaute sie den Beiden abwechselnd tief in die Augen und blickte dann wieder leicht nach unten auf ihre Hände.

>>Eines Tages sagte er zu mir, ich müsste ihm bei etwas helfen. Er zerrte mich an meinem Arm nach draußen. Auf dem Weg dorthin schnappte er sich die Autoschlüssel und hob sie mir vor dem Auto demonstrativ hin, ohne dabei etwas zu sagen. Er lotste mich zu seinem Versteck.<<

Sie nickte, um den beiden Polizistinnen zu signalisieren, dass es sich dabei um das Versteck handelte, in dem er auch Alexander gefangen gehalten hatte. >>Er öffnete die Tür zu dem Raum.<<

Sie atmete noch einmal tief durch.

>>Auf dem Boden lag ein junges Mädchen mit blonden Haaren.<<

Samantha und Laura schauten sich gegenseitig an. Sie hatten beide eine Ahnung, doch in diesem Fall starb die Hoffnung sprichwörtlich zuletzt.

>>Und Sie haben sie für ihn verschwinden lassen?<<

Beschämt schaute Isabella zu Boden und nickte kurz darauf.

>>Ich fasse es selbst nicht, was ich getan habe. Ich wusste nicht, was ich machen sollte. Die einfachste Lösung war doch so naheliegend.<<

Dicke Tränen kullerten ihr aus den Augen und sie schluchzte. Es dauerte eine Weile bis sie sich wieder beruhigt hatte und ein Papiertaschentuch annahm, das ihr Laura anbot.

>>Also war eines Tages nicht nur eine Leiche in einem Sarg sondern zwei.<< sagte Laura

>>Wissen Sie, wo die Leichen jetzt liegen?<< wollte Samantha wissen.

>>Ja, aber das wird ihnen nichts bringen.<< sie schluckte schwer. >>Ich habe immer nur die ausgewählt, die eingeäschert wurden<<.

Samantha und Laura trauten ihren Ohren nicht. Sagte sie gerade, sie habe "immer" nur die ausgewählt, die eingeäschert wurden.

Isabella hatte den Kopf wieder Richtung Boden gesenkt.

>>Schauen sie mich an.<< befahl Samantha. >>Wie viele?<< fragte sie als Isabella zu ihr aufsah.

Nach einer langen, gefühlt ewig dauernden Pause sagte Isabella dann leise:

>>Neun.<<

>>Neun!<< wiederholte Samantha fassungslos. Dann dämmerte es ihr langsam. >>Die jungen Mädchen.<<

Laura schaute sie fragend an.

>>2019 verschwand eine Schülerin, Monika sowieso, ich komme jetzt nicht auf ihren Nachnamen. Sie war gerade einmal 15 Jahre alt. Sie wurde nie gefunden. Die folgenden Jahre verschwanden in unregelmäßigen Abständen weitere Mädchen, die jedoch immer älter waren. Daher, und aufgrund der Tatsache, dass es keine weiteren Übereinstimmungen wie Haarfarbe, Umfeld, Größe, Statur, Vereine oder sonst irgendetwas bei den Opfern gab, sind unsere Profiler davon ausgegangen, dass es sich nicht um den gleichen Täter handelt, insofern überhaupt ein Verbrechen vorlag. Es gab ja nie eine Leiche! Jetzt wissen wir auch warum nicht, und wir wissen auch, warum sie Jahr für Jahr älter wurden. Ihr Sohn hat sich immer Mädchen in seinem Alter ausgesucht. Aber wie sie schon sagten, er ist ja nicht dumm! Er hat sie immer in einem anderen Umfeld

gesucht, daher konnte auch nie eine Verbindung zwischen den Vermissten hergestellt werden.<<

>>Unfassbar.<< sagte Laura. >>Ich habe ja schon viel erlebt, aber das...<<

>>Wieso Alexander?<< hackte Samantha nach.

>>Hm, Alexander.<< sie schloss für einen Augenblick die Augen >>Alexander hat dieses seltsame Hobby...<<

>>Nein, ich meine das wissen wir. Wieso haben sie ihn entführt?

>>Als ich eines Tages bei ihm war, stand sein Laptop offen. Ich sah, dass er bei seinen Recherchen auf einen Zeitungsartikel gestoßen war. Als Ebbe die Katze unseres Nachbarn erdrosselte, war er noch nicht so achtsam.<< wobei sie „noch nicht" betonte. >>Unser Nachbar hatte gleich einen Verdacht und rief die Polizei. Die fand allerdings nichts, doch die Presse wurde irgendwie darauf aufmerksam. Keine große Sache, aber im Lokalteil erschien ein kleiner Artikel darüber. Alexander hätte nicht locker gelassen und eine Spur zu mir gefunden.

>>Also musste er aus dem Weg geräumt werden.<< schlussfolgerte Samantha.

>>Nein! Sie müssen mir glauben. Ich habe Ebbe angewiesen, dass er Alexander nichts tun darf. Ich habe ihm sogar verboten zu ihm hinein zu gehen. Ich wollte nur etwas Zeit gewinnen.<<

>>So!<< platzte es aus Samantha heraus, die ihrer Abneigung durch Kopfschütteln Ausdruck verlieh.

>>Zwei Fragen habe ich noch an Sie. Erstens: Wieso musste Maja Larson sterben? Und zweitens: Wo ist ihr Sohn jetzt?<<

>>Zweitens: Ich weiß es nicht. Ehrlich. Er hat keine Freunde und in sein Loch kann er jetzt auch nicht mehr.

Ich denke nicht, dass er nach Hause gehen wird. So dumm ist er nicht.<<

>>Keine Sorge, wenn er das macht, dann wird er von unseren Kollegen schon erwartet. Was war das für ein Auto?<<

Isabella zuckte mit den Achseln.

>>Und Maja?<<

>>Ich habe von meinem Vater von ihr erfahren. Er wusste von nichts, doch mir war sofort klar, wer sie war. Sie hätte die Blase irgendwann zum Platzen gebracht.<< Isabella machte eine kurze Pause. >>Ich dachte mir, ich könnte zwei Fliegen mit einer Klappe schlagen. Zum einen habe ich es nicht mehr ausgehalten, dass ein Unschuldiger im Gefängnis sitzt und noch schlimmer, sich vermutlich Tag für Tag Sorgen um seine Kinder macht.<<

>>Also bringen sie lieber eines davon um?<<

>>Ich wollte das sie darauf aufmerksam werden und er freigelassen wird.<<

>>Was? Was haben sie sich dabei gedacht? Sollte er aus dem Gefängnis frei kommen um seine Tochter beerdigen zu können? Was ist das für ein perfider Plan?<< entgeistert schüttelte Laura den Kopf und wandte sich von Isabella ab, bevor sie wieder herumfuhr.

>>Ach jetzt verstehe ich! Sie haben gehofft, auf diesem Weg gleichzeitig ihren Sohn loszuwerden.<<

Isabella nickte.

>>Es ging also nie darum Björn Barkas weiter einzuschüchtern.<<

Isabella schüttelte nur leicht den Kopf

>>Nein, es tut mir leid. Es tut mir alles so leid. Ich war so verzweifelt.<<

Erneut schossen ihr Tränen in die Augen.

Bevor sie weinend zusammenbrach sagte sie noch:
>>Ich wünschte ich wäre nie nach Schweden gefahren.<<

Kapitel 61

Samantha hatte es sich auf der Dachterrasse ihrer neuen Wohnung gemütlich gemacht.

Nachdem Laura wieder nach Schweden zurückgekehrt war und die Stimmung im Präsidium nach Peters Tod irgendwie kühler geworden war, wurde es Zeit für eine Veränderung. Ihre alte kleine Wohnung, welche lediglich nach Osten ausgerichtet war, war sie schon lange überdrüssig.

Lauras Haus am Wasser und die Art wie Laura ihr Leben lebte, hatten sie zum Nachdenken angeregt und so saß sie nun zufrieden auf dem neuen Outdoor-Sofa auf ihrer Dachterrasse und genoss den Augenblick.

Die Sonne ging gerade hinter den Dächern von Stuttgart unter und hüllte den teils leicht bewölkten Himmel in ein Farbenmeer aus Blautönen, Weiß, Lila und Orange.

Sie war gerade dabei, sich ein Glas Wein einzuschenken, als sie ihr Mobiltelefon klingeln hörte.

Natürlich hatte sie ihr Telefon drinnen liegen lassen, wie sollte es auch anders sein. Etwas genervt stellte sie die Flasche auf ihrem kleinen runden Beistelltisch aus Holz ab, der neben ihrem Outdoor-Sofa stand.

Als sie den Namen auf dem Display las, war ihre Genervtheit allerdings blitzschnell verflogen und ein freudiges Lächeln breitete sich auf ihrem Gesicht aus.

>>Hej, hej!<< ging sie ans Telefon.

In den letzten zwei Jahren hatte sie intensiv schwedisch gelernt. Sie besuchte einen Kurs in der Volkshochschule und hatte sich parallel dazu ein

Lernprogramm für zu Hause gekauft. Ihr Vorhaben, sich damit jeden Tag für mindestens zehn Minuten zu beschäftigen, hatte sie strikt eingehalten.

Anfangs versuchte sie es, vor Laura geheim zu halten, doch eines Tages überwältigten sie ihre Freude über ihre Fortschritte und sie sprach, bei einem Telefonat, ein paar Sätze auf Schwedisch mit Laura.

Seitdem Laura, vor circa zwei Jahren, wieder nach Schweden zurückgekehrt war, telefonierten sie regelmäßig miteinander.

Sie hatten nie feste Zeiten vereinbart, doch auch so schafften sie es, mindestens einmal die Woche miteinander zu sprechen.

Mit ihr auf Schwedisch sprechen zu können half ihr sehr dabei, die Sprache zu lernen. Mittlerweile konnten sie fast eine normale Unterhaltung zusammen auf Schwedisch führen, nur einzelne Worte kannte sie manchmal noch nicht. Laura übersetzte diese für sie und sie notierte sich diese sofort und lernte fleißig ihre Vokabeln.

So führten sie auch dieses Gespräch gemeinsam auf Schwedisch.

>>Wie geht es dir?<< wollte Samantha wissen, nachdem sie schon im Tonfall, wie sie Laura zurück begrüßt hatte, hören konnte, dass etwas anders war.

>>Wir haben eine neue Spur.<<

Gänsehaut breitete sich auf Samanthas ganzem Körper aus. Augenblicklich wurde sie ernst und richtete sich auf ihrem Outdoor-Sofa auf, auf dem sie sich gerade erst wieder niedergelassen hatte.

>>Eine Gesichtserkennung hat Ebbe erfasst.<<

>>Eine Gesichtserkennung?<< fragte Samantha etwas verwundert.>> Ich dachte in Schweden wird ein solches Programm nicht angewandt.<<

>>In Schweden nicht, aber in Norwegen. Eine Verkehrskamera einer neu eingerichteten Mautstation hat ihn erfasst.<<

>>Nicht dass es mich stören würde, aber wieso sucht eine norwegische Gesichtserkennung nach Ebbe?<<

>>Mh, Sagen wir mal, ein alter Bekannter schuldete mir noch einen Gefallen.<<

Es entstand eine kurze Pause

>>Kommst du?<< fragte Laura dann wie selbstverständlich, als wären sie Nachbarn, die sich darauf geeinigt hatten, gemeinsam einen Kaffee zu trinken.

Kapitel 62

Montag 08. Juli 2024

Vor etwa zwei Jahren verlor sich jegliche Spur in dem Fall, dem sie nachgegangen waren. Eine eingeleitete Ringfahndung nach dem Auto mit dem Peter überfahren wurde, brachte keinen Erfolg.

Das Auto wurde zwar gefunden, aber es stellte sich heraus, dass es gestohlen war.

Ebbe hatte sich keine Mühe gemacht, mögliche Spuren zu verwischen. Ihm war wohl klar, dass seine Mutter ohnehin mit der Polizei kooperierte und so konnte er seine Flucht schneller antreten.

Sie wussten nun zwar, nach wem sie suchten, doch es gab nie einen Fahndungserfolg.

Ebbe Gluitz war wie vom Erdboden verschwunden. Es wurde eine Fahndung in Deutschland und in Schweden eingeleitet, zeitweise wurde diese sogar international ausgeweitet, jedoch ohne jeglichen Erfolg.

Auch nach Ebbes Vater wurde anhand des Phantombilds, welches mit Björn Barkas Hilfe erstellt wurde, gesucht. Dabei kam auch das modifizierte Bild zum Einsatz, welches mittels einer Computersoftware erstellt worden war, die ihn darstellte, wie er heute aussehen könnte.

Ein solches Bild wurde damals auch von Isabella Gluitz erstellt. Es war ziemlich treffend und so konnten sie ihr damals ihre Mittäterschaft nachweisen, nachdem sie ihren Namen kannten und ein offizielles Foto von ihr hatten.

Für einen biometrischen Gesichtsabgleich war es allerdings nicht gut genug. Somit standen die Chancen schon immer gering, Ebbes Vater auf diese Art aufzuspüren.

Aus der Bevölkerung gingen unzählige Hinweise ein, vor allem aus Schweden.

Scheinbar hatte jeder aus Angst davor, neben einem Psychopaten zu wohnen, angerufen, der eine Person in seinem Umkreis kannte, die der auf dem Phantombild auch nur ansatzweise ähnelte.

Die Polizei hatte zeitweise große Probleme allen Hinweise nach zu gehen, doch keiner der Hinweise stellte sich als Hilfreich heraus.

Laura ließ Astrid, aus Sorge, dass Ebbe oder sein Vater sie aufsuchen würde, inoffiziell, unter einem Vorwand, für eine Weile beschatten.

Nach rund drei Monaten gingen ihr allerdings die Begründungen aus und sie musste die Überwachung einstellen.

Weder Laura noch Samantha, hatten jemals damit aufgehört, nach Ebbe und seinem Vater zu suchen.

Er war ein brutaler Mensch, ein Entführer, möglicherweise ein Vergewaltiger und ganz sicher ein Mörder.

Ebbe hatte den Partner von Samantha kaltblütig überfahren und mindestens zehn weitere Menschen getötet.

Im Winter 2022 reiste Samantha über Weihnachten und Silvester zu Laura.

Sie mieteten eine wintertaugliche Hütte in Abisko, wo Astrid seit ihrer Adoption lebte, und gaben sich als Touristen aus. Sie verbrachten einige Tage mit Aktivitäten wie einer Schneemobil-Ausfahrt und Eisfischen. Dabei versuchten sie etwas über das Leben von Astrid in Erfahrung zu bringen.

Astrid arbeitete in einer Süßwarenfabrik, die auch einen Verkaufsraum hat. Noch nie hatte sie so viele Süßigkeiten an einem Ort gesehen. Der Verkaufsraum roch nach Zucker und Karamell.

Astrid führte ein vollkommen normales Leben. Sie wohnte noch bei Ihren Adoptiveltern und jobbte neben ihrer eigentlichen Arbeit in der Süßwarenfabrik auf dem nahegelegenen Campingplatz, um sich ein paar Kronen dazu zu verdienen.

Es war ein sehr schöner Urlaub gewesen. Auch wenn es nur zum Teil Urlaub war.

Die kalte Winterlandschaft und die Dunkelheit hatten etwas Beruhigendes.

Samantha konnte zum ersten Mal Polarlichter am Himmel tanzen sehen. Die sich langsam bewegenden Bänder und Schleier in unterschiedlichen Grüntönen hatten etwas Fabelhaftes an sich.

Am Abend saßen sie oft gemeinsam vor dem offenen Kamin, tranken ein Glas Wein und schauten minutenlang in die Flammen, ohne dabei etwas zu reden.

Sie waren sich dabei des Öfteren näher gekommen. Sie kuschelten sich gemeinsam unter eine Felldecke oder hielten sich im Arm. Doch es war dabei nie mehr passiert. Sie genossen einfach den Moment.

Heute war das erste Mal, dass sie sich seitdem wiedersehen würden.

Samantha blickte auf ihre Uhr.

In weniger als 30 Minuten würde sie in Stockholm landen und Laura wiedersehen. Sie konnte es kaum erwarten, sie wieder in den Arm nehmen zu können. Ihren Duft zu riechen und ihre Wärme zu spüren.

Kapitel 63

Montag 08. Juli 2024

Als Samantha das Terminal des Flughafens verließ, fröstelte es sie leicht. Es war zwar Sommer, doch in den Morgenstunden war die Luft kühl und es wehte ein leichter Wind.

Sie hatte die erste Maschine nach Stockholm genommen.

Ein Blick auf die Uhr verriet ihr, dass sie überpünktlich war.

Gerade als sie ihr Mobiltelefon aus der Jackentasche holen wollte, um Laura mitzuteilen, dass sie bereits gelandet war und draußen vor dem Terminal auf sie warten würde, sah sie den silbergrauen Volvo um die Ecke biegen.

Ein Lächeln breitete sich auf ihrem Gesicht aus.

Durch die Windschutzscheibe konnte sie sehen, dass auch Laura lächelte, als sie sie sah.

Laura stoppte den Wagen so, dass Samantha mit ihrem Koffer am Heck des Wagens stand. Sie betätigte den Knopf, um den Kofferraum zu öffnen, dessen Heckklappe sich daraufhin mit einem leisen Surren selbständig öffnete.

Als Samantha ihr Gepäck eingeladen hatte und ihren Kopf wieder aus dem Kofferraum zog, stand Laura neben ihr und sie blickte in ihr freudestrahlendes Gesicht.

Sie sah gut aus, nicht dass sie das nicht immer tat, doch ihr Gesicht wirkte frisch und sommerlich gebräunt.

Ohne jegliche Worte umarmten sie sich und hielten einander fest. Etwas länger als normal nötig gewesen wäre. Keiner von Beiden musste aussprechen, wie froh sie war, sich wiederzusehen.

Nachdem sie in den Wagen eingestiegen waren und losfuhren, kam Laura sofort zur Sache.

Samantha musste schmunzeln, genau so war sie eben und genau das liebte sie an ihr.

>>Nachdem die Gesichtserkennung Ebbe erfasst hat, habe ich meinen Bekannten sofort gebeten herauszufinden, wo er lebt und ihn zu beschatten. Ich wollte um jeden Preis verhindern, dass Ebbe sich wieder aus dem Staub machen kann.<<

>>Und, hat er ihn gefunden?<< wollte Samantha wissen.

>>Ja. Aksel hat sich daraufhin sofort ein paar Kilometer vor der Mautstation auf die Lauer gelegt. Circa zwei Stunden später kam Ebbe wieder zurück. Allerdings nahm er dann einen Schleichweg, um die Mautstation umfahren zu können. Er verfolgte ihn unauffällig bis zu einem kleinen Haus, außerhalb der Stadt, in einem kleinen Wald, an einem See gelegen. Nach Aksels Einschätzung ein guter Ort, um weitestgehend unbemerkt leben zu können. Grundsätzlich ab vom Schuss, jedoch touristisch leicht frequentiert, um keine Aufmerksamkeit zu erregen. Besser als wenn irgendwo ein Auto einsam durch den Wald fährt. Bis zum jetzigen Zeitpunkt, hat er das Haus nicht mehr verlassen.<<

>>Wer ist dieser Aksel, damit er dir so einen Gefallen tut?<<

Samantha ging es bei dieser Frage zwar wirklich um den eigentlichen Grund der Frage, ganz uneigennützig war sie aber dennoch nicht.

>>Kurz nachdem ich bei der Polizei angefangen hatte, wurde uns ein Spezialtraining angeboten. Drei Monate Nahkampf und spezielles Waffentraining in Norwegen. Der Haken an der Sache war, dass man seine Dienststelle dafür verlassen musste und dass man keinen Anspruch darauf hatte, wieder in seine alte Dienststelle zurückkehren zu dürfen. Der Fall Björn Barkas war damals gerade abgeschlossen und ich nutzte die Chance. Glücklicherweise konnte ich danach wieder nach Stockholm zurückkehren. Aksel war unser Ausbilder. Ein Tier von einem Mann. Muskulös vom kleinen Zeh bis in die Haarspitzen. Er war beim Militär und bei einigen Spezialeinheiten. Ich glaube aus polizeilicher Sicht, gibt es nichts, was er noch nicht erlebt hat.<<

>>Das klingt nach einem tollen Mann.<<

Laura hatte die Lunte schon längst gerochen.

>>Ja, das ist er. Er lebt mit seiner Frau und seinen beiden Kindern ganz in der Nähe der Mautstation, die Ebbe erwischt hat.<< sagte Laura in einem amüsierten Tonfall.

Samantha fühlte sich erwischt. Für einen Augenblick versuchte sie es zu verbergen, doch dann musste sie selbst darüber lachen und die Beiden saßen lachend zusammen im Auto, während Laura den Wagen zum Terminal für Privatflugzeuge lenkte.

Als Aliya, Lauras Chefin davon erfahren hatte, dass Ebbe Gluitz via Gesichtserkennungssoftware in Norwegen erfasst wurde, kümmerte sie sich sofort um eine Möglichkeit für Laura und Samantha schnell nach Norwegen zu gelangen und forderte einen längst überflüssigen Gefallen ein.

Sie regelte auch alle anderen notwendigen Formalitäten.

Laura schätzte ihre Chefin sehr, sie hielt ihrem Team immer den Rücken frei, damit sich alle auf das konzentrieren konnten, um was es eigentlich ging.

Kapitel 64

Montag 08. Juli 2024

Er hatte eine schreckliche Nacht hinter sich. Jedes Geräusch riss ihn aus dem Schlaf, obwohl er die Geräusche des Waldes gut kannte.

Der Fehler mit der Mautstation hätte ihm nicht passieren dürfen.

Zu lange war er nicht mehr Richtung Süden unterwegs gewesen.

Als er die Mautstation bemerkt hatte, war es bereits zu spät gewesen. Ein Umkehren war nicht mehr möglich.

Sein Vater hatte ihn davor gewarnt, nach Norwegen zu gehen. Er wusste, dass die Norweger eine Gesichtserkennungssoftware einsetzen.

In Schweden konnte er nach seiner Flucht jedoch nicht bleiben, jeder Polizist suchte in dem verdammten Land nach ihm.

Die Frage war jetzt, was tun?

Soweit er in Erfahrung bringen konnte, wurde in Norwegen nicht nach ihm gefahndet und das Auto lief nicht auf seinen Namen.

Selbstverständlich benutzte er auch sonst nicht seinen richtigen Namen, doch das Risiko bei einer behördlichen Angelegenheit, mit seinem gefälschten Ausweis erwischt zu werden, war ihm zu groß.

Das Fahrzeug gehörte einem alten, senilen Mann, auf den er durch puren Zufall gestoßen war.

Als er auf der Flucht nach Norwegen war, stand der Mann plötzlich hinter ihm. Ebbe dachte schon, er sei erwischt worden, doch der Mann gab ihm zu verstehen, dass er eine Autopanne hatte, ein paar Meter den Waldweg entlang. Es würde doch sonst niemanden geben, an den er sich wenden könnte. Er beteuerte, dass er weiß, dass er eigentlich gar nicht mehr Autofahren sollte, doch wie sollte er dann an Nahrungsmittel kommen, fragte er Ebbe und reckte dabei beide Hände Richtung Himmel.

Er erkannte die Gelegenheit sofort. Er wechselte dem armen Mann den Reifen und fuhr mit ihm zum Einkaufen. Er erzählte dem Mann eine rührende Geschichte, wie er doch vom Schicksal gebeutelt wurde. Letztendlich bot der alte Mann Ebbe seine Hütte am See an.

Er hatte diese im Sommer immer an Touristen vermietet, doch seit ein paar Jahren konnte er sich nicht mehr darum kümmern und seitdem stand sie leer.

Sie einigten sich darauf, dass Ebbe für ihn einkaufen geht und sonstige Erledigungen für ihn machen würde, sich um die Häuser kümmerte und was eben sonst noch alles so anfiel, dafür durfte er in dem Haus am See wohnen und sein Auto benutzen.

Es war alles geradezu perfekt. Sollte er das alles jetzt aufgeben?

Er ging zu einem der Fenster, hob die Gardine leicht zur Seite und spähte in den Wald. Dabei konzentrierte er sich immer nur auf ein kleines Stück seines Sichtfeldes und scannte so nach und nach, Meter für Meter, den Wald vor sich. Auf diese Art und Weise konnte man die Umgebung vor sich besser erfassen und die Wahrscheinlichkeit etwas zu übersehen sank rapide.

Nachdem er das einige Minuten gemacht hatte und nichts Auffälliges erkennen konnte, setzte er sich wieder an den Tisch und versuchte seine Gedanken zu sortieren.

Lange hielt er es jedoch nicht aus und nur kurze Zeit später verspürte er wieder den Drang, durch eines der Fenster die Umgebung zu beobachten. So wiederholte er diesen Vorgang nun schon den ganzen Vormittag an wechselnden Fenstern.

Kapitel 65

Montag 08. Juli 2024

Nach der Landung in Norwegen erwartete sie bereits ein uniformierter Polizist, der die Beiden zu einem zivilen Einsatzfahrzeug führte.

Ein halbe Stunde, nachdem sie die kleine Landebahn im Norden Norwegens verlassen hatten, und unzählige Kurven später, stoppte der Polizist den Wagen und deutete auf einen Van, der kaum sichtbar hinter einem Gebüsch, etwas abseits der befestigten Straße parkte.

Ein Mann in einem Kampfanzug empfing die beiden Polizistinnen und erklärte ihnen, dass Aksel vor Ort sei und das Haus im Auge behielt.

Vom Einsatz weiterer Männer wurde bisher abgesehen, um keine Aufmerksamkeit zu erregen und um von Ebbe nicht gesichtet zu werden.

Nach einer kurzen Absprache instruierte der Mann seine Männer und wies die beiden Polizistinnen an, immer mindestens 50 Meter zurück zu bleiben.

Die Beiden nickten stumm und der Mann gab das Zeichen den Zugriff zu beginnen.

Die Männer bewegten sich schnell, aber dennoch geschmeidig zwischen den Kiefern hindurch auf das kleine Haus am See zu.

Das Gelände war Richtung Haus und See leicht abschüssig.

Die Deckung war am heutigen Tage denkbar günstig. Die Wolken hingen tief und ließen kaum Tageslicht durchdringen.

Kurz bevor sie das Haus erreichten, teilte sich die Truppe auf. Zwei Mann stoppten hinter dem Haus, weitere zwei bewegten sich auf die Nordseite und vier stürmten über die Südseite, bis sie die zum See zeigende Vorderseite des Hauses erreicht hatten.

Ohne zu zögern öffnete einer der Männer mit einer Ramme die Haustür, woraufhin die anderen drei das Haus stürmten und sich unter Gebrüll als Polizei zu erkennen gaben.

Das kleine Haus war schnell durchsucht.

Im Erdgeschoss verfügte es lediglich über einen Wohnraum mit Sofa und Esstisch sowie eine Kochnische und ein kleines Bad. Eine offene Treppe führte ins Dachgeschoss, wo sich zwei kleine Schlafzimmer befanden. Eine schmale, steile Steintreppe führte zu einer Unterkellerung, die aber nur circa die Hälfte des darüber liegenden Hauses einnahm.

Nach wenigen Minuten kamen die Männer wieder aus dem Haus.

Der Einsatzleiter signalisierte, dass das ganze Haus durchsucht wurde, aber der Verdächtige nicht angetroffen wurde.

Während der Einsatzleiter den Befehl zum Abzug gab, verließ Aksel sein Versteck und trat an Laura und Samantha heran, die inzwischen vor dem Haus standen und sich enttäuscht anschauten.

>>Das ist nicht möglich!<< sagte eine feste Männerstimme hinter den beiden Frauen fassungslos.

Laura und Samantha drehten sich schnell um. Das musste Aksel sein, dachte sich Samantha, als sie den großen und muskulösen Mann sah.

Nur wenige Augenblicke später wurde sie in ihrer Annahme bestätigt.

>>Aksel, schön dich zu sehen.<< sagte Laura und umarmte ihn kurz.

Die Begrüßung und Vorstellung fiel angesichts der Umstände und der Enttäuschung knapp und emotionslos aus.

>>Das ist nicht möglich.<< wiederholte Aksel daraufhin seine Worte. >>Ich hatte das Haus die ganze Zeit im Blick, seitdem er es betreten hat. Der einzige tote Winkel führt direkt hinunter zum See.<< Er zeigte mit der Hand in Richtung des Ufers.

Die Entfernung zwischen Haus und See betrug gerade einmal etwa 50 Meter und dazwischen befanden sich nur ein paar spärlich gewachsene Kiefern. Es wäre für Aksel unmöglich gewesen, sich hier zu verstecken. Genauso wäre es jedoch jetzt für Ebbe unmöglich, sich hier unbemerkt zu bewegen.

>>Das kann nicht sein. Ihr müsst etwas übersehen haben.<< richtete Aksel seine Worte an den Einsatzleiter, der nur mit dem Kopf schüttelte und anschließend seine Männer zum Abmarsch aufforderte.

>>Lass uns nochmal nachsehen.<< sagte Samantha zu den Beiden und steuerte dabei auf die Tür des Hauses zu.

Im Inneren war es recht dunkel. Die kleinen Fenster und die Vorhänge ließen an diesem dunklen Tag nicht viel Licht ins Innere des Hauses.

Laura bewegte sich vorsichtig mit einer Hand an der Waffe durch den Raum. Der hölzerne Fußboden unter ihr knackste.

Aksel, dicht hinter ihr, hatte seine Handfeuerwaffe bereits gezogen und sicherte die Treppe zum Dachgeschoss.

>>Nach einer geplanten Flucht sieht das nicht aus.<< sagte Samantha, nachdem sie sich etwas umgeschaut hatte.

Auf dem Sofa lag ein Sweatshirt, welches auf links gedreht war und an dem Haken neben der Tür hingen eine beige Felljacke und ein dunkelgrüner Regenmantel. Auch sonst wirkte das Haus nicht verlassen.

Neben einem kleinen Esstisch hing ein Regal mit alten Büchern und Landkarten aus der Region. In der Spüle stand ein nicht abgewaschener Teller mit Besteck und auf dem Herd noch ein Topf mit eingetrockneten Speiseresten. Eine leere Kaffeetasse stand auf dem Couchtisch, deren Reste aber noch nicht vollends angetrocknet waren.

Samantha überkam ein merkwürdiges Gefühl.

Aksel und Laura begaben sich ins Dachgeschoss des Hauses, während Samantha die schmale Steintreppe in den Keller hinab stieg.

Der Keller war dunkel, nur über ein äußerst schmales Fenster am Deckenrand drangen ein paar Lichtstrahlen in den Raum.

In der Mitte des Raums hing eine Glühbirne mit einer kleinen Kette dran von der Decke.

Samantha zog an der kleinen Kette und das Licht ging an.

Der Boden des Kellers war aus festgetretenem Lehm. Drei der Wände waren aus Stein, während die dritte Wand, ihr gegenüber, mit Holz verkleidet war.

Der Raum roch modrig und an der Holzverkleidung waren dunkle Flecken und Schimmel zu sehen.

Ihr unangenehmes Gefühl verstärkte sich und ein kalter Schauer durchströmte ihren Körper, woraufhin sie kurz zuckte.

Sie sah sich nochmal um, zog erneut an der Kette, löschte damit das Licht, drehte sich langsam um und verließ den Keller wieder über die steile Treppe.

Als sie wieder im Wohnraum des Hauses stand, durchzog sie ein weiterer kurzer kalter Schauer, der sie erneut zu einem Zucken zwang. Zum Glück waren Laura und Aksel bereits wieder im Raum, die ihr ein Gefühl von Sicherheit vermittelten.

>>Nichts.<< resignierte Laura.

Auch im Dachgeschoss hatten sie nichts Auffälliges finden können. Einer der beiden Räume schien seit langer Zeit ungenutzt zu sein. In dem anderen Raum, war das Bett benutzt worden und die Decke lag nur aufgeschlagen am Fußende. Das Kopfkissen wurde nicht aufgeschüttelt und die roten, gehäkelten Vorhänge waren noch immer zugezogen. In dem Kleiderschrank fand Laura nur eine Handvoll Klamotten und einen alten Rucksack.

Sie verließen das Haus und gingen ohne weitere Worte langsam den kleinen Hang durch den Kiefernwald hinauf in Richtung der Straße.

>>Er kann noch nicht weit sein. Der Kaffeerest in der Tasse war noch nicht angetrocknet. Wir sollten die Gegend durchkämmen.<< sagte Samantha, als ein leises Geräusch ließ sie plötzlich innehalten lies.

Es klang nach einem Stück Holz, das in der Mitte zerbrochen wurde. Es war aber kein Stock auf den jemand getreten war. Es klang anders, eher so als würde man ein altes Brett zerbrechen.

Urplötzlich fuhr es Samantha eiskalt durch den ganzen Körper.

>>Der Keller! Eine Wand war mit verschimmeltem Holz verkleidet.<< sagte sie und blickte zu dem Haus zurück.

Kapitel 66

Samantha, Laura und Aksel stürmten zurück zu dem Gebäude. Als sie um die Ecke bogen, sahen sie einen Mann, der in beigen Kaki Hosen und grünen T-Shirt, auf den See zu rannte.

Es war Ebbe, der nur noch wenige Meter von dem See entfernt war.

Aksel zog im Rennen seine Waffe und feuerte einen Schuss ab, der Ebbe aber knapp verfehlte und in eine der Kiefer neben ihm einschlug.

Ebbe hatte den See zwischenzeitlich erreicht. Mit zwei großen Sätzen rannte er so weit wie möglich in den See, machte einen Sprung und hechtete dann Kopfüber unter Wasser.

Als Laura, Samantha und Aksel den See erreichten, war von Ebbe in dem bräunlichen, dunklen Wasser nichts zu sehen.

>>Da!<< rief Samantha nach etwa einer Minute und zeigte mit ausgestrecktem Arm aufs Wasser

Unglaublich, dachten sich alle. Ebbe war es tatsächlich gelungen, so lange unter Wasser zu tauchen, nachdem er um sein Leben zum See gerannt war. Er war gut 100 Meter vom Ufer entfernt wieder aufgetaucht.

Aksel wollte sich gerade seiner Kleidung entledigen und Ebbe hinterherschwimmen, als Laura ihn davon abhielt.

>>Nein, das Wasser ist viel zu kalt und der Weg ans andere Ufer ist weit. Wir erwischen ihn auf der anderen Seite.<<

Laura musterte den See Richtung Norden, um eine Möglichkeit zu finden, auf die andere Seite des Sees zu gelangen. Doch Richtung Norden schien der See endlos zu sein und am Ufer konnte sie auch kein Boot sehen. Richtung Süden machte der See einen Bogen und sie konnte nicht erkennen, wie weit der See sich in diese Richtung erstreckte.

>>Wo steht dein Auto?<< fragte Laura Aksel, in der Annahme auf die andere Seite fahren zu können.

>>Sie können nicht auf die andere Seite fahren.<< ertönte plötzlich eine nasale Stimme neben ihr.

Ein Mann, schätzungsweise Ende sechzig, stand neben ihnen, der wohl durch das Spektakel angelockt wurde.

>>Wieso nicht?<<

>>Na weil es keine Straße gibt.<< sagte der Mann trocken.

Verdammte Einöde, dachte sich Laura.

>>Kommen Sie, ich möchte ihnen etwas zeigen.<< sagte er in seinem nasalen Tonfall und bedeutete ihnen, ihm zu folgen.

Eigentlich habe ich dafür keine Zeit, urteilte Laura, doch dann zog sie in Erwägung, dass der Mann tatsächlich nützliche Informationen haben könnte. Sie gab Aksel zu verstehen, Ebbe bei seinem Versuch, das andere Ufer zu erreichen, nicht aus den Augen zu lassen.

Laura und Samantha folgten dem Mann zu seinem etwa 150 Meter weiter gelegenen Haus.

>>Warten Sie hier.<< sagte er zu den Beiden, als sie auf der Veranda des Hauses angekommen waren und verschwand in seinem Haus.

Laura trat nervös von einem Bein aufs andere und sah sich ungeduldig um, doch nur etwa 30 Sekunden später trat der Mann wieder auf die Veranda und hielt eine alte Landkarte aus Papier in den Händen. Er faltete sie auf und breitete sie auf dem runden Tisch vor ihnen aus und beugte sich über die Karte.

>>Sehen Sie. Wir sind hier.<< sagte er und zeigte auf einen Punkt auf der Karte. Sein Finger deutete dabei auf einen Punkt, der etwa in der Mitte der Längsachse des Sees lag.

Verdammt, dachte sich Laura, besänftigte sich dann aber schnell wieder selbst. Sie wollte nicht zulassen, dass Ebbe sie dazu brachte, wütend zu werden. Wer wütend ist, trifft keine klare Entscheidungen und diese können in der momentanen Phase alles entscheidend sein.

>>Es gibt keine Straße auf der anderen Seite. Sehen Sie, es gibt nur diesen Wanderweg, der dort um den See herum führt.<< Der Mann strich dabei über eine Linie die teils direkt am See entlang, teils etwas weiter im Hinterland um den See herum führte.

>>Der See hat sehr viele starke Strömungen, auch Unterströmungen, daher ist es verboten, im See zu baden oder Wassersport zu betreiben. Wenn er es trotzdem schafft, wird er ungefähr hier aus dem See kommen.<< Dabei setzte er seinen Finger etwas weiter südlich auf die Karte. >>Wenn er dem Wanderweg folgt, läuft er ihnen hier direkt in die Arme. Eine andere Möglichkeit gibt es nicht. Dahinter erstreckt sich ein Gebirgsmassiv, da geht es teilweise bis zu 1.000 Meter senkrecht hinauf.<< Er deutete mit dem Kopf auf die andere Seite des Sees.

Laura und Samantha folgten seinem Blick und sahen die fast senkrechten und teilweise fast spiegelglatten Wände aus Stein, die sich über die gesamte Länge des

Sees in den Himmel recken und in tief hängenden Wolken verschwanden.

>>Und wenn er in die andere Richtung geht?<< wollte Laura wissen.

>>Dann können Sie ihn hier stellen, doch der See hat derzeit viel Wasser und die Abschnitte direkt am See sind schwierig zu begehen.<<

>>Das heißt, wir haben ihn.<< stellte Laura die Worte in den Raum.

Der Mann runzelte die Stirn und richtete sich dabei wieder auf.

>>Nun ja, es gibt theoretisch noch eine weitere Möglichkeit.<<

Laura sah den Mann fragend an und er verstand sofort, dass er mit seinen Ausführungen weiter machen soll.

>>Es gibt, oder vielleicht besser, es gab hier einen alten Steig.<< Er lehnte sich wieder nach vorne und zeigte dabei auf eine dünne schwarz gestrichelte Linie, die weiter nördlich zwischen zwei Höhenzüge führte und dann fast senkrecht zu den Höhenlinien und nur noch gepunktet, auf den Bergkamm führte.

>>Da oben gibt es eine Schutzhütte. Die war jedoch schon vor rund 20 Jahren, als ich das letzte Mal dort war, in desolatem Zustand. Fast genauso lange ist der Steig schon gesperrt und es hat sich niemand mehr darum gekümmert. Wahrscheinlich ist er nicht mehr zu begehen und wahrscheinlich weiß er von dem Steig auch gar nichts. Sehen Sie.<< Dabei klappte der Mann eine Seite der Karte um. >>Die Karte ist von 1998. Auf neuen Karten ist der Steig nicht mehr eingezeichnet.<<

>>Darf ich mir die Karte ausleihen?<< Fragte Laura, während sie schon im Begriff war, die Karte zusammen zu falten.

>>Äh, ja natürlich.<< stammelte der Mann nasal, der begriff, gar keine andere Wahl zu haben.

>>Was hast du vor?<< fragte Samantha

>>Du und Aksel, ihr sorgt dafür, dass nördlich und südlich am Wanderweg Polizisten in Stellung gehen, die ihn schnappen, falls er diesen Weg wählt und ich folge ihm, falls er sich für den alten Steig entschlossen hat.<<

>>Das kommt überhaupt nicht in Frage!<< sagte Samantha in einem Befehlston. Wenngleich sie sofort merkte, dass ihr dieser nicht zustand, bereute sie es dennoch nicht, sich so hart ausgedrückt zu haben.

>>In dem Haus war ein Regal mit alten Landkarten. Er kennt diesen Steig und er ist vorbereitet. Er hat uns schon in dem Haus ausgetrickst, das ist unsere einzige Chance. Wenn er die Schutzhütte erreicht, kann er in alle Richtungen verschwinden.<<

>>Wir warten auf besseres Wetter und verfolgen ihn mit einem Hubschrauber.<< versuchte Samantha einen Trumpf auszuspielen.

>>Das macht ihr, und bis dahin werde ich ihn verfolgen.<< sagte sie zu Samantha und wandte sich dann an den Mann: >>Ich brauche eine Ausrüstung von ihnen und haben sie ein Boot?<<

Kapitel 67

Der erste Schnee war dieses Jahr früh gefallen. Die hügelige Landschaft war mit einem zarten Hauch von weiß bedeckt. Die Luft war kalt und klar. Bei jedem ausatmen entstand ein nebelartiger Atemhauch vor seinem Gesicht. Der Schnee unter seinen dicken Stiefeln knirschte bei jedem Schritt.

Schon den ganzen Morgen war er einer Spur von wilden Schafen gefolgt, jetzt konnte er eines durch das Visier seines Jagdgewehrs, auf einem Hügel, auf der anderen Seite des Tals sehen.

Seine Position war denkbar ungünstig. Der Wind kam aus seinem Rücken.

Fast 450 Meter offenes Gelände schätze er die Entfernung zwischen sich und dem Schaf ein.

Verdammt weit, urteilte er. Doch näher heran würde er es vermutlich nicht schaffen.

Das Gelände war offen und bot ihm keine Deckung. Dazu der Wind aus seinem Rücken. Würde er sich näher heranwagen, würde sein Geruch ihn verraten und das Wildschaf die Flucht ergreifen.

Er legte sein Gewehr erneut an und blickte durch das Zielfernrohr.

Sein Atem wurde ganz flach und er spürte, wie er seinen Herzschlag kontrolliert senkte.

Nach einem kurzen auf und ab, markierte das Fadenkreuz nun perfekt das Herz des Tiers.

Er atmete ein und krümmte dabei seinen Zeigefinger am Abzug bis zum Druckpunkt. Als er etwa halb ausgeatmet hatte, hielt er kurz inne und drückte ab.

Durch das Visier beobachtete er seine Beute.

Das Wildschaf schreckt durch den Knall des Schusses auf, doch noch bevor es sich in Bewegung setzten konnte, wurde es von dem Projektil getroffen und sackte fast augenblicklich in sich zusammen.

Mitten ins Herz, dachte er sich. Wenn nur alles immer so treffsicher verlaufen würde, wie er schießen konnte.

Er war stolz auf seinen Sohn. Er war sein Fleisch und Blut, doch er dachte zu wenig nach vor seinem Handeln.

Er hatte ihn ausdrücklich davor gewarnt nach Norwegen zu flüchten, doch er ließ sich nicht eines Besseren belehren.

Seiner Ansicht nach, war es nur eine Frage der Zeit, bis sie ihn dort erwischen würden. Er hätte lieber nach Finnland gehen sollen.

Jetzt war es zu spät. Sie hatten vereinbart keinen Kontakt zu halten, bis sich alles beruhigt hatte. So wusste er jetzt nicht einmal wo er sich aufhielt und wie es ihm ergangen war, doch für den Fall das sie ihn aufspüren würden, brauchte er einen Plan.

Kapitel 68

Laura war auf der anderen Seite des Sees angekommen. Der Mann hatte sie mit seinem Boot dorthin gerudert. Außerdem hatte er sie mit einer Regenjacke in Tarnoptik und einer Wollmütze ausgestattet und ihr die alte Landkarte überlassen.

Laura drückte das alte Boot am Bug vom Ufer ab. Der Mann hielt mit beiden Händen die Ruder über Wasser, mit dem Kopf nickte er noch einmal in die Richtung, in welche sie nun gehen musste um zwischen die Höhenzüge zu gelangen, von wo aus der Steig begann.

Laura bewegte sich zügig aber nicht überhastet. Sie wollte unter keinen Umständen in einen Hinterhalt geraten und war auf alles gefasst, doch zu langsam durfte sie sich auch nicht bewegen, schließlich hatte Ebbe inzwischen einiges an Vorsprung.

Anfangs war das Gelände einfach zu begehen. Der Weg führte teils über mit Gras bewachsene Flächen, flache Steine und mit Kiesel bedeckte Abschnitte, doch langsam wurde es anspruchsvoller.

Der Weg wurde steiler und lose, grobe Gerölle pflasterten den Weg.

Zum Glück hatte sie sich, bei ihrer Abreise, für festes Schuhwerk entschieden, wohl wissentlich nach Nordnorwegen zu fliegen.

Inzwischen musste sie sich immer öfter auf allen Vieren fortbewegen.

Alte, verrostete Eisenbügel, oder was davon übrig war, liesen auf den alten Steig schließen.

Der alte Mann hatte Recht. Der Steig war wirklich in keinem guten Zustand mehr, doch immerhin wusste sie so, dass sie auf dem richtigen Weg war.

Je höher sie kam, umso schlechter wurde die Sicht. Sie befand sich mitten in den tief hängenden Wolken. Sie konnte nicht einmal mehr abschätzen, wie weit sie zwischenzeitlich gekommen war. Die Sicht war in alle Richtungen auf höchstens zehn Meter begrenzt.

Immer wieder hielt sie inne und lauschte der Umgebung. Sie hoffte auf das Geräusch eines losen, fallenden Steines, den Ebbe losgetreten hat oder das eines Tritts auf eine der alten, verrosteten Eisenbügel.

Doch nichts. Um sie herum herrschte totale Stille. Der Nebel schluckte jegliche Geräusche insofern sie überhaupt vorhanden waren.

Schritt für Schritt und Zug um Zug kletterte sie den Steig immer weiter nach oben. Plötzlich löste sich ein Stück Fels unter ihren Füßen. Glücklicherweise hatte sie mit ihrer starken Hand einen festen Halt und so hing sie für einen kurzen Moment nur noch an ihrem rechten Arm über dem Abgrund, bevor sie mit dem linken an einem Vorsprung zugreifen konnte.

Ihr Herz schlug schneller und ein Adrenalin Stoß breitete sich in ihrem Körper aus.

Unter ihr knallte der Fels, verschwunden im Nebel, irgendwo auf und hinterließ ein donnerndes Geräusch.

Nachdem sie mit ihren Füßen wieder Halt gefunden hatte, presste sie sich für einige Sekunden ganz nah an die Felswand und lauschte der Umgebung.

Wenn Ebbe sich in ihrer Nähe befand, war es fast unmöglich, dass er das nicht gehört hatte. Angestrengt versuchte sie irgendein Geräusch wahrzunehmen, doch es herrschte die gleiche Stille, wie all die anderen Male.

Laura legte für einen Moment den Kopf auf ihrem linken Arm ab. Für einen kurzen Augenblick dachte sie darüber nach, ob sie das Richtige tat.

Keine Zweifel, wenn er diesen Weg eingeschlagen hat, dann geht es nur so. Und wenn nicht, werden Samantha und Aksel ihn stellen. Sagte sie im Stillen zu sich selbst.

Als Laura gerade den Kopf hob und sich weiter nach oben ziehen wollte, sah sie die Sohle eines Stiefels, der sie im nächsten Augenblick am Kopf traf.

Benommen von dem kräftigen Tritt verlor sie den Halt und rutschte an dem groben Fels entlang in die Tiefe. Nach einer gefühlten Ewigkeit, was in Realität wahrscheinlich keine Sekunde war, stoppte sie ein kleiner Absatz unter ihren Füßen.

Noch benommen von dem Tritt versuchte sie sich zu orientieren. In dem Moment traf sie bereits ein weiterer Tritt an ihrer rechten Schulter.

Sie schrie vor Schmerz und die Finger ihrer rechten Hand lösten sich vom Fels.

Krampfhaft hielt sie sich mit der linken Hand fest, doch durch den Tritt löste sich ihr Körper von der Felswand und sie drehte sich um ihre Hochachse nach rechts.

Als sie mit dem Rücken gegen den Fels krachte, öffneten sich auch die Finger ihrer linken Hand.

In Sekunden Bruchteilen, sah Laura ihr Leben an sich vorbeifliegen, doch der erwartete Sturz blieb aus.

Ein spitzer Rest von einem der alten Eisenträger hatte ihre rechte Schulter knapp verfehlt und sich durch die Regenjacke und den Pullover, den sie darunter trug, gebohrt.

Ein Geräusch von reisendem Stoff verriet ihr, das ihr nicht mehr viel Zeit blieb. Verzweifelt versuchte sie mit dem Rücken zur Wand, mit ihren Füßen einen Tritt zu finden. Als sie endlich Halt gefunden hatte hielt sie sich mit der linken Hand an dem rostigen Überbleibsel, dass ihr das Leben gerettet hatte fest und drehte sich wieder um.

So schnell es ihre Situation zu lies kletterte sie ein Stück weiter nach links, um einen kleinen Vorsprung herum, um außer Sichtweite von Ebbe zu gelangen.

Sie verharrte etwa fünf Minuten hinter dem Vorsprung und versuchte zu lauschen, ob Ebbe noch in der Nähe war.

Nur langsam schaffte sie es dabei den Schmerz in ihrer Schulter zu kontrollieren.

Mit der linken Hand, tastete sie ihre rechte Schulter ab. Sie konnte dabei nichts ertasten, was darauf schließen ließ, dass die Schulter oder das Schlüsselbein gebrochen waren, doch der Eisenbügel verfehlte sie nicht so knapp wie ursprünglich gedacht, sondern hinterließ eine tiefe Fleischwunde.

Sie zog sich die Wollmütze vom Kopf und riss ein Loch ins obere Ende. Sie verdrehte sie einmal, stülpte sie sich über den Arm und schob sie nach oben über die Wunde.

Das musste als provisorischer Verband vorübergehend genügen.

Kapitel 69

Montag 08. Juli 2024

>>Verfluchte Wolken, hängen die hier immer so tief?<< fragte Samantha, mehr um ihrem Frust Ausdruck zu verleihen, als dass sie eine Antwort darauf erwartete.

Samantha und Aksel hatten alles, wie besprochen, in die Wege geleitet. Sollte Ebbe sich nicht in den Steig begeben haben, war sein Weg abgeschnitten und ein Dutzend Polizisten würden ihn in Empfang nehmen.

Was Samantha viel mehr Sorge bereitete war das Wetter.

Aksel war mit ihr zum nächstgelegenen Heliport für Rundflüge gefahren, doch aufgrund des schlechten Wetters, konnte dort kein Helikopter starten.

Nun hing Aksel schon seit einigen Minuten am Telefon und versuchte einen für Nacht- und Schlechtwetterflüge instrumentalisierten Hubschrauber der Polizei zu organisierten.

Als er das Telefonat beendet hatte ging er wieder auf Samantha zu, die unruhig von einem Fuß auf den Anderen trat.

>>Sie schicken einen Hubschrauber.<< sagte er schließlich, jedoch mit einem Unterton in der Stimme, der Samantha nicht gefiel.

>>Aber?<< wollte sie daher wissen, nachdem sie Aksel angesehen hatte, das da noch etwas war, was man vermutlich nicht als gute Nachricht betiteln konnte.

>>Es wird mindestens zwei Stunden dauern.<< sagte er dann schließlich.

Samantha ließ sich auf einer Holzbank nieder, die vor dem Seiteneingang des Hangars stand.

Für sie fühlte es sich an, wie ein Schlag in die Magengrube und ihr ohnehin schon schlechtes Gefühl bei der ganzen Sache, wurde dadurch deutlich verstärkt.

Fieberhaft suchte sie in ihrem Kopf nach einer Lösung. Sie hatte sogar schon den Gedanken gefasst Laura zu folgen, was auch immer das helfen würde. Sie fühlte sich hilflos und das machte ihr Angst, vermutlich mehr, als die Tatsache, dass Laura alleine einen gefährlichen Straftäter auf einem wahrscheinlich noch gefährlicheren Steig folgte, der zu allem Übel in eine dichte Wolkensuppe gehüllt war.

>>Sie wollten erst gar keinen schicken.<< versuchte Aksel Samantha aufzumuntern, nachdem er neben ihr Platz genommen hatte. Doch ihr Gesichtsausdruck verriet ihm schnell, dass dies nicht half.

>>Weißt du, bei einem Helikopter geht es nicht nur darum ob er über entsprechende Instrumente verfügt, die es möglich machen ohne Sicht zu fliegen. Das Wetter hat dabei viel mehr Einfluss. Dadurch, dass es heute so kühl ist, und da oben noch etwas kälter, könnte es passieren, dass sich durch die Feuchtigkeit im Nebel, Eis auf dem Rumpf oder den Rotorblätter bildet, was nicht nur das Gewicht, sondern auch die Aerodynamik negativ beeinflusst. Das wiederrum führt zu einer erschwerten Steuerbarkeit des Hubschraubers und macht es da oben noch gefährlicher zu fliegen.<<

>>Und das soll mich jetzt beruhigen?<<

Samantha merkte, dass ihre Reaktion nicht angebracht war.

>>Entschuldige bitte. Es ist nur…<<

>>Schon gut.<< unterbrach Aksel sie >>Laura ist eine phantastische Frau und ich kann sehr gut verstehen, dass du dir Sorgen um sie machst, aber das musst du nicht. Sie hat vom Besten gelernt.<< sagte er und schmunzelte dabei.

Samantha konnte nicht anders und musste ebenfalls schmunzeln.

>>Woher weißt du das alles über Hubschrauber?<< fragte sie ihn nach einer kurzen Pause in harmonischem Tonfall.

>>Bevor ich zur Polizei ging, war ich bei der Armee, bei einer Spezialeinheit. Leider darf ich dir darüber nichts erzählen, sonst müsste ich dich im Anschluss töten!<< sagte er und brach dabei in Gelächter aus.

Samantha schmunzelte darauf.

>>Nur so viel darf ich verraten, ich war einer der besten Piloten.<<

>>Hubschrauberpilot?<< platzte es aus Samantha heraus.

>>Ja, weißt du diese großen Dinger von der Armee, mit…<<

>>Dann können wir doch mit einem Heli von hier starten.<< fiel sie ihm ins Wort.

Kapitel 70

Montag 08. Juli 2024

Laura hatte es geschafft, das letzte Stück des Steigs war faktisch nicht mehr vorhanden und der Fels war glatt und durch die Feuchtigkeit im Nebel glitschig.

Nur mit Mühe hatte sie es mit ihrer verletzten Schulter über das letzte Stück geschafft. Doch nun war sie oben am Hochplateau des Bergkamms angekommen, wo sie kurz inne hielt um sich zu orientieren.

Vereinzelte Felsbrocken säumten den Rand vor dem Abgrund, die aussahen, als würden sie aus dem grünbraunen Gras wachsen, mit dem das Hochplateau überzogen war.

Die Sicht war schlecht, doch nicht so begrenzt, wie sie es am heutigen Tag schon erlebt hatte. Teilweise konnte sie etwa 50 Meter weit sehen.

Aus ihrer Erinnerung wusste sie, dass die Schutzhütte nördlich des Ausstiegs aus dem Steig eingezeichnet war.

Sie holte ein paar Mal tief Luft.

Gerade als sie sich wieder in Bewegung setzte, knallte etwas mit unvorstellbarer Wucht genau da gegen den Felsbrocken hinter ihr, wo sie eben noch gestanden hatte.

Intuitiv warf Laura sich hinter den nächsten Felsen um Deckung zu suchen. Unlängst realisierte Sie, dass jemand auf sie geschossen hatte und dass sie verdammtes Glück hatte. Wäre sie nur eine Sekunde später wieder losgelaufen, würde sie jetzt vermutlich nicht mehr leben.

Ein weiteres Projektil schlug hinter ihr an dem Felsen ein und feine Felssplitter wirbelten durch die Luft.

Schützend zog Laura den Kopf ein und rutschte noch etwas weiter hinter den Fels. Immerhin kannte sie jetzt die ungefähre Richtung aus welcher die Schüsse abgefeuert wurden.

Die Tatsache, dass sie den Schuss nicht hörte, veranlasste sie zu glauben, dass der Schütze einen Schalldämpfer verwendete und bei der Wucht des Einschlags, konnte es sich unmöglich um eine Handfeuerwaffe handeln.

Natürlich wusste sie, dass sie mit ihrer Dienstwaffe dagegen nichts ausrichten konnte. Trotzdem zog sie die Pistole aus dem Halfter um für den Fall der Fälle vorbereitet zu sein.

War das Ebbe? Ging es ihr durch den Kopf.

Das Projektil schlug genau dort ein, wo ich kurz zuvor noch gestanden bin. Also muss der Schütze den Abzug betätigt haben bevor ich mich bewegt habe. Vermutlich ein Zeitunterschied von wenigstens einer Sekunde. Bei einem Scharfschützengewehr mit der Durchschlagskraft, handelt es sich wahrscheinlich um ein Gewehr mit einem Kaliber von 7,62 mm, urteilte Sie.

Ein solches Gewehr hat eine Mündungsgeschwindigkeit von irgendwas zwischen 600 und 900 Meter pro Sekunde, rief sie die Information aus ihrem Gedächtnis ab. Also muss der Schütze mindestens einen halben Kilometer entfernt sein wenn nicht noch weiter weg, schlussfolgerte Laura.

Konnte Ebbe schon so weit entfernt sein und wie zum Teufel konnte er bei dem Wetter, aus so großer Entfernung überhaupt so präzise auf sie schießen?

Schnell wurde ihr klar, dass dies nur möglich sein konnte wenn er ein Wärmebildzielfernrohr benutzte.

Und das wiederrum bedeutete, dass sie ein ernstes Problem hatte und in der Falle saß.

Laura versuchte, aus ihrer Deckung heraus, ein besseres Bild von der Umgebung zu bekommen. Die einzelnen Felsbrocken waren teilweise sehr weit voneinander entfernt.

Zu weit, urteilte sie.

Selbst wenn sie es schaffte schnell loszusprinten, dabei nicht ausrutschte, umknickte oder irgendwo hängenbleiben würde, war es zu riskant.

Ein guter Schütze würde ihre Bewegung mit in seinen Schuss einplanen und entsprechend vorhalten.

Zurück konnte sie auch nicht, niemals würde sie es mit ihrer verletzten Schulter wieder über den letzten Abhang des Steigs schaffen.

Laura zog ihr Mobiltelefon aus der Jackentasche und schaute auf das Display.

>>Mist!<< flüsterte sie vor sich hin.

Die Anzeige am oberen Rand des Displays verriet ihr, dass sie keinen Empfang hatte, weder zum Telefonieren noch für mobile Daten.

Sie entschied sich dazu eine SMS zu schreiben. Sie wusste, dass für das Senden einer SMS eine kurze Verbindung ausreichte und das ihr Smartphone immer wieder versuchen wird, die SMS zu senden, wenn das senden fehlschlägt, da sie momentan keinen Empfang hatte.

> Bin am Hochplateau, Sicht schlecht, werde von Scharfschütze, vermutlich mit Thermovisier beschossen. Versuche unterhalb des Grats zu entkommen. Laura
> :-x

Sie gab Samantha als Empfänger ein und drückte auf
Senden. Anschließend schob sie das Telefon zurück in
die Jackentasche und schloss den Reisverschluss.

Kapitel 71

Montag 08. Juli 2024

Er musste schmunzeln. Ob vor Freude oder ob vor Wut, war ihm noch nicht ganz klar.

Er hatte ihn gewarnt nach Norwegen zu gehen. Hatte er es ihm nicht immer wieder gesagt?! Ein Land, welches eine Gesichtserkennungssoftware einsetzt ist viel zu gefährlich. Es war nur eine Frage der Zeit, egal wie gut man aufpassen würde. Dinge ändern sich, neue Kameras werden installiert und so musste es kommen, wie es gekommen war.

Zum Glück hatte sein Kontakt funktioniert und er konnte rechtzeitig zur Stelle sein. Trotzdem machte es ihn wütend, dass Ebbe eine so dumme Entscheidung getroffen hatte.

Auf der anderen Seite saß sie in der Falle. Damit hatte sie nicht gerechnet. Wie denn auch, es hätte an hellseherische Fähigkeiten gegrenzt wenn sie das hätte vorhersehen können.

Beim Blick durch sein Zielfernrohr sah er den kalten Felsblock hinter dem sie in Deckung gegangen war in dunkles Blau gehüllt. Lediglich der obere Rand war in einem etwas helleren Blau eingefärbt. Wenn sie sich auch nur ein kleines Stück aus ihrer Deckung begeben würde, würde er das sofort erkennen. Ihr Körper würde in leichtem Orange und teilweise in Lila in seinem Zielfernrohr erscheinen und dieses Mal würde er nicht daneben schießen.

Es war pures Pech gewesen, das sie noch am Leben war. Das Fadenkreuz war genau über ihrem Herz platziert, als er den Abzug betätigte.

Wäre sie auch nur eine halbe Sekunde länger stehen geblieben, würde sie jetzt nicht mehr leben, ging es ihm durch den Kopf.

Immer wieder nahm er durch sein Thermovisier eine leichte Farbveränderung war. Vermutlich bewegte sie sich hinter dem Felsbrocken hin und her, um ihre Fluchtmöglichkeiten zu checken.

Wieder musste er schmunzeln.

>>Komm nur, trau dich.<< flüsterte er vor sich hin.

Kapitel 72

Montag 08. Juli 2024

Laura lag flach auf dem Boden, ihren Kopf in Richtung des schützenden Felsblocks gerichtet, rutschte sie ganz langsam Stück für Stück auf dem Bauch in Richtung Felskante.

Das Gelände fiel hier nicht gleich so steil ab, wie an der Stelle, an der sie aus dem Steig gekommen war. Doch der Fels war durch den Nebel nass und rutschig.

Vorsichtig schob sie sich immer weiter zurück, bis sie soweit über die Kante gerutscht war, dass sie den Felsblock, hinter dem sie in Deckung gegangen war, nicht mehr sehen konnte.

Hier musste sie in Sicherheit sein.

Ein Blick über ihre Schulter verriet ihr, dass dies auch gut war, denn viel weiter zurück konnte sie nicht mehr.

Links von ihr wurde das Gelände zwar etwas steiler aber der Fels auch etwas zerworfener, was ihr mehr Griffmöglichkeiten und Tritte bot.

Sie entschloss sich, noch ein kleines Stück zu wagen und kletterte vorsichtig noch ein kleines Stück ab. Anschließend begann sie, in der Hoffnung den Halt nicht zu verlieren, sich nach links zu bewegen, bis sie den gröberen Fels erreicht hatte.

Als es ihr gelungen war, machte sich eine gewisse Erleichterung in ihr breit.

Beflügelt von der Tatsache, dass sie es geschafft hatte, unbemerkt aus seinem Schussfeld zu entkommen, kletterte sie so schnell sie konnte immer weiter Richtung Norden, an der Felswand entlang.

Das Adrenalin, das ihr Körper in ihr Blut ausschüttete, regulierte ihr Schmerzempfinden fast gegen Null. Nur noch leicht spürte sie die Verletzung an ihrer Schulter und sie kam schnell voran.

Jetzt nur nicht leichtsinnig werden! Ermahnte sie sich selbst.

Sie schätzte, dass sie die Felswand rund 200 bis 250 Meter gequert hatte, als ein großer Felsvorsprung ihr den direkten Weg versperrte. Sie musste weiter nach oben um an dem Hindernis vorbei zu kommen.

War sie schon weit genug entfernt, um nicht von dem Schützen war genommen zu werden, falls sie dabei über die schützende Felswand hinausragen würde, stellte sie sich die Frage.

Prüfend schaute sie noch einmal nach unten, ob es nicht doch einen Weg unterhalb des Felsvorsprungs gab.

Der glatte und für sie unüberwindbare Felsvorsprung ragte etwa 20 Meter in die Tiefe, bis er sich mit der Felswand vereinigte.

Laura presste sich mit dem Oberkörper fest an den Fels. Sie hatte mit ihren Füßen einen guten Stand, was es ihr ermöglichte die Hände abwechselnd von der Wand zu nehmen und aushängen zu lassen.

Sie versuchte einen klaren Gedanken zu fassen. 20 Meter an einer feuchten Felswand ab klettern und hoffen, dass es da unten einen Weg gab, der es ihr ermöglichte, auf der anderen Seite sich weiter von dem Schützen entfernen zu können, oder weiter nach oben klettern und hoffen, dabei nicht ins Visier des Schützen zu geraten.

Laura lehnte ihren Kopf vorsichtig mit der Stirn an die Felswand vor ihr. Die Kühle des Steins tat ihr gut um einen klaren Gedanken fassen zu können.

Sie entschloss sich den Weg nach unten zu riskieren. Auf keinen Fall, wollte sie heute durch eine Kugel im Kopf sterben.

Gerade als sie sich an den Abstieg machen wollte, nahm sie ein fortwährendes und langsam immer lauterwerdendes, tiefes, pulsierendes Brummen wahr.

Es dauerte nicht lange, bis sie verstand, was das Geräusch auslöste.

>>Ein Helikopter.<< sagte sie zu sich selbst.

Eine freudige Erregung durchströmte ihren Körper.

Samantha und Aksel musste es geschafft haben einen Hubschrauber zu organisieren um sie bei der Jagd nach Ebbe zu unterstützen.

Sie lächelte, doch ihre Freude hielt nicht lange an.

Wie ein stechender Schmerz schoss ihr die Erinnerung an den Schützen durch den Kopf. Die SMS hatte Samantha wohl nicht erreicht.

Laura konnte hören wie der Helikopter über dem Plateau angekommen war und die Geschwindigkeit verringerte. Er schien nun über dem Plateau zu schweben.

Plötzlich veränderte sich das pulsierende Brummen der Rotorblätter. Eben war es noch gleichmäßig zu hören, doch nun wurde der Lärm lauter und von Unterbrechungen durchzogen. Der Motor des Helikopters gab ungleichmäßige Geräusche von sich, wie ein stottern.

Laura kletterte so schnell nach oben, wie sie nur konnte.

Dieser verfluchte Mistkerl musste auf dem Helikopter geschossen haben.

Gerade als sie am oberen Rand des Plateau angekommen war, rauschte ein Schatten über sie hinweg und ein ohrenbetäubender Lärm ließ sie unweigerlich zusammenzucken und den Kopf einziehen.

Durch den Nebel, sah sie den Helikopter der unweit von ihr rotierte. Der Pilot hatte große Schwierigkeiten den Hubschrauber stabil in der Luft zu halten.

Das Heck des Hubschraubers schwenkte urplötzlich herum und der Heckrotor rauschte nur knapp über ihren Kopf hinweg.

Schützend warf Laura sich auf den kalten Boden.

Dicker schwarzer Qualm, der Laura die Luft zum Atmen raubte, wurde von den Rotorblättern nach unten gedrückt.

Sie zog sich den Kragen ihrer Jacke vor Mund und Nase um halbwegs atmen zu können.

Unheilvoll verfolgte Laura die instabile Flugbahn des Hubschraubers, der sich inzwischen rund 50 Meter südöstlich von ihrer Position befand.

Wenn der Pilot es schaffen würde den Hubschrauber sicher zu landen, musste sie irgendwie dorthin gelangen um die Besatzung vor dem Schützen zu warnen.

>>Wenn Samantha auch nur einen Kratzer davon trägt, dann wirst du dir wünschen mir nie begegnet zu sein, das schwöre ich dir!<< gab Laura von sich, als die Luft um sie herum wieder frei von dem öligen und muffigen Dunst des taumelnden Helikopters war.

Der Hubschrauber war mittlerweile wieder in dem dichten Nebel verschwunden. Nur der stotternde Motor und das pulsierende Brummen der Rotorblätter verriet seine Position unweit von ihr, dass jäh von einem metallischen bersten, gefolgt von einem lauten Knall abgelöst wurde.

Nur wenige Augenblicke später durchdrang ein flackerndes, oranges Schimmern den Nebel aus der Richtung, aus der sie eben noch den Helikopter hörte.

Ein grauenvolles Gefühl durchströmte ihren Körper. Ein Kloß im Hals schnürte ihr die Luft zum Atmen ab und ihre Hände zitterten.

>>Nein, nein, nein, nein.<< fluchte sie. Es war das einzige Wort das aus ihrem Mund kam.

Sie versuchte einen klaren Gedanken zu fassen, doch der einzige Gedanke der sich vor ihrem geistigen Auge manifestierte war, dass Samantha es womöglich nicht lebend aus dem Hubschrauber geschafft hatte.

Kapitel 73

Nachdem er das wilde Schaf ausgeweidet, den langen Weg zurück geschleppt und anschließend zerteilt und Bärensicher verstaut hatte, war er in seine Hütte gegangen und hatte den Ofen angeschürt.

Als das Feuer stabil brannte legte er sich in sein Bett.

Er hatte die ganze Nacht durch gut geschlafen. Erst die Kälte am Morgen, nachdem die Glut über Nacht erloschen war, hatte ihn geweckt.

Nun, als das Feuer wieder brannte und die Temperatur in der kleinen Hütte angenehm war, saß er mit einer Tasse frisch gebrühtem Kaffee an dem kleinen Tisch und knabberte an einem Stück Trockenfleisch.

Er benötigte einen Plan, wie er seinen Sohn ausfindig machen konnte.

Ein ungutes Gefühl beschlich ihn die letzten Tage, das sich immer stärker in den Vordergrund drängte.

Es war an der Zeit ihn zu finden und unter seine Fittiche zu nehmen, so wie es sich für einen guten Vater gehörte.

Die einzige Schwierigkeit war, ihn zu finden. Doch auch da hatte er auch schon eine Idee.

Kapitel 74

Montag 08. Juli 2024

Als Laura, die noch immer flach auf dem Boden lag, wieder einen halbwegs klaren Gedanken fassen konnte, beschloss sie, sich im Schutz des brennenden Hubschraubers diesem zu nähern.

Der Winkel war denkbar günstig. Nach ihrer Einschätzung musste der Hubschrauber in etwas auf einer Linie zwischen ihr und dem Schützen abgestürzt sein.

Die Hitze der Flammen boten ihr demnach ausreichend Deckung um mit dem Thermovisier nicht erkannt zu werden.

Sie entschloss alles auf eine Karte zu setzen und so schnell wie möglich zu dem Hubschrauber zu rennen.

Sie platzierte ihre Hände auf Brusthöhe neben sich, drückte sich kraftvoll vom Boden ab und begann sofort zu rennen. Sie achtete bei jedem Schritt penibel darauf, wo sie ihre Füße platzierte, um nicht auf einem der nassen, tief im Boden sitzenden Felsen auszurutschen oder umzuknicken.

Als sie sich dem Hubschrauber weit genug genähert hatte und ihn durch den Nebel hindurch immer deutlicher erkennen konnte, bot sich ihr ein schreckliches Bild.

Der Helikopter war auf die Seite gestürzt und das Heck war um 90 Grad abgeknickt. Das letzte verbliebene Blatt des Heckrotors zeigte wie ein erhobener Zeigefinger in den Himmel.

Die Scheiben vorne am Bug waren geborsten. Ob durch den Aufprall oder aufgrund der Hitze, konnte sie nicht sagen.

Dort wo einmal die beiden Frontscheiben des Hubschraubers waren, verlief zwischen ihnen ein Band aus Metall.

Ein lebloser Körper hing darüber, der an den verbleibenden, spitzen Resten der Scheibe hängen geblieben war. Blut tropfte von einer Hand und aus dem Helm auf den Boden. Unter ihm hatte sich bereits eine Blutlache gebildet.

Weiter hinten schlugen Flammen aus dem Wrack.

Laura erkannte, dass es sich um die Überreste eines Polizeihubschraubers handelte.

Der leblose Körper, der aus dem Fenster hing und der eines weiteren Besatzungsmitglieds, der in seinen Sitz gegurtet war, waren beide männlich und von kräftiger Statur gewesen.

Von dem Hubschrauber ging eine unheimliche Hitze aus, doch der wieder einsetzende Regen, begann die Flammen zu löschen und das noch heiße Metall begann zu dampfen. Das Geräusch von lodernden Flammen wurde von leisem zischen durchzogen.

Laura versuchte zwischen den beiden Männern hindurch, einen Blick in den hinteren Teil des Hubschraubers zu werfen, um zu sehen ob sich dort noch mehr Personen aufgehalten hatten. Doch der hintere Teil des Helikopters schien leer zu sein oder sie waren beim Aufprall aus dem Hubschrauber geschleudert worden.

Laura sah sich um, doch der Nebel und der stärker werdende Regen, ließen sie kaum mehr als 10 oder 15 Meter weit sehen.

Nachdem sie, zumindest in ihrer näheren Umgebung, nichts erkennen konnte, überkam sie ein Gefühl der Erleichterung.

Sie wusste, dass dies, im Angesicht dessen, was hier gerade geschehen war, nicht richtig war. Doch die Hoffnung, dass es Samantha gut ging, drängte sich unweigerlich in den Vordergrund.

Laura wusste nicht, wie lange die Hitze, die von dem Hubschrauber ausging, ihr bei dem starken Regen noch ausreichend Deckung bieten würde.

Sie beschloss also, die Gunst der Stunde zu nutzen, und rannte so schnell sie konnte in die Richtung, aus der sie gekommen war. Ganz in der Hoffnung, sich in dem aus Hitze bestehenden Schutzschild, so weit von dem Schützen entfernen zu können, um außer Reichweite seines Thermovisiers zu gelangen.

Kapitel 75

Montag 08. Juli 2024

Samantha tigerte vor dem Hangar auf und ab.

Aksel war nun schon seit einer Ewigkeit im Büro des Rundfluganbieters und versuchte diesem die Situation klar zu machen.

Aksel kam aus der Seitentür des Hangars. Als die Metalltür hinter ihm, mit einem lauten Knall ins Schloss viel, blieb Samantha ruckartig stehen und machte auf der Stelle kehrt.

>>Und was hat er gesagt?<<

Aksel verzog keine Miene und Samantha platzte fast vor Anspannung.

>>Wenn das Wetter besser wird, gibt er uns einen Hubschrauber, aber unter den momentanen Bedingungen lässt er uns nicht starten.<<

>>Okay, das ist besser als nichts, und was machen wir in der Zwischenzeit?<< antwortete Samantha, wobei sie die Frage eher sich selbst stellte, als dass sie an Aksel gerichtet war.

Immer wieder ging ihr durch den Kopf, dass Sie Laura niemals hätte alleine gehen lassen dürfen.

Samantha griff gerade nach ihrem Mobiltelefon, welches sie in die Gesäßtasche ihrer Jeans gesteckt hatte, um den Wetterbericht noch einmal zu checken, als dieses durch einen doppelt Piepton signalisierte, dass eine SMS eingegangen war.

Samantha konnte schon auf dem Sperrbildschirm sehen, das die SMS von Laura war. Sie tippte zwei Mal schnell hintereinander auf das Touchdisplay und entsperrte das Mobiltelefon mit ihrem Fingerabdruck. Die angeklickte SMS öffnete sich sofort.

Samantha las die SMS und ihr Magen verkrampfte sich unweigerlich. Sie schluckte einmal schwer, blickte zu Aksel auf und hielt ihm das Mobiltelefon vor Augen.

> Bin am Hochplateau, Sicht schlecht, werde von Scharfschütze, vermutlich mit Thermovisier beschossen. Versuche unterhalb des Grats zu entkommen. Laura :-x

Aksel traute kaum seinen Augen, als er den Text las. Dann sagte er:

>>Das ändert natürlich alles!<<

Kapitel 76

Montag 08. Juli 2024

Laura rannte so schnell sie konnte durch den Nebel.

Sie versuchte ihre Schritte so zu setzen, dass ihre Füße auf einen Stück aufkamen, das mit Gras bewachsen war und vermied es auf den teils glatten Steinen zu laufen.

Als vor ihr die Umrisse eine Hütte sichtbar wurden, verlangsamte sie ihr Tempo. Das musste die Schutzhütte sein, von der der Mann gesprochen hatte. Ihr Gefühl und ihre Erinnerung an die Karte, sagten ihr, dass sie sich bereits außerhalb des Schussfeldes des Schützen befinden musste, vorausgesetzt, dieser hatte seine Position nicht geändert.

Um sicher zu gehen, ging sie hinter einem großen Felsbrocken in die Hocke. Der Fels hinter ihrem Rücken bot ihr ausreichend Sicherheit.

Sie holte die Karte aus ihrer Jackentasche um ihre Position verifizieren zu können. Dabei ließ sie die Schutzhütte, die durch den Nebel mal besser mal schlechter zu erkennen war, nicht aus den Augen.

Wie sie es vermutet hatte, war sie so weit von der Stelle entfernt, an der sie ins Visier des Schützen geraten war, dass dieser sie unmöglich noch erspähen konnte

Erst als Laura die Karte wieder in ihrer Jackentasche verstaute, kam langsam der Schmerz in ihrer Schulter zurück.

Sie war so voller Adrenalin, dass sie ihre Verletzung überhaupt nicht mehr gespürt hatte.

Sie atmete noch zwei, drei Mal tief durch, dann richtete sie sich langsam auf, nahm ihre Pistole aus dem

Halfter, entsicherte sie und lud eine Patrone in den Lauf, in dem sie den Schlitten mit ihrer linken Hand nach hinten zog und wieder los ließ.

Sie ging langsam weiter auf die Schutzhütte zu.

Als sie immer näher kam und die Hütte immer deutlicher zu erkennen war, sah sie, dass die Tür zur Hütte einen kleinen Spalt geöffnet war.

Flinken Schrittes veränderte Sie ihre Position und näherte sich der Hütte nun von deren Stirnseite. Zu ihrem Vorteil hatte die Hütte auf dieser Seite keine Fenster und so konnte sie sich der Hütte unbemerkt nähern.

Als sie angekommen war, hielt sie einen Moment lang inne und lauschte der Umgebung, doch sie konnte keine Geräusche ausmachen, weder aus ihrem Umfeld noch aus der Schutzhütte.

Laura schlich vorsichtig hinten um die Hütte herum. Sie duckte sich unter dem Fenster an der anderen Stirnseite hinweg und näherte sich der Tür nun von der anderen Seite.

Sollte jemand von innen durch den Türspalt hinausspähen, war es ihm nicht möglich sie zu sehen.

Laura stand mit dem Rücken zur Wand genau neben der Tür. Sie hielt die Pistole fest mit beiden Händen umschlossen, ihre Ellenbogen waren abgewinkelt, ihre Unterarme dicht vor der Brust und der Lauf der Waffe zeigte nach oben.

Mit einem Ruck wirbelte sie herum, trat die Tür mit einem Bein mit voller Wucht auf. Die Tür schwang herum und schepperte gegen irgendetwas, was hinter ihr gestanden hatte.

Laura streckte ihre Arme blitzschnell aus und brachte die Pistole in Anschlag. Vor ihr war niemand in dem Raum. Sie machte einen schnellen Schritt in den Raum und drehte sich dabei um 90 Grad nach links, um den Bereich hinter der Tür zu sichern.

Als klar war, dass sich außer ihr niemand in der kleinen Schutzhütte befand, senkte sie die Waffe, entspannte den Hahn und verstaute sie wieder in ihrem Halfter.

Laura musterte die Hütte. In einer Ecke standen ein hölzerner Tisch und eine Eckbank, die auf der einen Seite schon durchgefault war und entsprechend schief an der Wand stand. Ein Loch im Dach darüber lies permanent Wasser auf die marode Stelle tropfen.

Auf der anderen Seite stand ein alter, rostiger Ofen, der offensichtlich schon etliche Jahre nicht mehr in Gebrauch war.

An der Wand rechts daneben, waren Kleiderhaken aus Wurzelstücken angebracht.

Hinter der Tür lagen ein rostiger Eimer und eine hölzerne Abdeckung. Den Eimer hatte es wohl umgehauen, als Laura die Tür schwungvoll aufgetreten hatte.

Auf dem Boden waren einige nasse Stellen zu erkennen. Sie musterte das Dach, doch an diesen Stellen, konnte sie keine offensichtlichen Löcher im Dach feststellen und es tropfte auch nichts von oben herab.

Sie richtete den Blick wieder auf die nassen Stellen am Boden und bei genauerem Hinsehen, erkannte sie, dass es sich um Fußabdrücke handelte.

Vor ihrem inneren Auge wiederholte Laura, wie sie in die Schutzhütte eingedrungen war und wie sie sich innerhalb bewegt hatte. Schnell wurde ihr klar, dass die Fußabdrücke nicht von ihr stammten.

Ebbe musste hier gewesen sein, also war er unmöglich der Schütze. Wer half ihm, und woher wusste er, dass Ebbe ausgerechnet heute hier oben Hilfe brauchte?

Sie zog erneut die Karte aus ihrer Jackentasche und breitete sie auf dem Tisch aus. Von der Schutzhütte gingen drei Wege ab.

Der eine führte nach Süden, in die Richtung, aus der sie gekommen war.

Ein anderer in etwa nach Osten, der sich dann teilte und weiter ins Hinterland führte. Dort verzweigte er sich weiter und verlief in Täler und über Bergrücken. Bis zum Ende der Karte war dort allerdings nichts außer Wildnis.

Perfekt für die Flucht, dachte sich Laura, doch alleine wäre es pures Glück dem richtigen Weg zu folgen. Außerdem führte der Weg hinter halb der Stelle entlang, an der sich der Schütze positioniert haben musste. Es wäre ein leichtes dort einen Hinterhalt einzurichten.

Der dritte und letzte Weg führte nach Norden und in dessen Verlauf in Serpentinen nach unten in ein Tal, durch das man in eine kleine Ortschaft gelangte. Spätestens dort, würde sie Kontakt zu Samantha und Aksel aufnehmen können.

Gerade als Laura die Hütte wieder verlassen wollte, viel ihr Blick noch einmal auf die Stirnseite der Hütte, an der der alte, rostige Ofen stand.

Irgendetwas stimmt hier nicht.

Sie konnte nur nicht sagen was.

Sie betrachtete den Ofen, ihr Blick folgte dem Ofenrohr nach oben, wo es in einem etwa 90 Grad Bogen in der Wand verschwand, die restliche Wandfläche war leer.

Laura trat näher an die Wand heran und schaute sich diese genauer an. Dann, auf einmal, kapierte sie es.

Das Ofenrohr machte einen Bogen und verschwand in der Wand. Die Wand müsste eigentlich die Außenwand sein, doch von außen hatte sie kein Ofenrohr und auch keinen Kamin gesehen.

Sie legte eine Hand an die Wand, machte eine Faust und klopfte dagegen um zu hören ob sich dahinter ein Hohlraum befand.

Gerade als sie zwei Mal gegen die Wand geklopft hatte neigte sich diese plötzlich quietschend in ihre Richtung.

Intuitiv sprang sie zwei Schritte zurück. Zeitglich griff sie nach ihrer, noch immer geladenen Waffe, und entsicherte diese mit ihrem Daumen noch während sie sie aus dem Halfter zog.

Die Wand vor ihr, neigte sich wie in Zeitlupe immer weiter, das Ofenrohr löste sich und schepperte mit einem donnernden Geräusch zu Boden.

Laura hatte die Waffe im Anschlag, ihr Herz raste. Die umfallende Wand gab ein Gesicht hinter sich preis.

Der Zeigefinger ihrer rechten Hand krümmte sich ebenfalls wie in Zeitlupe immer weiter am Abzug ihrer Waffe. Sie fühlte den Druckpunkt am Abzug. Nur ein Millimeter fehlte und der Hahn würde nach vorne schnellen, wodurch der Schlagbolzen gegen die Patrone prallt und das Zündmittel auslöst, welches das Projektil abfeuert.

In letzter Sekunde löste Laura die Anspannung in ihrem rechten Zeigefinger wieder, als sie erkannte, dass es sich bei dem Gesicht um das einer lebensecht angemalten Schaufensterpuppe handelte.

Ihr Herz schlug wie verrückt in ihrer Brust und sie hörte das Blut in ihren Ohren rauschen. Einerseits war sie erleichtert, andererseits hätte sie diesen Mistkerl gerne verhaftet.

Sie trat einen Schritt nach vorne über die umgefallene Wand und betrachtete die Schaufensterpuppe etwas genauer.

Das Gesicht der Puppe wirkte wie aufgesetzt.

Laura trat vorsichtig einen weiteren Schritt vor und sah, wie das Gesicht tatsächlich etwas von der Puppe hervorstand.

>>Eine Druckplatte, du verdammter Mistkerl!<<

Zwei Drähte führten am Rücken der Puppe hinunter zum Boden, wo die Puppe auf einer Kiste montiert war.

Langsam und vorsichtig zog sie sich zurück, ging auf die gegenüberliegende Seite der Hütte und öffnete das Fenster. Anschließend stieg sie über die umgefallene Wand zur Tür und verließ die Schutzhütte.

Kapitel 77

Montag 08. Juli 2024

Während Aksel versuchte die zuständige Stelle für den Hubschraubereinsatz zu erreichen und sich von einer Zuständigkeit zur Anderen verbinden ließ, versuchte Samantha zum gefühlt hundertsten Mal, Laura telefonisch zu erreichen.

Die einzige Verbindung die sie dabei bekam, war die zu einer Frauenstimme, die ihr fortwährend mitteilte, dass der gewünschte Gesprächspartner momentan nicht zu erreichen ist.

>>Gott sein Dank!<< sprach Aksel in sein Telefon, als er endlich die verantwortliche Person in der Leitung hatte. >>Hören Sie, so wie wir unterrichtet wurden, befindet sich auf dem Plateau ein Scharfschütze mit einem Thermovisier.<<

Samantha versuchte dem Gespräch zu folgen, doch sie hörte nur was Aksel sprach und auch wenn das Norwegische, dem Schwedischen sehr ähnlich ist, verstand sie nur etwa die Hälfte von dem was Aksel von sich gab.

Als er das Gespräch beendete, schnaufte er schwer.

>>Was ist los?<< wollte Samantha sofort wissen.

>>Sie haben den Kontakt vor etwa zwei Stunden verloren. Der Pilot setzte einen Notruf ab, seitdem haben sie nichts mehr von ihnen gehört.<<

>>Wir müssen da sofort hoch!<< gab Samantha in einen Befehlston von sich.

>>Um was? Um uns auch abschießen zu lassen? Wenn ein Polizeihelikopter, der mit Wärmesignatur- kamera ausgestattet ist, den Schützen nicht rechtzeitig

sehen konnte, was sollen wir dann mit einem Helikopter, der für Rundflüge mit Touristen ist, ausrichten?<< schnaubte Aksel in schroffem aber besonnenem Ton zurück.

Samantha wollte gerade mit einem Gegenschlag zu dem Wortgefecht ansetzen, als ihr Mobiltelefon klingelte, das sie noch immer in der Hand hielt.

Etwas genervt von der Unterbrechung, schaute sie auf das Display.

Schlagartig änderte sich ihre Emotion von genervt auf hoffnungsvoll, als sie Lauras Namen auf dem Display las.

Kapitel 78

Montag 08. Juli 2024

Als Laura die Schutzhütte verlassen hatte entfernte sie sich in nördlicher Richtung, so weit von ihr, wie es der Nebel zuließ.

Sie hatte sich rund 40 Meter entfernt, hinter einem Stein, in Stellung gebracht. Sie brachte ihre SIG Sauer Handfeuerwaffe in Anschlag, zielte über Kimme und Korn durch das geöffnete Fenster auf das Gesicht der Puppe, atmete einmal tief ein und drückte beim ausatmen ab.

Sofort, nachdem sie den Abzug betätigt hatte, rollte sie sich hinter dem Stein zusammen.

Fast zeitgleich explodierte die Hütte mit unvorstellbarer Wucht. Die Druckwelle konnte sie sogar noch hinter dem Stein spüren. Wenige Sekunden später regnete es Überreste von Brettern und sonstigen Materialien, aus denen die Hütte einst beschaffen war, um sie herum nieder.

Sollte der Mistkerl doch glauben, dass sie mit der Hütte in die Luft geflogen war.

Nachdem sie dem Wanderweg bis zu den Punkt gefolgt war, an dem er anfing sich in Serpentinen den Weg hinunter ins Tal zu schlängeln, piepste ihr Mobiltelefon unzählige Male.

Es erreichte sie eine Nachricht nach der anderen, dass Samantha versucht hatte sie anzurufen.

Sie tippte auf eine der Nachrichten und anschließend auf das Telefonhörersymbol. Die Verbindung wurde aufgebaut und es läutete.

Kapitel 79

Montag 08. Juli 2024

Samantha tippte sofort beim ersten Klingeln auf den grünen Hörer auf ihrem Display

>>Laura?<< fragte sie wenn auch ungläubig, laut ins Telefon und hielt den Atem an.

>>Hej, ja, wie geht es dir?<< gab Laura als Antwort.

Samantha atmete erleichtert aus und brauchte eine Sekunde die Worte von Laura zu sortieren.

>>Wie es mir geht? Was meinst du damit? Wie geht es dir? Ich habe mir solche Sorgen gemacht! Wo bist du?<<

Laura musste am anderen Ende der Leitung schmunzeln und lies dabei ihren Blick über das Tal schweifen.

Nachdem sie die ersten Höhenmeter abgestiegen war, wurde die Sicht wesentlich besser und sie konnte fast das ganze Tal überblicken. Alles sah so friedlich und ruhig aus.

Manchmal träumte sie davon in einer kleinen Hütte in den Bergen zu wohnen. Weit ab von der Zivilisation und weit ab von Mörder und Verbrechern. Nur sie und die unberührte Natur und Samantha vielleicht, fügte sie ihren Träumen hinzu.

Ihr wurde klar, dass sie heute mehr als nur einen Schutzengel gehabt hatte.

>>Mir geht es gut. Mach dir keine Sorgen.<< antwortete sie stattdessen. >>Dieser kleine Mistkerl ist mir allerdings entkommen.<< Nach einer kleinen Pause sagte sie: >>Ich habe mir solche Sorgen um dich gemacht.<<

Samantha schossen Tränen in die Augen, wenn gleich sie auch nicht verstand warum Laura sich Sorgen um sie gemacht hatte, war sie überwältigt von der Fürsorge die Laura ihr gegenüber hatte.

>>Wieso hast du dir Sorgen um mich gemacht? Wollte Sie letztendlich dennoch wissen, nachdem sie sich die Tränen aus dem Gesicht gewischt hatte.

>>Da war ein Hubschrauber...<< Laura machte eine Pause. Ihr fehlten die Worte bei den Gedanken, das Samantha in dem Helikopter hätte sitzen können.

>>Ja die Polizei hat einen Hubschrauber geschickt, aber den Kontakt verloren.<<

>>Er ist abgestürzt. Die Besatzung ist tot.<<

Es entstand eine lange Pause. Laura war einfach nur froh, das Samantha nicht in dem Hubschrauber gesessen hatte und Samantha realisierte, warum Laura so in Sorge war.

>>Wo bist du?<< fragte Samantha und durchbrach die Stille.

Kapitel 80

Dienstag 09. Juli 2024

Weitere drei Stunden später hatte Laura den Abstieg geschafft. Der Weg führte über unzählige Serpentinen zurück ins Tal. Stellenweise war der Weg mit losem Geröll gepflastert, daher hatte sie für den Abstieg sehr lange gebraucht.

Es war bereits weit nach Mitternacht, doch zum Glück wurde es so weit im Norden um diese Jahreszeit nicht wirklich dunkel.

In einiger Entfernung konnte sie die ersten Häuser der kleinen Ortschaft schon sehen, als sie realisierte, dass jemand den Weg zu ihr entlang gerannt kam.

Es war Samantha die auf sie zu rannte, als würde es um ihr Leben gehen. Erst Zentimeter vor ihr bremste sie ab und umschloss sie mit ihren Armen.

Regungslos standen sie für eine ganze Weile eng umschlungen da, bis Laura einen leisen aber schmerzerfüllten Ton von sich gab.

Samantha löste sich sofort aus der Umarmung und betrachtete Laura besorgt von Fuß bis Kopf, bis sie das Blut an Lauras Schulter erkannte.

>>Du bist verletzt. Ich dachte es geht dir gut.<< sagte sie besorgt.

>>Nur ein Kratzer.<<

>>Nur ein Kratzer? Lass mich mal sehen.<<

Sie entfernte den provisorischen Verband und zog Laura die Jacke vorsichtig aus.

Die Blutung hatte gestoppt, doch ihr einst gelber Pullover war vom Blut dunkel gefärbt und hatte ein Loch.

>>Nur ein Kratzer, ja!<< sagte Samantha hart und tadelte sie mit ihren Blicken. >>Ist das eine Schussverletzung?<< fragte sie schockiert.

>>Nein. Eine der alten Eisenstangen hat sich da hineingebohrt, als Ebbe mich mit einen Tritt ins Jenseits befördern wollte.<<

Samantha zog den, an den Schultern zum Glück breit ausgeschnittenen Pullover, etwas zur Seite um sich ein besseres Bild von der Verletzung machen zu können.

Laura gab ein leises „Autsch" von sich, als Samantha den festgeklebten Pullover langsam von der Wunde löste. Erst jetzt, nachdem das Adrenalin nachließ, realisierte sie den pulsierenden Schmerz.

>>Entschuldige bitte.<< sagte sie zaghaft. >>Du musst in ein Krankenhaus. Die Wunde muss versorgt und genäht werden.<<

Laura nickte nur zwei Mal, wohlwissend, dass jegliche Widerworte vergebliche Mühe gewesen wären. Doch bevor sie gingen, nahm Laura Samantha, mit ihrer linken, heilen Seite, noch einmal in den Arm und drückte sie fest an sich.

Sie schloss die Augen, inhalierte ihren mittlerweile vertrauten Duft und war froh wieder bei ihr zu sein.

Ein angenehmes Kribbeln verbreitete sich in ihrem Bauch.

Kapitel 81

Bereits am frühen Vormittag hatte die Visite bei Laura stattgefunden. Die Ärzte meinten, sie hätte großes Glück gehabt.

Die Eisenstange war von hinten so in ihre Schulter eingedrungen, dass sie nur den Rand des Schulterblatts gestreift und sich unterhalb glatt durchs Fleisch gebohrt hatte.

Nach der Visite musste Laura noch etwa eine halbe Stunde auf ihre Entlassung warten. Ungeduldig hatte sie in der Zwischenzeit bereits ihre neuen Klamotten angezogen und Samantha angerufen, mit der Bitte sie gleich abzuholen.

Samantha hatte ihr bereits am Tag zuvor neue Sachen zum Anziehen gekauft und vorbei gebracht.

Die Sachen die sie angehabt hatte, entsorgte sie direkt. Ihre Jeans war so verdreckt gewesen, das nicht mal eine professionelle Reinigung diese hätte retten können. Pulli und T-Shirt waren ohnehin zerstört, von einer rostigen Eisenstange gelocht und von ihr total voll geblutet.

Samantha hatte mit den neuen Sachen genau ihren Geschmack getroffen. Um ehrlich zu sein, hatte sie aber auch nichts anderes erwartet.

Sie trug jetzt eine hellblaue Skini-Jeans und ein weißes T-Shirt mit eckigem Ausschnitt, dazu einen dunkelroten, weit geschnittenen Pullover, den sie vorne links leicht in die Jeans gesteckt hatte.

Nun saß sie auf der Kante des Krankenhausbettes und studierte aus Langeweile jeden Winkel des modern wirkenden Zimmers während sie ungeduldig auf ihre Entlassungspapiere wartete.

Samantha war für die Nacht bei Aksel untergekommen. Er und seine Familie waren so nett gewesen und haben ihr ein Feldbett in einer kleinen Kammer zur Verfügung gestellt. Alles war ihr lieber gewesen als nach all dem, auch noch nach einem Hotel oder Zimmer zu suchen.

Sie hatte den gemieteten Volvo gerade auf dem Parkplatz vor dem Krankenhaus abgestellt, war ausgestiegen und wollte abschließen, als Laura ihr schon entgegen kam.

Typisch, dachte sie sich und stützte sich mit den Unterarmen am Autodach ab, während sie Laura beobachtete, wie sie mit schwingenden Hüften auf sie zukam.

Die eng geschnittene Jeans betonte ihre Figur perfekt.

Sie hätte sich gerade noch einmal in sie verlieben können, wenn sie das nicht ohnehin schon getan hätte.

>>Wie für dich gemacht.<< sagte sie stattdessen nur und lächelte sie an.

Laura ging um den Volvo herum, drehte sich einmal vor ihr und blieb für eine Sekunde in übertriebener Modelpose vor ihr stehen.

Dann lachten beide und Samantha nahm Laura vorsichtig in den Arm. Samantha hielt sie eine Sekunde länger fest, als es notwendig gewesen wäre.

>>Wie geht es dir?<<

>>Die Wunde schmerzt etwas, ist aber nicht weiter schlimm.<<

Samantha schaute sie auffordernd an, wohl wissend, dass da noch mehr war.

>>Nein wirklich. Die Eisenstange ist quasi an meinen Schulterblatt abgerutscht und es ist nur eine Fleischwunde.<<

Samantha sagte nichts. Sie blickte Laura nur direkt in die Augen, es entstand eine längere Pause.

>>Okay, okay.<< sagte Laura schließlich und lächelte dabei wie ein Kind, welches man beim unerlaubten Schokolade essen erwischt hatte. >>Ich muss es am Anfang in Stockholm engmaschig kontrollieren und den Verband wechseln lassen.<<

>>Und?<<

>>Und ich soll mich etwas schonen, damit die Naht nicht reist und die Wunde gut verheilen kann.<<

Sie schüttelte unmerklich den Kopf und lächelte. Unglaublich wie gut Samantha sie lesen konnte und noch viel unglaublicher wie gut sie es verstand, ihr lediglich mit Blicken, genau das zu sagen, was sie dachte. Im Moment war das „na also geht doch! Wieso nicht gleich so?"

Um sich aus der Situation zu retten, ging sie um den Wagen herum zur Beifahrerseite.

>>Wir müssen nach Stockholm. Aliya, meine Chefin, hat mich heute Morgen angerufen. Sie klang nicht sehr freundlich.<<

Kapitel 82

Mittwoch 10. Juli 2024

Der gemietete Volvo schlängelte sich seinen Weg zurück durch die unzähligen Kurven durch Norwegens Berge, vorbei an Seen und Schluchten.

Laura war auf dem Beifahrersitz in Gedanken versunken. Samantha wusste genau, dass sie wieder das Geschehene Revue passieren ließ, womit sie schon so manche Ungereimtheit aufgedeckt hatte.

Samantha lenkte den Volvo daher ruhig über die Straßen und ließ sie mit ihren Gedanken alleine.

Als Laura sich ihr mit dem Gesicht zuwandte aber nichts sagte, ergriff Samantha das Wort.

Sie wollte nicht gleich direkt über die Dinge sprechen, die Laura erlebt hatte, daher erzählte sie ihr von ihrem gestrigen Tag.

>>Ich bin mit Aksel noch einmal zu dem Haus gefahren. Wir wollten dem Mann seine Sachen zurückgeben, doch er meinte das alte Zeug könnten wir gerne behalten. Seine Zeit in den Bergen sei ohnehin vorbei und auch die alte Karte würde er nicht mehr benötigen.<<

Laura zeigte durch Kopfnicken an, ihr zugehört zu haben doch sagte nichts dazu.

Sie betrachtete Samanthas hellbraune Augen, folgte ihrem geraden Nasenrücken hinunter zu ihren Lippen, die mit ganz feinen Fältchen durchzogenen waren.

Sie erwischte sich bei dem Gedanken, diese Lippen gerne küssen zu wollen.

Kapitel 83

Dienstag 29. November 2022

Er wusste, dass sie tun würde, was er von ihr wollte. Sie hatte es schon immer getan und sie würde es auch in Zukunft immer tun. Genauso wie er immer und alles für sie tun würde.

Sie war sein allererstes Opfer gewesen.

Eigentlich hatte er schon damals geplant sie zu töten, doch er schaffte es nicht. Sie schaffte es, ihm immer das Gefühl zu geben, dass er es bereuen würde, wenn er sie tötete.

Es war ein perfides Spiel zwischen ihnen. Eine Art Flirt auf ganz anderer Ebene.

Anfänglich hielt er sie gefangen, bis er realisierte, dass dies nicht notwendig war. Es herrschte eine gegenseitige Abhängigkeit unter ihnen. Es war keine sexuelle Abhängigkeit und es kam nie zu Intimitäten, dennoch brauchten sie sich gegenseitig.

Man konnte es Liebe nennen.

Eine Liebe die niemals jemand außer ihnen verstehen würde.

Ihnen wurde schnell klar, dass sie sich nie voneinander lösen konnten. Räumlich ja, aber emotional niemals. Darum unternahm er auch nichts, als sie eines Tages einfach ging, um ihr eigenes Leben zu beginnen.

Kapitel 84

Mittwoch 10. Juli 2024

>>Entweder übersehen wir etwas gewaltiges oder irgendjemand spielt ein falsches Spiel und verarscht uns nach Strich und Faden.<< sagte Laura.

Samantha schaute sie für einen Augenblick an und blickte dann wieder auf die Straße.

>>Da hast du Recht. Mir hat es auch keine Ruhe gelassen, dass er oder womöglich sie, uns immer einen Schritt voraus zu sein scheinen. Ich habe Aksel schon vorgestern, als wir auf dich gewartet haben, gebeten, herauszufinden, wie viele Mobiltelefone zum fraglichen Zeitpunkt rund um die Hütte eingeloggt waren. Und jetzt halte dich fest. Nicht ein einziges. Der Mann, der uns geholfen hatte, sagte mir gestern, dass er sein Mobiltelefon nie zu seinem Haus am See mitnimmt, da er dort seine Ruhe haben möchte. Und ich vermute, Ebbe hat vermutlich kein Mobiltelefon um darüber nicht gefunden werden zu können. Also wie konnte ihm da jemand so schnell zur Hilfe kommen?<<

Laura nickte fortwährend bis sie Samanthas Äußerungen bestätigte.

>>Du hast Recht. Dann bleibt nur noch eine Möglichkeit. Irgendjemand hat noch Wind von der Sache bekommen, dass Ebbe mit der Gesichtserkennung erwischt wurde.<<

>>Ganz genau. Und ich denke, da dürften nicht allzu viele in Frage kommen.<<

Laura zog sofort ihr Mobiltelefon aus der Tasche und wählte eine Nummer, die nicht in ihrem Telefon gespeichert war.

Nach kurzem klingeln meldete sich jemand. Laura redete mit der Person, ohne dabei Namen zu nennen.

Samantha kombinierte, dass es sich um die Person handeln musste, die, wie Laura sagte, ihr noch einen Gefallen schuldete.

Nachdem Laura das Telefonat beendet hatte, saß sie stillschweigend im Auto. Es dauerte nicht lange da klingelte ihr Telefon.

>>Ja.<< sagte sie nur knapp. Es entstand eine Pause, dann beendete sie das Gespräch mit den Worten:

>>Vielen Dank, du hast etwas gut bei mir.<<

Sie steckte das Telefon weg und dachte ein paar Sekunden über das eben gehörte nach und wendete sich dann wieder Samantha zu.

>>Ich weiß nicht, wie uns das hilft, aber der Polizeichef von Norwegen höchstpersönlich, hat sich für unseren Ebbe Gluitz interessiert.<<

>>Moment was? Was hat der Polizeichef von Norwegen damit zu tun? Wenn Ebbe nicht ganz bescheuert war, wusste nicht mal jemand davon, dass er sich überhaupt in Norwegen aufhält.<<

>>Ganz genau. Wie konnte er sich also gezielt nach Ebbe erkundigen. Es muss eine Verbindung zwischen jemandem in Schweden und dem Polizeichef von Norwegen geben. Und diese Person ist vermutlich der Schlüssel, zu all unseren offenen Fragen.<< bestätigte Laura.

Kapitel 85

Als die beiden Polizistinnen am späten Abend im Polizeirevier in Stockholm eintrafen, wurde es plötzlich ruhig im Revier.

Eine uniformierte Kollegin die die Nachtschicht erwischt hatte, bedeutete Laura mit einer Kopfbewegung, dass sie sofort in Aliya Lunds Büro gehen soll.

Laura klopfte vorsichtig an der Glastür und öffnete dann die Tür zum Büro ihrer Chefin und trat ein.

Aliya erhob sich aus ihrem Bürostuhl, ging um den hölzernen Schreibtisch herum, trat hinter Laura und sagte mit stummen Worten zu Samantha, dass sie einen Augenblick warten sollte. Sie formte mit ihren Lippen deutlich die Worte „eine Sekunde", aber gab dabei keinen Laut von sich. Gleichzeitig hob sie ihren rechten Zeigefinger und lächelte Samantha an.

Anschließend schloss sie die Glastür hinter sich, trat vor Laura und schaute ihr tief in die Augen, als wolle sie darin irgendetwas finden.

>>Bist du von allen guten Geistern verlassen?<< fragte sie dann schließlich, wobei ihre Stimme immer lauter wurde.

Laura kannte ihre Chefin schon lange, dennoch wusste sie nicht, wie sie sich ihr gegenüber jetzt äußern sollte.

Gerade als sie etwas sagen wollte und den Mund öffnete, hob Aliya ermahnend den Zeigefinger und sagte:

>>Äh-äh! Du hast dich in Norwegen, außerhalb deiner Zuständigkeit selbstständig an die Verfolgung eines Verdächtigen gemacht. Eine Hütte in die Luft gesprengt und einen Hubschrauber der Polizei zum Absturz gebracht, bei dem zwei Polizisten ums Leben gekommen sind.<<

Aliya machte eine Pause und trat um ihren Schreibtisch herum, setzte sich jedoch nicht auf ihren Stuhl sondern blieb stehen um mit Laura auf Augenhöhe zu sein.

>>Norwegens Polizeichef ist fuchsteufelswild und hat mir geraten dich vom Dienst zu suspendieren, andernfalls würde er eine Ermittlung gegen dich beantragen.<< Sagte sie mit ernster Stimme. Dann nahm sie auf ihrem Bürostuhl Platz.

So ernst hatte sie ihre Chefin noch nie gesehen. Laura überlegte sich ganz genau, in welcher Reihenfolge sie versuchen sollte sich zu erklären.

Dass es nicht sie war, die den Hubschrauber zum Absturz gebracht hatte, wusste ihre Chefin auch so. Also sagte sie sich, Angriff ist die beste Verteidigung und platzte direkt mit den neuesten Erkenntnissen heraus.

>>Der Polizeichef von Norwegen droht dir, um von sich abzulenken.<<

Aliya schaute sie verwundert an, legte den Kopf etwas schief und war kurz davor aus der Haut zu fahren.

Laura ließ ihr dazu jedoch keine Zeit.

Sie erzählte ihr, dass er sich höchstpersönlich nach Ebbe erkundigt hatte und erklärte ihr, warum es eine Verbindung von ihm nach Schweden geben musste.

Je weiter Laura mit ihren Ausführungen fortfuhr, desto mehr beruhigte sich ihre Chefin und lehnte sich in ihrem Stuhl zurück.

Als Laura mit ihren Ausführungen fertig war, saß Aliya still in ihrem Bürostuhl und Laura hoffte auf ein gnädiges Urteil.

Als sie scheinbar mit ihren Überlegungen, was sie nun mit Laura machen sollte, fertig war, deutete Sie auf die Tür.

Als Laura diese öffnete, zitierte sie Samantha auf Arabisch in ihr Büro. Als beide Polizistinnen vor ihr standen, machte sie es noch für eine Sekunde spannend, dann sagte Sie:

>>Ihr Beide, ihr werdet jetzt herausfinden, was hier für eine Verbindung besteht und wer hier mit wem ein falsches Spiel spielt. Und du.<< dabei zeigte sie auf Samantha. >>Du wirst nie wieder zulassen, dass sie so eine Dummheit begeht.<<

Beide nickten stumm.

Laura war froh über die Rückendeckung die sie von ihrer Chefin bekam.

Gerade als sie das Büro verlassen wollten, fügte Aliya auf Arabisch hinzu:

>>Falls sie wieder so etwas dummes vor hat, hast du meine ausdrückliche Erlaubnis, sie zu verhaften.<< Dabei zwinkerte sie Samantha zu.

Samantha versuchte sich ein Lachen zu verkneifen, doch schaffte es nicht völlig ohne amüsierten Gesichtsausdruck aus dem Büro.

Als sie außerhalb der Hörweite von Aliya waren wollte Laura wissen was ihre Chefin zu ihr gesagt hatte, doch Samantha schüttelte nur, noch immer grinsend, den Kopf.

Kapitel 86

Donnerstag 11. Juli 2024

Es war bereits wieder einmal weit nach Mitternacht. Laura und Samantha saßen zusammen mit zwei Kollegen und einer Kollegin daran eine Verbindung zwischen dem Polizeichef in Norwegen und einer Person in Schweden zu finden, die mit dem Fall zu tun hatte.

Laura hatte jedem eine Aufgabe zugeteilt. Daraufhin saßen alle an ihrem eigenen Schreibtisch vor dem Computer und recherchierten.

Im Büro war es zwischenzeitlich still geworden. Außer das tippen auf einer Tastatur und hin und wieder einem leisen Stöhnen, wenn wieder einer in einer Sackgasse gelandet war, war nichts zu hören.

Laura lehnte sich auf ihrem Bürostuhl zurück, als auch sie feststellte, dass sie in einer Sackgasse gelandet war.

Sie blickte über den Rand des Monitors und sah ihre uniformierte Kollegin Josefine an, die gerade einen Schluck aus ihrer Red Bull Dose trank, als sie sich fast daran verschluckte.

Sie hustete zwei Mal und räusperte sich.

>>Das gibt es doch nicht.<< sagte Josefine entgeistert und starrte auf ihren Monitor.

Erst als sie aufblickte merkte sie, dass alle Kollegen um sie herum auf sie fixiert waren.

Sie schaute Laura direkt in die Augen.

>>Was?<< wollte Laura ungeduldig wissen, nachdem Josefine sie nur anschaute, aber nichts sagte.

Josefine sammelte sich kurz, blickte abwechselnd auf den Monitor vor sich und zu Laura, so als müsste sie noch einmal kontrollieren ob da wirklich das stand was sie eben gelesen hatte.

>>Der Polizeichef von Norwegen, er ist der Schwager von Alice Rosenqvist.<<

Kapitel 87

Gerade einmal einen Tag hatte es gedauert, bis sie sich bei ihm meldete und ihm mitteilte, dass sie alles in die Wege geleitet hatte.

Er konnte sich noch immer auf Sie verlassen und das obwohl Sie vor kurzem von der Regierung als Richterin des Obersten Gerichtshofs in Schweden ernannt wurde.

Die Verbindung zwischen ihnen war so stark, das nichts und niemand sie jemals trennen konnte.

Sie tat was er von ihr wollte. Natürlich war das keine Einbahnstraße. Schon oft hatte er ihr zur Seite gestanden, doch in diesem Fall war es klar zu seinem Vorteil.

Manchmal spielt der Zufall einem in die Hände, dachte er sich, als ein tiefes und finsteres Lachen sein Innerstes verlies.

Ausgerechnet der wesentlich ältere Mann ihrer Schwester war der Polizeichef von Norwegen geworden.

Ihm war bewusst, dass er auf diesem Wege seinen Sohn höchstwahrscheinlich nicht vor den beiden Polizeifotzen finden würde, doch er würde sich dadurch einen zeitlichen Vorteil verschaffen und er würde für alle Eventualitäten vorbereitet sein.

Kapitel 88

Donnerstag 11. Juli 2024

Aliya Lund, war nur 15 Minuten nach Lauras Anruf im Präsidium. Wie auch immer sie das geschafft hatte, stand sie jetzt, um 5:14 Uhr, frisch geschminkt vor ihnen und betrachtete was sie herausgefunden hatten. Doch so richtig kombinieren konnte sie es noch nicht.

>>Okay, okay. Aber was hat Alice Rosenqvist mit Ebbe Gluitz zu tun?<<

Laura und Samantha berichteten ihr abwechselnd von dem was sie herausgefunden hatten. Davon, das Björn Barkas sie erpresst hatte und davon das sie den Mädchen neue Identitäten verschafft hatte.

>>Stopp, stopp, stopp, stopp… soll das heißen, dass wir Barkas haben laufen lassen obwohl er etwas damit zu tun hatte?

>>Nein.<< sagte Laura

>>Das soll heißen, dass wer auch immer Ebbe in Norwegen geholfen hat, wir vermuten, es war sein Vater, davon wusste!<< sagte Samantha.

Aliya blickte Samanthe noch etwas skeptisch an, als Laura fortfuhr.

>>Er muss davon gewusst haben, dass Barkas die Richterin erpresste und auch von ihrer Verwandtschaft zum Polizeichef von Norwegen und hat sich das zu Nutze gemacht.<<

>>Mh, nun ja, vermutlich hatte er damals Barkas nicht über den Weg getraut und ihn Beschattet, als er sich für ihn opfern sollte.<< resümierte Aliya.

>>Ich befürchte, er weiß noch viel mehr.<< sagte Josefine plötzlich, halb ängstlich. Sie traute sich dabei kaum über den Rand des Monitors vor ihr zu schauen.

Alle im Raum blickten sie verständnislos an.

Sie zögerte einen Augenblick, nahm all ihren Mut zusammen und sagte dann schließlich:

>>Nachdem klar war, welch tragende Rolle Alice Rosenqvist in der Sache spielt, habe ich noch einmal nach Zusammenhänge der Entführungsopfer von 2004 gesucht und bin da auf etwas gestoßen.<<

Als Josefine eine kurze Pause einlegte schauten sie alle erwartungsvoll an.

>>Und? Jetzt erzähl schon.<< platzte Laura dann heraus.

Josefine zuckte kurz zusammen und schob die Ärmel ihrer Uniform etwas zurück.

>>Alle fünf Familien, von denen die Kinder entführt wurden, hatten schon einmal mit der Justiz zu tun.<< Vorsichtig zog sie den Kopf dabei etwas ein, so als wolle sie in Deckung gehen.

>>In wie fern? Warum bemerken wir das erst jetzt?<< ergriff Aliya das Wort und blickte zu Laura.

>>Weil es nicht bei allen zu einem Prozess gekommen war und es kam auch nicht bei allen zu einer Verurteilung.<< sprang Josefine für Laura ein und machte dann eine weitere kurze Pause bevor sie zögerlich fort fuhr. >>Und, nun ja, da es dabei um die Kinder ging und diese damals noch nicht Strafmündig waren, oder es sich um Jugendstrafen handelte, standen die Akten dazu unter Verschluss.

>>Standen?<< hakte Aliya verwundert nach.

>>Naja, eigentlich tun sie das immer noch.<< sagte Josefine ganz leise, wobei sie die Aussage eher wie eine Frage formulierte und den Kopf noch weiter einzog.

Fassungslos schüttelte Aliya den Kopf.

>>Du hast dir unbe…<<

>>Klasse! Josefine, ich wusste gar nicht das du so etwas kannst.<< sagte Laura voller Euphorie und unterbrach ihre Chefin.

Sie trat hinter Josefine und klopfte ihr auf die Schulter.

Ein Anflug eines Lächelns breitete sich auf ihrem Gesicht aus. Sie genoss für einen kurzen Augenblick den Zuspruch ihrer Kollegen der ihr durch zahlreiches Kopfnicken zuging.

Währenddessen signalisierte Laura ihrer Chefin mit Blicken, dass dies nicht der richtige Zeitpunkt war um Josefine dafür zu tadeln. Immerhin war das der Schlüssel nach dem alle gesucht hatten.

>>Schon gut. Ich werde einen Richter davon überzeugen um nachträglich einen Beschluss auszustellen.<< sagte Alyia, während sie Josefine ebenfalls anerkennend zunickte.

>>Ihr wisst schon was das bedeutet?<< warf Samantha mit besorgtem Tonfall ein.

Alle im Raum nickten erneut, doch keiner traute sich, es auszusprechen, bis Samantha es tat.

>>Wenn er von Alice Rosenqvist wusste, bei wem es wie viel zu holen gab, dann weiß er vermutlich auch, wo sich Astrid aufhält. Und die Aussage von der Richterin, dass man nur über die original Unterlagen im Geburtskrankenhaus, deren wahre Identität herausfinden könnte, war eine glatte Lüge. Zum einen um uns glauben zu lassen, dass Astrid vermutlich in Sicherheit ist und zum Anderen, um von sich abzulenken. Um eine Ausrede zu haben, falls Astrid etwas zustößt. Oder besser, um im Fall der Fälle, erklären zu können wie er

sie hatte finden können, ohne sich dabei selbst verdächtig zu machen.<<

>>Aber wieso sollten sie ihr jetzt etwas antun? Ich meine Barkas ist schon vor über einem Jahr entlassen worden.<< stellte Alyia fest.

>>Wie auch immer Alice Rosenqvist da mit drin hängt. Auch sie wusste vermutlich nicht, wo sich Ebbe versteckt hatte. Erst durch ihren Schwager hat sie das herausgefunden.<<

>>Ihr denkt also ernsthaft, dass Alice Rosenqvist mit einem Scharfschützengewehr in Norwegen war, Laura töten wollte und einen Hubschrauber abgeschossen hat?<<

>>Nein, das war sein Vater. Warum auch immer Alice Rosenqvist ihm hilft. Hätte Astrids Schwester nicht so vehement nach ihr gesucht, wäre der ganze Fall nie ins Rollen gekommen. Was fest steht ist, dass sowohl Ebbe als auch sein Vater, Maja die Schuld dafür geben und sich an Astrid rächen werden. Wir müssen Astrid sofort in Sicherheit bringen.<< sagte Laura und wartete auf das Go ihrer Chefin .

Kapitel 89

Donnerstag 11. Juli 2024

Während sich Samantha und Laura auf den Weg zum Heliport der Polizei machten, instruierte ihre Chefin Aliya Lund die Kollegen in Kiruna, die für Abisko in Nordschweden zuständig waren.

Die Polizisten vor Ort wurden angewiesen Astrid ausfindig zu machen, sie unter einem Vorwand mit auf die Polizeistation zu nehmen und für ihre Sicherheit zu sorgen.

Da Astrid von all den Geschehnissen keine Ahnung hatte und nicht mal bekannt war, ob sie überhaupt von ihrer Adoption wusste, entschied Aliya, dass dies das Beste vorgehen war.

Die Kollegen würden etwa eine Stunde bis nach Abisko benötigen. Aliya hoffte inständig, das es nicht schon zu spät war.

Sie war verärgert darüber, nicht schon vor zwei Jahren für Astrids Sicherheit gesorgt zu haben. Auf der anderen Seite machte sie sich auch klar, dass es damals gar keinen Grund dafür gab einzuschreiten.

Astrid lebte ihr Leben mit einer neuen Identität. Sie wurde von liebevollen Adoptiveltern aufgezogen, seitdem sie ein Jahr alt war. An die Zeit davor, hatte sie vermutlich keine Erinnerung.

Wie Laura und Samantha aus ihrem Winterurlab vor rund eineinhalb Jahren berichteten, ging es Astrid gut.

Sie war gerade 18 Jahre alt geworden und führte ein ruhiges Leben.

Warum hätte man sie aus diesem Leben reißen und ihr Angst machen sollen?

Nachdem Aliya ihre Gedanken sortiert hatte, wies sie Josefine und ihren Kollegen an, sich jeweils einen weiteren Kollegen zu schnappen um Alice Rosenqvist zu verhaften.

Josefine sollte mit einem Kollegen zum Obersten Gerichtshof, ihrem Arbeitsplatz, fahren und die anderen Beiden zu ihr nach Hause.

Aliya wollte um jeden Preis verhindern, dass Alice Rosenqvist im Voraus, von ihrer geplanten Verhaftung erfuhr und womöglich Ebbe oder seinen Vater warnte.

Kapitel 90

Donnerstag 11. Juli 2024

Als Samantha und Laura den Heliport erreichten, warteten die Kollegen bereits auf sie.

Der Pilot startete die Turbinen seines Bell 429, während der andere Kollege die beiden Polizistinnen in den hinteren Teil des Hubschraubers geleitete und von außen die Türen schloss.

Mit seinem schmalen Körper eilte er um die Front des Hubschraubers herum und nahm auf dem Sitz neben dem Piloten Platz.

Nachdem er seinen Helm aufgesetzt und sich angeschnallt hatte, drehte er sich zu den Frauen um und bedeutete ihnen, sich die Kopfhörer aufzusetzen um mit ihnen sprechen zu können.

Sein langes und schmales Gesicht, wirkte winzig in dem großen weißen Helm mit den Verbreiterungen an den Ohren, wo sich die Lautsprecher befanden.

>>Wie lange werden wir nach Kiruna brauchen?<< wollte Laura sofort wissen, nachdem sie die Kopfhörer aufgesetzt und sich das Mikrofon zurecht gebogen hatte.

>>Etwa 4 Stunden. Bis Kiruna sind es etwa 1.000 km. Wir müssen kurz vorher einen Zwischenstopp zum Tanken einlegen.<<

Dem Kollegen mit dem schmalen Gesicht war nicht entgangen, wie Laura das Gesicht verzog. Ihm war klar, dass es ihr zu langsam ging, doch es war immer noch die schnellste Option.

>>Wir haben einen sehr modernen und außerdem sehr schnellen Hubschrauber. Sobald wir in der Luft

sind, werden wir mit knapp 280 Sachen auf direktem Weg in Richtung Norden sein. Doch die zwei Turbinen, die uns das ermöglichen, sind durstig. Nach rund 760 Kilometer ist Schluss.<< fügte er daher noch schnell hinzu.

>>Stehen wir mit den Kollegen vor Ort in Kontakt? Die sollen uns sofort informieren, wenn Sie Astrid haben.<< sagte Laura.

Die Turbinen des Hubschraubers liefen zwischenzeitlich auf vollen Touren und der Kollege nickte deutlich zur Bestätigung, während der Pilot mit der linken Hand einen Steuerhebel nach oben zog und mit der anderen Hand den Steuerknüppel unmittelbar nach vorne bewegte, nachdem der Helikopter vom Boden abgehoben hatte.

Die Nase des Hubschraubers senkte sich drastisch, während sich der ganze Hubschrauber immer weiter in die Höhe schraubte und schnell an Geschwindigkeit aufnahm.

Durch die Frontscheibe war mehr der asphaltierte Untergrund zu sehen als vom Horizont.

Trotz der Kippbewegung nach vorne wurden Laura und Samantha durch die Beschleunigung fest in ihren Sitz gedrückt, während der Boden unter ihnen immer schneller vorbeiflog.

Ein Gefühl wie in der Achterbahn dachte sich Samantha.

Wenige Sekunden später hob sich die Nase des Hubschraubers langsam und gleichmäßig. Samantha schaute aus dem Seitenfenster auf die Skyline von Stockholm, die langsam immer kleiner wurde.

Schon seltsam, dachte sie sich. Obwohl der Grund für ihren Besuch hier und auch warum sie augenblicklich in diesem Helikopter saßen, sehr ernst und unschön war, fühlte sie sich erschreckend wohl.

Das gleichmäßige und durch die dicken Kopfhörer gedämpfte Brummen des Hubschraubers, gepaart mit dem Blick auf die schnell vorbeifliegenden Häuser und Bäume unter ihr, ließ sie wie in eine Art Trance fallen.

Der ganze Fall zog vor ihrem inneren Auge an ihr vorbei. Das Bild wie Majas lebloser Körper an den liegenden Bau gefesselt war, der Augenblick als sie Laura das erste Mal sah und sich sprichwörtlich auf den ersten Blick in sie verliebte. Die Kuriosität wie sich der Fall entwickelte und wie weit er seine Kreise zog. Ein Gedanke folgte dem Anderen.

Kapitel 91

Donnerstag 11. Juli 2024

Die beiden Polizeiinspektoren Olsen und Anderson trafen eine gute Stunde nach Aliya Lunds Anruf in Abisko ein.

Da es erst kurz nach sieben Uhr war, versuchten es die beiden Polizisten bei der Meldeadresse von Astrid, trafen dort jedoch niemanden an.

Sie liefen einmal um das weiß gestrichene Holzhaus herum und inspizierten das Grundstück sowie die Schuppen, die im hinteren Teil des Gartens standen.

Nichts deutete auf etwas Ungewöhnliches oder geschweige denn auf ein Verbrechen hin. Es gab keine gebrochenen Scheiben an den Fenstern oder Einbruchspuren an den Türen.

Nachdem auch kein Auto auf dem ganzen Grundstück abgestellt war, beschlossen die beiden Polizisten es anschließend auf ihrer Arbeitsstelle bei der Süßwarenfabrik zu versuchen.

Olsen schaute noch auf die Uhr und zuckte mit den Schultern bevor sie ins Auto einstiegen. Es war zwar noch extrem früh, aber ein Versuch war es wert.

Die Süßwarenfabrik bestand aus einer modernen Fabrikhalle aus grauem Trapezblech. Der Verkaufsraum davor war fast vollständig Verglast und passte eigentlich gar nicht in die Umgebung. Auf der Innenseite der Verglasung hingen Werbebanner, die allerlei Süßigkeiten zum Sonderpreis anboten.

Die Tür zum Verkaufsraum war wie erwartet noch verschlossen. Ein Aufkleber an der Glastür verriet ihnen, dass der Laden erst in guten zwei Stunden öffnen würde.

Sie gingen nördlich um das Gebäude herum, doch bis auf einen Kleintransporter, der vermutlich zu der Firma gehörte, fanden sie dort nichts.

Sie versuchten ihr Glück auf der anderen Seite.

Als sie um das Gebäude herum kamen, hörten sie ein seltsames quietschen.

Da sie von der Polizei in Stockholm kurz gebrieft wurden, wussten sie, mit welcher Art von Tätern sie es womöglich zu tun hatten.

Beide zogen ihre Pistolen und näherten sich vorsichtig dem Geräusch. Immer auf ausreichende Deckung bedacht, näherten sie sich der hinteren Gebäudeecke.

Anderson positionierte sich mit dem Rücken zur Wand, kurz vor der Gebäudeecke. Er blickte einmal mit dem Kopf kurz um die Ecke und sah einen Mann der gerade in dem Gebäude verschwand.

Anderson drehte sich zu Olsen um und signalisierte ihm mit Handzeichen, dass er eine Person gesehen hat, jedoch nicht feststellen konnte ob sie bewaffnet war.

Anderson blickte noch einmal um die Ecke. Die Luft war rein. Er bog um die Ecke, die Waffe vor sich im Anschlag, als der Mann plötzlich wieder aus der Tür trat.

>>Polizei! Stehen bleiben und die Hände nach oben, so, dass ich sie sehen kann!<< brüllte Anderson.

Der Mann ließ erschrocken die Kartons fallen die er in Händen trug und hob die Hände. Er schaute den Polizisten verdutzt an und streckte die Hände noch höher, als er den zweiten Polizisten sah, der mit seiner Waffe auf ihn zielte.

>>Wer sind sie? Und was machen sie hier?<<

Der Mann wusste nicht wie ihm geschah. Er stotterte und brachte kein klares Wort über die Lippen. Neben ihm quietschte die Kartonpresse auf ihrem Weg zurück in die Ausgangsposition, bis sie dort mit einem metallischen Donnern zum Stehen kam.

>>I-i-i-i-i-ch, i-i-ich, Ar-ar-beit-t-t-te h-hier.<< kam dann schließlich stotternd über seine Lippen.

>>Sind sie alleine?<< wollte Olsen wissen, der mittlerweile davon ausging, dass von dem Mann keine Gefahr ausging und seine Waffe leicht senkte.

Scheinbar brauchte der Mann noch eine kurze Weile, bis er begriff, dass die Polizisten nicht seinetwegen da waren.

>>Nein.<< sagte er dann schließlich, worauf Olsen seine Pistole wieder höher hob. >>I-i-ich meine ja. Also ich bin alleine, es ist niemand hier, außer mir.<<

Olsen und Anderson schauten sich für eine halbe Sekunde an und versuchten zu beurteilen, ob sie ihm Glauben schenken konnten.

>>A-a-also bis auf die e-e-eine oder andere M-m-maus vielleicht.<< fügte der Mann noch scherzhaft an und lächelte verlegen, nachdem er sich beruhigt hatte, doch die beiden Polizisten verzogen keine Miene.

Der Mann merkte schnell, dass den Polizisten nicht nach Scherzen zumute war und sein Lächeln verflog wieder.

>>Und was machen Sie hier?<<

>>I-i-ich h-h-habe d-d-die Ware a-a-aufge-ge-gefüllt u-u-und l-l-leere Kartons entsorgt.<< Dabei blickte er in die Kartonpresse.

Anderson steckte seine Waffe weg, um den Verdächtigen kontrollieren zu können.

Als der Mann das sah, senkte er die Arme.

>>Die Hände bleiben oben!<< sagte Olsen in gereiztem Tonfall, woraufhin der Mann die Hände schnell wieder in die Höhe hob.

Nachdem Anderson den Mann durchsucht hatte, signalisierte er seinem Kollegen, dass mit ihm alles in Ordnung war und erkundigte sich nach Astrid.

Der Mann versicherte den beiden Polizisten, dass er nicht wüsste, wo sie sich jetzt aufhielt, dass sie im Verkauf arbeiten würde und normalerweise erst kurz vor Ladenöffnung hier erschien.

>>Sie bleiben hier.<< sagte Anderson anschließend zu dem Mann und bedeutete Olsen ihm zu folgen.

Sie verschwanden durch den Hintereingang in die Fabrik um zu überprüfen, ob hier wirklich alles in Ordnung war.

Kapitel 92

Donnerstag 11. Juli 2024

Josefine war mit ihrem Kollegen vor dem Gerichtsgebäude in der Altstadt angekommen. Das Polizeifahrzeug hatten sie in einer Querstraße zuvor abgestellt um keine Aufmerksamkeit zu erregen.

Josefine koordinierte den Zugriff mit den beiden anderen Kollegen die zwischenzeitlich an der Wohnadresse von Alice Rosenqvist angekommen waren.

Sie drückte mit dem Daumen ihrer rechten Hand die Sendetaste an dem Mikrofon, das ihr, an einem Spiralkabel über die linke Schulter hing.

Sie sprach in das Mikrofon und wies ihre Kollegen an, sich in Position zu bringen, aber mit dem Zugriff zu warten, bis sie mit ihrem Kollegen das Gebäude betreten hatten und im Idealfall herausgefunden hatte, wo sich die Richterin aufhält.

Sie traten durch den schwarzen Gitterzaun vor dem Gebäude, stiegen die Steintreppe empor und öffneten die riesige Holztür.

Im Inneren erwartete sie direkt nach dem Eingang eine Sicherheitskontrolle.

Dickes Panzerglas und Metalldetektoren trennten den Eingangsbereich von dem Sicherheitsbereich.

Josefine erklärte dem Wachmann, dass sie dringend mit Richterin Alice Rosenqvist sprechen müssen.

Der Wachmann schaute daraufhin in seinen PC und nickte Josefine zu.

>>Richterin Rosenqvist, hat sich vor exakt 29 Minuten legitimiert und das Gebäude betreten. Sie hat eine

Verhandlung am Vormittag, vermutlich bereitet sie sich in ihrem Büro darauf vor. Einen Moment, ich rufe sie an.<< sagte der Wachmann und griff nach einem Telefonhörer.

>>Auf keinen Fall.<< sagte Josefine, worauf hin sie der Wachmann zweifelhaft anschaute.

>>Bitte bringen Sie uns zu ihrem Büro!<< befahl Josefine, ohne sich auf weiteres einzulassen. Über Funk unterrichtete sie indes ihre Kollegen, dass sich die Richterin allem Anschein nach hier aufhielt.

Vor dem Büro hing ein Schild, auf dem mit goldenen Buchstaben der Name der Richterin stand.

Josefine bedeutete dem Wachmann unmissverständlich, dass er sich nun zurückziehen sollte.

Sie drückte erneut die Sendetaste an ihrem Mikrofon und gab den Befehl zum Zugriff an ihre Kollegen.

Es handelte sich dabei um eine reine Vorsichtsmaßnahme.

Josefine trat mit ihrem Kollegen zum gleichen Zeitpunkt durch die Bürotür, wie die Kollegen durch die Haustür von Alice Rosenqvists Stadtvilla.

Der Ehemann von Alice schaute verdutzt und lief erschrocken rückwärts, als er die beiden Polizisten auf ihn zustürmten sah.

Völlig überrumpelt von der Situation, begriff er erst was geschah, als er mit dem Rücken hart gegen die geschlossene Tür des Kühlschranks prallte und mit einem Unterarm auf seiner Brust fest dagegen gepresst und fixiert wurde, während ein weiterer Polizist das Haus systematisch durchkämmte.

Josefine blickte in das Gesicht einer Frau die hinter einem Schreibtisch, in einem großen, braunen, ledernen Sessel saß.

Die Frau blickte überrascht über den Rand ihrer Lesebrille zu den beiden Polizisten hinauf.

>>Ja bitte.<<

Die Frau war zivil gekleidet.

>>Alice Rosenqvist?<<

>>Nebenan.<< sagte die Frau und deutete auf eine Verbindungstür zu ihrer Rechten.

Josefine begab sich zu der Tür ohne die Frau dabei aus den Augen zu lassen. Erst als sie die Tür erreichte wendete sie sich von ihr ab und drückte die Klinke nach unten ohne vorher anzuklopfen.

Als die Klinke den unteren Anschlag erreichte, drückte Josefine gegen die Tür, um diese zu öffnen, doch sie bewegte sich keinen Millimeter.

Verschlossen, realisierte Josefine und drehte sich blitzschnell wieder zu der Frau hinter dem Schreibtisch um, doch der Stuhl war leer.

Die Frau war zwischenzeitlich aufgestanden und um den Schreibtisch herumgetreten. Sie schubste den Beamten so heftig in Josefines Richtung, dass diese Mühe hatte ihren Kollegen abzufangen um nicht mit ihm zusammen zu stürzen.

Es dauerte wenige Sekunden, bis sie sich gefangen hatten, jedoch genügend Zeit für Alice Rosenqvist durch die Bürotür in den Flur zu türmen.

Die Beiden nahmen sofort die Verfolgung auf und stürmten durch die Tür in den Flur.

Alice Rosenqvist war ihnen etwa 25 Meter voraus. Sie rutschte mit ihren Schuhen auf dem glatten Boden in Richtung Treppe zum Erdgeschoss, um die

Geschwindigkeit zu reduzieren. Sie griff dabei nach dem Geländer und zog sich um die Ecke.

Josefine und ihr Kollege rannten ihr hinterher, bis auf die Straße.

Alice bog nach rechts ab und überquerte die Hauptstraße, die Södermalm mit den nördlichen Stadtteilen verband über eine Brücke nach Riddarholm. Anschließend bog sie nach links ab.

Anscheinend weiß sie nicht, dass der Weg dort wegen einer Gleisbaustelle gesperrt ist, dachte sich Josefine.

Sie musste also entweder über die Absperrung auf die Gleise flüchten oder nach der Kirche rechts abbiegen.

Josefine entschloss sich daher das Risiko in Kauf zu nehmen und rannte geradeaus weiter um ihr den Weg abzuschneiden. Sollte sie sich irren, musste ihr Kollege sie sich schnappen, der schnellen Schrittes immer weiter zu der Richterin aufschloss.

Als Josefine das andere Ende der Kirche erreicht hatte, sah sie, wie die Richterin hinter geparkten Autos vorbeirannte.

Josefine beugte sich noch etwas weiter nach vorne und drückte sich bei jedem Schritt mit aller Kraft vom Boden ab. Ihre Oberschenkel brannten und sie merkte die Beschleunigung.

Die Richterin hatte sie noch nicht gesehen und kam von links in ihre Richtung gerannt. Erst als Josefine nur noch wenige Meter zu ihrer rechten entfernt war, nahm sie sie wahr, doch da war es schon zu spät.

Josefine drückte sich noch zwei, drei Mal kräftig vom Boden ab und hechtete sich dann mit ungeheuerlicher Wucht auf die Richterin.

Die beiden Frauen flogen einige Meter gemeinsam durch die Luft. Alice Rosenqvist schrammte mit dem Rücken an einer Böschungsmauer entlang, bevor sie mit dem linken Arm und Schulter auf den gepflasterten Boden knallte und noch ein paar Zentimeter darüber hinweg schlitterte.

Sie spürte den brutalen Druck als die Polizisten auf ihr landete.

Schnell versuchte sie sich unter der Polizistin zu befreien, doch Josefine griff blitzschnell nach ihrem Arm und drehte ihn ihr auf den Rücken.

Ein schmerzerfüllter Schrei verließ Alice Rosenqvist, die nun, mit auf dem Rücken fixierten Armen, bäuchlings auf dem Kopfsteinpflaster lag.

>>Tja, den Vormittag hatten Sie sich wohl auch anders vorgestellt.<< triumphierte Josefine. >>Und sorry für den schönen Hosenanzug.<< fügte sie noch hinzu und betrachtete den aufgerissenen Ärmel.

>>Das wirst du bitter büßen!<< fauchte die Richterin, die sich zappelnd versuchte aus Josefines festem Griff zu lösen.

Kapitel 93

Donnerstag 11. Juli 2024

Samantha wurde durch ein Knistern aus den Lautsprechern über ihren Ohren, aus ihren Gedanken gerissen.

Der Polizist mit dem schmalen Gesicht verkündete, dass soeben ein Funkspruch hereinkam, dass man Alice Rosenqvist verhaftet hatte.

Laura und Samantha schauten sich an und freuten sich über den kleinen Teilerfolg.

Samantha legte ihre Hand auf Lauras Handrücken, drückte zweimal leicht zu und schüttelte dabei, kaum merklich, die Hand vor Freude. Unbewusst spreizte Laura ihre Finger leicht, wodurch Samanthas Finger zwischen ihre glitten.

Augenblicklich fuhr es Laura in den Magen und das prickelnde Gefühl von Schmetterlingen im Bauch breitete sich in ihrem ganzen Körper aus.

Laura schloss die Augen und genoss für einen Moment die Situation. Eine wohlige Wärme breitete sich in ihr aus, bis zu dem Gedanken, was nun passieren würde, wenn sie die Augen wieder öffnete.

Ein weiteres Knistern aus den Kopfhörern riss sie aus dem Augenblick.

>>Wir sind jetzt gleich in Luleå. Hier müssen wir tanken. Dann brauchen wir noch ca. eine Stunde bis nach Kiruna.<< verkündete die Stimme des Polizisten.

>>Gibt es schon eine Nachricht von dort?<< wollte Laura wissen und löste dabei sanft ihre Hand von der von Samantha.

>>Nein, noch nichts.<<

Laura schaute auf ihre Uhr.

>>Fast drei Stunden.<< sagte sie zu Samantha. >>Sie müssten sie doch schon längst gefunden haben.<<

>>Funken sie die Kollegen einmal an und fragen nach.<< befahl Samantha, wohl wissend hier keine Weisungsbefugnis zu haben.

Der Polizist mit dem schmalen Gesicht drehte sich daher zu den beiden Frauen um und schaute Laura fragend an.

Laura nickte und der Polizist sprach in sein Mikrofon ohne dass sie hören konnten was er sagte.

Kapitel 94

Donnerstag 11. Juli 2024

Leises Knistern, welches immer wieder von absoluter Stille durchzogen wurde, drang an sein Ohr.

Ihm war eiskalt und sein Kopf schmerzte fürchterlich. Er versuchte die Augen langsam zu öffnen, doch er konnte trotzdem nichts sehen.

Er realisierte, dass er auf dem Bauch lag.

Aus dem kleinen Lautsprecher neben seinem linken Ohr, hörte er ein abgehacktes Rauschen. Eigentlich war es gar kein Rauschen, vielmehr klang es, als wollte ihm jemand etwas sagen, der aber nicht am Stück sprechen konnte.

Langsam realisierte er, das er noch in Uniform war und das Geräusch aus seinem Funkgerät kam.

Wieso um alles in der Welt lag er auf dem Boden?

Er stützte seine Hände auf dem Boden ab.

Der Boden war eiskalt, wie er bei dem Versuch, sich aufzurichten, feststellen musste.

Und wieso war es hier so dunkel?

Als Anderson es langsam schaffte, sich aufzurichten, merkte er wie steif er war. Alles an ihm war steif, selbst seine Uniform fühlte sich steif an.

Als er sich vollständig aufgerichtet hatte, wurde ihm schwindlig. Ein stechender Kopfschmerz zwang ihn kurzzeitig in die Knie.

Er lehnte sich leicht vorne über und tastete nach etwas um sich daran festhalten zu können. Als er eine Art Gitter unter seinen Fingern spürte und sich daran festhalten wollte, schepperte dieses fein klappernd zu Boden.

Als er es, trotz des Kopfschmerzes, schließlich schaffte, seinen Augen zu öffnen, erkannte er, dass er in einem fast komplett dunklen Raum war. Lediglich ein kleines rotes Licht, erhellte den Raum kaum merklich.

Er tastete um sich und stellte fest, dass alles was er berührte eiskalt war.

Es waren Regale aus kaltem Metall mit Metallgitter als Einlegeböden.

Erst jetzt realisierte er, dass sich seine Uniform so steif anfühlte, da sie begonnen hatte zu gefrieren. Er wandte sich dem roten Licht zu. Langsam setzte er einen halb eingefrorenen Fuß vor den anderen.

Das rote Licht war die digitale Anzeige eines Thermometers

- 21° C

zeigte die kleine Anzeige über der Tür. Er griff nach dem großen Türverschluss und versuchte ihn zu drehen, doch er schaffte es nicht.

Ihm war so kalt, er hatte keine Kraft.

Konzentrier dich, sagte er zu sich selbst.

Erst in dem Moment wurde ihm klar, dass er im Dienst gewesen war und ihn jemand absichtlich hier eingesperrt haben musste. Immerhin schien sein Kopf langsam aber sicher wieder aufzutauen, dachte er sich, als ein weiteres heftiges stechen in seinem Kopf ihn wieder in die Knie zwang.

Wo ist Olsen?

>>Olsen?<< rief er leise und hustete anschließend heftig.

Er griff in seine Hosentasche, immerhin hatte er noch sein Mobiltelefon. Er entsperrte es mit einer PIN und schaltete die Taschenlampenfunktion ein. Die kleine

LED auf der Rückseite des Telefons schaltete sich ein und erhellte den Raum am Boden vor sich.

Die Luft glitzerte vor Kälte.

Am Boden sah er eine rote Spur. Er richtete das Licht gezielt darauf. Die Spur ging unter seinen Füßen durch. Anderson drehte sich langsam um und folgte mit dem Lichtstrahl der Spur zum anderen Ende des Kühlraums.

>>Olsen! Oh mein Gott...<< rief er, gefolgt von weiterem heftigen Husten.

So schnell er konnte eilte er zu Olsen, der dort bäuchlings auf dem Boden lag. Er ging vor ihm auf die Knie und versuchte ihn umzudrehen, doch sein Körper war durch das Blut am Boden festgefroren. Er schaffte es nicht ihn umzudrehen.

Verzweifelt versuchte er nach Olsens Puls zu tasten, doch seine Finger waren steif und er hatte überhaupt kein Gefühl in ihnen.

Anderson richtete seinen Blick auf sein Mobiltelefon.

>>Kein Netz!<< fluchte er.

Voller Adrenalin stemmte er sich erneut vom Boden hoch.

Ein weiterer heftiger Schmerz durch zog seinen Kopf.

Er ging zurück zu der Tür und versuchte erneut den Hebel der Tür zu bewegen, doch er schaffte es nicht.

Hastig leuchtete er mit seinem Telefon durch den Raum.

Er ging zu dem Regal, aus welchem vorhin der Regalboden gefallen war, als er sich daran festhalten wollte. Offenbar war es nicht richtig zusammen-geschraubt worden. Daher war es vermutlich auch das einzige Regal welches leer war.

Er trat mit dem Fuß so stark gegen das Regal wie er konnte. Nach ein paar Tritten fiel es vollends in sich zusammen. Er nahm eines der Querrohre und stülpte es über den Griff der Tür.

Mit aller, ihm noch verbleibender Kraft, versuchte er mit Hilfe des neuen Hebels den Verschluss zu öffnen.

Als er schon aufgeben wollte, gab der Verschluss langsam nach. Erst Millimeter für Millimeter, dann drehte sich der Verschluss auf einmal.

Das Querrohr schepperte zu Boden und die Tür öffnete sich.

Anderson stolperte nach draußen.

Die warme Umgebungsluft fühlte sich wie kleine Nadelstiche auf seiner Haut an.

Kapitel 95

Donnerstag 11. Juli 2024

Während der Pilot den Helikopter zur Betankung verlassen hatte, versuchte der Polizist mit dem schmalen Gesicht, einen der Polizisten direkt zu erreichen, nachdem er zwischenzeitlich mit der Polizeistation in Kiruna gesprochen hatte.

Die Polizeistation hatte seit geraumer Zeit keinen Kontakt mehr zu Anderson und Olsen und war gerade dabei gewesen ein zweites Team in Richtung Abisko zu schicken.

Der Pilot setzte sich kommentarlos auf seinen angestammten Platz, betätigte ein paar Knöpfe und Schalter die sowohl vor ihm als auch über ihm angebracht waren.

Die Turbinen des Hubschraubers erwachten erneut zum Leben.

Das Dröhnen wurde immer intensiver, je höher die Turbinen drehten und Laura und Samantha setzten wieder ihre Kopfhörer auf.

Der Kollege mit dem schmalen Gesicht war noch nach hinten zu Laura und Samantha gedreht.

Gerade als er den gesenkten Kopf schüttelte, um den beiden Polizistinnen zu signalisieren, dass er niemanden erreichen konnte, wurden seine Augen auf einmal groß und sein Kopf hob sich.

Laura signalisierte ihm sofort, ihnen mitzuteilen, was er hörte. Doch er schüttelte kaum merklich den Kopf und kniff die Augen zusammen.

Er musste sich offenbar hoch konzentrieren um zu verstehen, was er über den Funk hörte.

Kapitel 96

Donnerstag 11. Juli 2024

Alice Rosenqvist saß, mit an einen Tisch gefesselten Händen, in einem Verhörraum der Polizei in Stockholm.

Der Raum war dunkel gehalten. An den Wänden waren asymmetrische Formen aus einer Art Schaumstoff angebracht, die einem das Gefühl gaben, dass kein Geräusch dieser Welt jemals diesen Raum verlassen könnte.

Es gab nur eine Tür zu ihrer Linken und einen Einwegspiegel, an der ihr gegenüberliegenden Wand.

Sie kannte solche Räume.

Selbst hatte sie in der Funktion als Richterin schon hinter solchen Spiegeln gestanden. Allerdings bisher immer auf der anderen Seite.

Sie überlegte wie viel sie wohl wissen konnten.

Die Tatsache, dass sie hier wie eine Schwerverbrecherin behandelt wurde und sogar an den Tisch gefesselt war, bereitete ihr Kopfzerbrechen.

Alice Rosenquvist war in Gedanken versunken. Als die Tür plötzlich von außen geöffnet wurde zuckte sie auf ihrem Stuhl zusammen.

>>Alice Rosenqvist, mein Name ist Aliya Lund, ich bin...<<

>>Ja, ja. Ich weiß wer sie sind. Wir stehen auf derselben Seite! Schon vergessen?

Aliya setzte sich in aller Ruhe auf einen Stuhl ihr Gegenüber. Als sie Platz genommen hatte, rückte sie ihr Outfit zurecht und sah dann zu Alice Rosenqvist auf.

>>Wurden sie über ihre Rechte informiert?<< fragte sie in aller Ruhe.

>>Ich kenne meine Rechte sehr gut.<< fauchte sie und hob provokativ die Hände, soweit es die Ketten der Handschellen zuließen.

>>Sie wurden auch über den Grund ihrer Verhaftung informiert?<< fragte Aliya weiter ganz ruhig, ohne auf die unausgesprochene Forderung der Richterin einzugehen.

>>Ja, das wurde ich. Aber das ist ja wohl ein schlechter Scherz? Ich habe mich ständig kooperativ gezeigt.<<

>>Sie meinen Sie haben uns immer schön etwas vorgespielt? Sie wirken auf mich ganz anders, als ich es aus den Berichten vermutet hätte.<<

>>Dann hat Frau Kriminalhauptkommissarin Lund ihren Bericht wohl nicht sonderlich treffend formuliert.<<

>>Frau Rosenqvist…<<

>>Richterin Rosenqvist.<< unterbrach sie schroff.

>>Frau Richterin Rosenqvist, warum sind sie vor den Kollegen davon gerannt?<< fragte Aliya völlig unberührt von dem Machtspiel der Richterin.

Die Richterin schwieg.

>>Frau Richterin Rosenqvist, wir wissen, dass sie in den Fall verstrickt sind. Die Frage ist lediglich in wie weit.<<

Aliya Lund machte eine kurze Pause, um die Worte wirken zu lassen. Doch bevor die Richterin etwas sagen konnte, setzte sie fort.

>>In diesem Augenblick wird ihr Schwager von den Kollegen in Norwegen befragt. Glauben Sie allen Ernstes, dass er seine Karriere und seine Reputation für

sie aufs Spiel setzen wird? Man wird ihm sicherlich ein sehr gutes Angebot machen.<<

Jetzt sah man deutlich, dass es im Kopf der Richterin ratterte.

Aliya Lund hatte nun mit fast allem gerechnet, aber nicht mit dem was jetzt geschah.

Kapitel 97

Donnerstag 11. Juli 2024

Der Pilot hatte den Hubschrauber genauso rasant gestartet wie schon in Stockholm.

Fast hätte man glauben können, er wollte die Robustheit der Mägen, der anderen Insassen testen.

Der Kollege mit dem schmalen Gesicht sprach andauernd in das vor seinem Mund befindliche Mikrofon und zeigte sich von dem rasanten Start völlig unbeeindruckt.

Nachdem der Polizist nun seit ein paar Sekunden nichts mehr in sein Mikrofon sagte, hoffte Laura, die wie auf heißen Kohlen auf ihrem Sitz saß, dass dieser endlich etwas zu berichten hätte, doch so schnell die Hoffnung gekommen war, war sie auch wieder verflogen. Er sprach wieder in sein Mikrofon.

Laura hielt es kaum noch aus, doch sie wollte den Kollegen auch nicht unterbrechen. Offenbar war es wichtig.

Nach einer gefühlten Ewigkeit, drehte er sich zu den Polizistinnen um.

Es knackte in den Kopfhörer, dann ertönte seine Stimme.

>>Die Kollegen in Abisko wurden überrumpelt.<<

Laura und Samantha verdrehten zeitgleich die Augen und dachten, das darf doch wohl nicht wahr sein.

>>Sie wurden niedergeschlagen und in einem Kühlhaus eingesperrt. Sie haben dem einen wohl das Leben gerettet.<< sagte er und blickte dabei zu

Samantha, die ihn verwundert anschaute und überhaupt nicht verstand wie er das meinte.

>>Polizeiinspektor Anderson wurde durch das Knistern in seinem Funkgerät wach, als ich pausenlos versucht habe ihn zu erreichen. Rettungskräfte und Verstärkung sind auf dem Weg zu ihm. Sein Kollege Olsen hat es so schwer erwischt, dass er durch sein eigenes Blut am Boden des Kühlraums festgefroren ist. Ob ihn der Schlag, der Blutverlust oder die Kälte umgebracht hat, wird die Obduktion zeigen.<<

>>Scheiße!<< fluchte Laura >>Wo ist das passiert?<<

>>In der örtlichen Süßwarenfabrik.<<

Laura und Samantha schauten sich einen kurzen Moment an. Beide wussten ganz genau was das bedeutete.

>>Wir fliegen direkt nach Abisko!<< befahl Laura.

Kapitel 98

Donnerstag 11. Juli 2024

Der Raum, in dem sie saß, erinnerte sie an ihre Jugend. War sie doch in einem ähnlichen Raum einige Zeit lang gefangen gehalten worden. Trotzdem hatte sie keine schlechten Erinnerungen daran. Es war ein Teil von ihrem Leben geworden.

Er hatte sie stark gemacht. Ohne diese Erfahrung wäre sie heute nicht in der Position in der sie jetzt war.

Sie hatte sich in ihn verliebt. Er war ihre erste und größte Liebe. Natürlich wusste sie, dass es eine andere Art von Liebe war, doch sie wusste auch, dass diese Liebe größer und stärker war, wie sie die meisten Menschen je erfahren würden.

Er brauchte sie genauso sehr, wie sie ihn brauchte. Sie brauchten sich gegenseitig. Heute wie damals und sie würde alles für ihn tun.

Es war ihre Bestimmung füreinander da zu sein. Niemals würde es jemand schaffen, dass Band zwischen ihnen zu brechen. Niemand würde das schaffen und schon gleich gar nicht diese Polizistin, die ihr gegenüber saß und glaubte hier diejenige zu sein, die am längeren Hebel saß

Alice Rosenqvist räusperte sich und richtete sich auf, fast so als wollte sie der ganzen Welt sagen, seht her, hier bin ich. Dann geschah das, womit Aliya Lund niemals gerechnet hätte.

>>Ich gestehe.<< sagte sie mit solch einem Nachdruck in der Stimme, als wäre es das selbstverständlichste auf der Welt.

Aliyas Verwunderung war nicht zu übersehen, das merkte sie selbst und bemühte sich um Fassung.

>>Was gestehen Sie?

>>Alles.<< sagte die Richterin fast so, als wäre sie stolz darauf. >>Die Morde, zum Beispiel an Frau Barkas und an Maja Larsson, die Erpressung meines Schwagers, den Polizeichef von Norwegen, den erpresserischen Menschenraub im Fall von Svenja Sandberg, Andrea Luciano, Helga...<<

>>Hören Sie auf. Wir wissen, dass sie Maja Larson und Frau Barkas nicht getötet haben.<< unterbrach sie Aliya.

>>Ach ja. Ist das so? Haben Sie dafür Beweise oder lediglich Indizien?<<

>>Björn Barkas hat den Mord an seiner Frau gestanden und für den Täter im Fall Maja Larsson haben wir eine detaillierte Beschreibung, die nun wirklich nicht auf sie zutrifft.

>>Ich möchte meinen Anwalt sprechen. Von ihm werden Sie dann ein schriftliches Geständnis von mir erhalten. Dann können sie gerne alles Prüfen. Sie werden sehen, Björn Barkas war und ist ein Lügner.<<

Aliya verfluchte sie innerlich, doch respektierte den Wunsch der Richterin. Sie wusste, dass sie sich bei ihr keinen Fehler erlauben durfte, noch nicht mal den allerkleinsten, sonst würde ihr das in einem Prozess um die Ohren fliegen.

Liebend gerne hätte sie mehr aus ihr herausgeholt.

Sie wollte den Täter schnappen aber noch viel mehr, wollte sie ihre Kollegen und Kolleginnen vor Ort mit Informationen beliefern, auch um sie dadurch schützen zu können.

Die Frage, was wollte Alice Rosenqvist mit ihrem Geständnis bezwecken, trieb sie um.

War es eine Ablenkung, der Versuch Zeit zu gewinnen, um auf Unzurechnungsfähigkeit plädieren zu können oder bezahlte sie einen teuren Preis dafür, um den wahren Täter zu schützen?

Aliya stellte sich die gleichen Fragen immer und immer wieder, doch sie kam zu keinem Ergebnis.

Kapitel 99

In der Ferne war ein Hubschrauber zu hören. Bestimmt die verfluchten Cops, dachte er sich. Er hatte sich in der gebotenen Eile einen guten Plan für Astrid ausgedacht, es sollte leiden, nicht so wie die Schwester, es sollte leiden wie noch niemand davor gelitten hatte. Doch dann tauchten auf einmal diese beiden Polizisten wie aus dem Nichts auf.

Zum Glück hatte er sie kommen sehen und schnell genug reagiert und sich als Angestellter der Fabrik ausgegeben.

Vorbereitung ist das halbe Leben, hatte sein Vater zu ihm gesagt. Er lachte lauthals.

Nein, du irrst dich, Improvisation ist das ganze Leben, sagte er in Gedanken zu seinem Vater.

Jetzt galt es erst mal zu entkommen.

Sein ganzer Körper signalisierte es ihm, jede einzelne Faser.

Es war zu lange her, dass er tun konnte für was er geboren wurde.

Der Gedanke an die Rache brachte sein Blut in Wallung. So extrem hatte er das noch nie empfunden. Egal was mit ihm geschah, es spielte keine Rolle, doch es durfte erst passieren, nachdem er mit Astrid fertig war.

Bei seiner Mutter waren ihm die Bullen dazwischen gekommen. Sie sollte sein Meisterwerk werden, doch nun war er sogar froh darüber, dass es nicht geklappt hatte. Mit Astrid würde es noch viel besser und intensiver werden, das spürte er mit jeder einzelnen Faser seines Körpers.

Er war wie im Rausch und es viel ihm schwer einen klaren Gedanken zu fassen. Die Rache und Lust waren kurz davor ihn zu übermannen.

Besinne dich! Befahl er sich selbst.

Sein Meisterwerk würde er nur dann schaffen können, wenn es ihm jetzt gelang der Polizei zu entkommen.

Kapitel 100

Donnerstag 11. Juli 2024

Der Hubschrauber hatte Abisko endlich erreicht. Anstatt auf dem Flughafen, der nur wenige hundert Meter außerhalb der Stadt lag zu landen, befahl Laura den Piloten, direkt vor der Süßwarenfabrik aufzusetzen.

Ein Rettungswagen war noch vor Ort. Sobald die Tür des Helikopters offen war, sprintete Laura zu dem Rettungswagen in dem der verletzte Kollege lag.

Er war in eine goldene Rettungsdecke eingehüllt aber bei Bewusstsein und ansprechbar.

Ohne dass Laura viele Fragen stellen musste, informierte er sie, vor Kälte immer noch leicht stotternd, über das was geschehen war.

Laura die im Heck des Rettungswagens stand, blickte durch die offene Hecktür zu Samantha.

Samantha schaute sich auf dem Parkplatz um und versuchte einen Überblick über das Gelände und die Fluchtmöglichkeiten zu bekommen. Anderson war das nicht entgangen.

>>Die Kollegen haben Straßensperren errichtet. Bei nur zwei Straßen in und aus dem Ort, ist das keine gute Fluchtmöglichkeit. Wenn ich hier abhauen müsste, würde ich mir ein Boot schnappen.<<

Samantha, die mittlerweile auf der Trittstufe am Heck des Rettungswagens stand blickte kurz in Richtung des Sees.

>>Wir haben den See beim Anflug gesehen. Gibt es ein Ziel, welches er ansteuern könnte?<< fragte sie.

>>Ich würde versuchen das nordwestliche Ende zu erreichen. Von dort ist es nur ein guter Kilometer zur

Grenze nach Norwegen. Ein paar hundert Meter weiter nördlich befindet sich eine Schutzhütte. Die Wälder bieten eine gute Deckung von Oben.<<

Laura und Samantha schauten sich gegenseitig an. Es bedurfte keiner Worte, beide wussten, dass sie aus der Luft die besten Chancen hatten Ebbe einzuholen. Egal welches Fluchtmittel er gewählt hatte.

>>Seien Sie vorsichtig. Er hat meinen Kollegen erschlagen und er hat meine Dienstwaffe.<<

>>Das mit ihrem Kollegen tut uns wirklich sehr leid. Wir schnappen ihn uns.<<

Laura sprang aus dem Heck des Rettungswagens und sie sprinteten zurück in Richtung Hubschrauber.

Samantha signalisierte dem Piloten, dass er den Helikopter starten sollte, indem sie beim Laufen eine Hand über ihren Kopf hielt, den Zeigefinger ausstreckte und eine kreisende Bewegung über ihrem Kopf machte.

Der Pilot verstand sofort und sprang in seinen Hubschrauber.

Da der Helikopter immer noch auf Betriebstemperatur war und offensichtlich Eile geboten war, nutzte der Pilot das Alarmstartverfahren und legte beide Startswitches gleichzeitig um. Dadurch starteten zwar nicht beide Triebwerke gleichzeitig, doch sobald das erste Triebwerk den Startvorgang beendet hat, startet dann automatisch das zweite Triebwerk. Durch dieses Vorgehen konnte der Pilot schneller abheben und der Heli war nur wenige Sekunden nachdem alle an Bord waren in der Luft.

>>Wo soll es hingehen?<<

Das war das erste Mal, dass der Pilot etwas sagte. Scheinbar war er jetzt in seinem Element.

>>Nordwesten.<< antwortete Laura knapp.

>>Halten Sie Ausschau nach einem Boot. Vermutlich versucht er das nordwestliche Ende des Sees zu erreichen.<< rief Samantha.

Der Pilot kippte den Hubschrauber so stark in eine Kurve, dass Laura das Gefühl hatte gleich aus der geschlossenen Tür zu fallen.

Wenige Sekunden später waren sie bereits über dem See.

Der Pilot flog in einer Höhe aus der man eine gute Übersicht hatte, jedoch auch noch erkennen konnte, was sich auf den Booten unter ihnen, abspielte.

>>Da sehen Sie.<< sagte der Polizist mit dem schmalen Gesicht und zeigte mit der Hand auf ein Boot vor ihnen, dass mit voller Geschwindigkeit nach Nordwesten fuhr.

Das Boot hinterließ eine weiße Spur, von aufgewühltem Wasser, hinter sich in dem sonst fast schwarzen See.

Es war nur eine Person an Deck zu erkennen, die sich allerdings immer wieder hektisch nach dem Hubschrauber umsah.

>>Das muss er sein.<< sagte Samantha.

>>Wo ist Astrid?<<

>>Ich kann nur eine Person sehen, aber vielleicht ist noch jemand im Bug unter Deck.<< stellte der Pilot fest.

Ebbe drehte sich erneut zu dem Hubschrauber um.

Das Boot steuerte er mit der linken Hand, während er die Waffe in seiner rechten auf den Hubschrauber richtete und abfeuerte.

Der erste Schuss ging dabei tatsächlich in Richtung des Helikopters, verfehlte ihn jedoch. Die weiteren Schüsse gingen verteilt in alle Richtungen.

Offenbar hatte Ebbe das erste Mal eine Schusswaffe in Gebrauch. Der Rückstoß überforderte ihn völlig. Dennoch feuerte er das gesamte Magazin ab.

Das Boot hatte fast das Ende des Sees erreicht. Der Mann hinter dem Steuer, reduzierte die Geschwindigkeit erst in der aller letzten Sekunde, was jedoch viel zu spät war.

Der Bug des Bootes schob sich über den groben, dunklen Kies immer weiter aus dem Wasser, bis es gegen einen größeren Stein krachte.

Teile des Rumpfes wurden durch die Gegend geschleudert.

Der Fahrer versuchte sich am Steuerrad abzustützen, doch krachte stattdessen mit der Brust dagegen. Es dauerte einen Moment bis er sich wieder bewegte.

Gewaltvoll riss er die Niedergangtür am Bug des Bootes auf und verschwand mit Oberkörper und Kopf unter Deck. Als er wieder herauskam zog er jemanden an den Haaren aus der kleinen Bugkajüte heraus.

>>Das muss Astrid sein.<< sagte Laura

>>Ich kann hier nirgends Landen.<<

>>Können Sie über dem Ufer schweben?<< wollte Samantha wissen, während Ebbe mit Astrid bereits im Wald verschwand.

Der Pilot nickte und manövrierte den Helikopter an eine freie Stelle neben dem Boot. Er ließ den Heli nur knapp über dem Boden schweben.

>>Sie können die Tür öffnen indem Sie…<< versuchte der Kollege mit dem schmalen Gesicht zu erklären, da hatte Samantha die Tür bereits geöffnet und trat auf die Kufe hinaus.

Unter der Kufe war noch immer Wasser, allerdings war es nicht sehr tief, höchstens ein paar Zentimeter.

>>Näher ans Ufer kann ich nicht, die Rotorblätter rasieren jetzt schon fast die Kiefern.<< sagte der Pilot um klar zu machen, das die Beiden wohl nasse Füße bekommen werden.

Samantha, gefolgt von Laura, sprangen den letzten Meter aus dem Helikopter und liefen so schnell es ging, über die rutschigen Steine, zum Ufer des Sees.

Ihre Schuhe waren schnell durchnässt, auch wenn das Wasser nur wenige Zentimeter tief war. Dabei war es erschreckend kalt und Samantha fragte sich, wie die Leute hier freiwillig baden konnten.

Kapitel 101

Alice Rosenqvist saß Stunden später noch immer in dem dunkel gehaltenen Raum mit den Wänden mit asymmetrischen Formen.

Ein Anwalt in maßgeschneidertem Anzug saß nun neben ihr und schob einen Stapel zusammengehefteter Papiere über den Tisch zu Aliya Lund.

>>Was ist das?<<

>>Das Geständnis meiner Mandantin.<<

Ohne das Papier zu betrachten, schob Aliya Lund, das Papier, mit einer Hand wieder zurück.

>>Sie sollten Ihre Mandantin darüber informieren was für Konsequenzen eine Falschaussage für Sie haben kann.<<

Im Raum herrschte Stille.

>>Ihre Mandantin hat mir gegenüber bereits ein mündliches Geständnis abgelegt, das, nun sagen wir einmal, nachweislich nicht ganz den Tatsachen entspricht. Ich bin bereit das Gesagte zu vergessen, wenn Sie uns nützliche Informationen liefert.<<

Der Anwalt lehnte sich seitlich zu der Richterin und flüsterte ihr etwas ins Ohr, wobei er eine Hand schützend vor seinen Mund hielt, damit man nicht von seinen Lippen ablesen konnte, was er ihr sagte.

Alice Rosenqvist hörte ihm zu. Doch auch als ihr Anwalt sich wieder gerade auf den Stuhl setzte, verzog sie keine Miene und sagte kein Wort.

Einige Sekunden später, schob der Anwalt den Papierstapel wieder auf die andere Tischseite.

>>Das ist alles, was Sie von uns erhalten.<<

Kommentarlos stand Aliya Lund auf, nahm den Stapel Papiere an sich und sah Alice Rosenqvist direkt in die Augen.

Ihr war noch immer nicht klar, was die Richterin mit ihrem Verhalten erreichen wollte, doch scheinbar war aus ihr nichts heraus zu bekommen.

Aliya Lund verließ den Raum, signalisierte einem uniformierten Kollegen sie abzuführen und hoffte das in dem Geständnis mehr stand, als sie vorhin hörte.

Kapitel 102

Donnerstag 11. Juli 2024

Sie folgten der Spur von Ebbe und Astrid seit ca. fünf Minuten, als Samantha weiter vor ihnen eine Bewegung wahrnahm.

Sie blieb stehen und hielt Laura mit ihrer linken Hand zurück, während sie mit der rechten wortlos auf etwa zehn Uhr vor sich zeigte.

Ebbe war zu ihrer Linken auf einer Anhöhe vor ihnen. Astrid zerrte er an ihren Haaren hinter sich her.

Das Gelände war steil und Ebbe musste im Zickzack gehen um nicht abzurutschen.

Astrid rutschte immer wieder aus und landete auf den Knien, bis Ebbe sie wieder an den Haaren hochzog.

Samantha zeigte mit ihrer Hand auf einen Wildwechsel auf etwa 1 Uhr vor ihnen.

>>Wenn wir dem ausgetretenen Wildwechsel folgen, können wir ihm den Weg abschneiden.<< flüsterte Samantha.

Laura nickte.

>>Wir müssen vorsichtig sein. Wir wissen ob sein Vater in der Nähe ist.<< erinnerte sie Samantha an die Geschehnisse in Norwegen.

Die Beiden gingen geduckt unter den tief hängenden Ästen der Kiefern und Fichten weiter um von Ebbe nicht gesehen zu werden.

Auf dem Wildwechsel kamen sie schnell voran.

Ebbe war nur noch wenige Meter vor ihnen. Er zerrte Astrid weiter an den Haaren gepackt hinter sich her.

Der Wald lichtete sich und er stieg gerade über einen Felsen empor, als er plötzlich stehen blieb.

Hinter ihm ging es etwa 40 Meter senkrecht bergab. Darunter befand sich ein Gebirgssee.

Ebbe wollte umkehren, blieb aber plötzlich strauchelnd stehen, als er in Samanthas Gesicht blickte.

Ruckartig zerrte er Astrid an den Haaren vor sich, um sie als menschlichen Schutzschild zu gebrauchen.

Mit dem linken Arm umklammerte er ihren Hals und zog gleichzeitig mit der rechten ein Messer, das er hinter seinem Rücken im Hosenbund verstaut gehabt hatte hervor und hielt es Astrid an die Kehle.

>>Verpiss dich!<< rief er wütend und schaute sich ungeduldig um. >>Bist du alleine? Wo ist die schwedische Polizeifotze?<< fragte er aggressiv.

>>Du meinst Laura. Die hat damit nichts zu tun.<< log Samantha. >>Das ist eine Sache zwischen dir und mir, die in Stuttgart angefangen hat, als du meinen Partner kaltblütig überfahren hast und hier enden wird.<<

Ebbe zischte Samantha nur an und lachte sie aus.

>>Das einzige was hier enden wird, ist dein Leben!<<

Nur zu gerne hätte Samantha sich umgesehen. Ihr war nicht wohl bei dem Gedanken, dass sein Vater sich hier irgendwo mit einem Scharfschützengewehr verschanzt hatte und nur darauf wartete auf sie zu schießen.

Doch Samantha wusste genau, dass sie sich nicht umschauen konnte. Ebbe würde sofort denken, dass sie nach Laura Ausschau hielt und diesen Vorteil durfte sie auf keinen Fall verspielen.

Ein Ablenkungsmanöver musste her, denn so wie es aussah, benötigte Laura noch einen Augenblick um sich in Position zu bringen.

>>Wo ist dein Vater?<< fragte sie ihn daher direkt und nutzte die Chance ein, zwei Blicke in die bergige

Landschaft hinter Ebbe zu werfen. Doch sie konnte auf die schnelle nichts erkennen.

Ebbe war sichtlich überrascht von der Frage und es dauerte einen Moment bis er auf die Frage antwortete.

Scheinbar überlegte er sich, ob er seinen Vater verleugnen sollte oder darauf einging.

>>Mein Vater ist ein Feigling.<<

>>Immerhin hat er dir in Norwegen den Arsch gerettet.<<

>>Zzzz.<< zischte Ebbe und trat nervös von einem Fuß auf den Anderen, während er das Messer an Astrids Hals neu platzierte. >>Denkst du, ich wäre dort nicht alleine klar gekommen?<<

Samantha zuckte mit den Schultern.

>>Ich weiß nicht. Bisher warst du immer auf die Hilfe von deiner Mami angewiesen. Wieso jetzt, da sie dir nicht mehr helfen kann, nicht auf die Hilfe von Daddy setzen?<<

>>Daddy ist ein Feigling.<< widerholte er. >>Wir können uns Astrid jetzt nicht schnappen, sie werden dort schon auf uns warten, hat er gesagt. Wir brauchen einen Plan, Vorbereitung ist das halbe Leben, meinte er. Uuuhhh.<< sagte er und wackelte dabei mit dem Kopf. >>Sieh mich an, ich war vor euch da und jetzt bist du hier ganz alleine und vor allem bist du gleich tot.

Ebbe trat hinter Astrid hervor und schubste sie zeitgleich zu Boden. Er wusste dass sie nicht fliehen konnte ohne an ihm vorbei zu müssen.

Nur einen winzigen Augenblick zu spät, bemerkte er Laura, die sich über eine Erhebung zu seiner Rechten an ihn herangeschlichen hatte und sich in diesem Augenblick von oben auf ihn warf.

Die Wucht ihres Aufpralls riss ihn von den Füßen. Er schrie schmerzerfüllt, als sein linkes Knie auf einen Stein knallte.

>>Du Fotze!<< rief er, als er mit dem Messer in der Hand, gequält und halb im Liegen, herumfuhr.

Laura wich dem Hieb gekonnt aus und trat ihm das Messer mit dem rechten Fuß aus der Hand.

Blut verfärbte Ebbes Jeans an seinem linken Knie, welches er mit der linken Hand schmerzerfüllt umfasste, während er sich mit der rechten Hand abstützte.

>>Dann mach ich euch eben beide fertig!<< fauchte er boshaft.

Hass war in seinen starren Augen zu sehen. Noch nie hatte Laura in so schwarze und kalte Augen geblickt die so sehr das pure Böse verkörperten.

Ein Schauer durchströmte sie.

Sie trat an den, auf dem Boden sitzenden Ebbe heran.

Mit einem gekonnten Griff verdrehte sie seinen Arm, dass er gezwungen war, sich auf den Bauch zu drehen.

Hinter ihrem Rücken zog sie Handschellen hervor, die sie in einer speziellen Halterung an ihrem Gürtel unter ihrem Pullover verstaut hatte.

Sie zerrte an Ebbes linker Hand und lies den Verschluss der Handschelle um sein Handgelenk schnappen und drückte sie fest zu. Gerade als sie seine rechte Hand fixieren wollte, fuhr er mit der Hand herum und donnerte Laura einen faustgroßen Stein an die Schläfe.

Ihr wurde schummrig und sie kippte seitwärts über.

Samantha die zwischenzeitlich ihre Waffe gezogen hatte, feuerte einen Warnschuss in die Luft ab, doch Ebbe blieb davon völlig unbeeindruckt. Er trat direkt auf Laura zu, als wäre er auf einmal völlig frei von

Schmerzen. Samantha zielte auf Ebbe, doch sie konnte nicht schießen. Direkt hinter ihm, stand in gerader Linie, Astrid, die von der Situation völlig überfordert war und vermutlich einen Schock erlitten hatte.

Samantha wechselte die Position, doch es war schon zu spät.

Laura nahm Ebbe nur verschwommen wahr. Dennoch griff sie mit der rechten Hand hinter sich und zog ihre Pistole, richtete sie auf den immer noch verschwommenen Ebbe und drückte ab.

Der Schuss streifte Ebbe nur am Arm, da sie ihn nicht klar sehen konnte.

Im nächsten Augenblick packte er ihr Handgelenk, riss sie in die Höhe und nahm ihr dabei die Waffe ab.

Lauras Schulter schmerzte und sie verzog das Gesicht.

Ebbe hielt Laura jetzt, wie zuvor Astrid als menschlichen Schutzschild vor sich. Den linken Arm um ihren Hals und mit der rechten Hand drückte er ihr die Pistole an den Kopf.

>>Waffe weg!<< sagte er langsam und trocken in Samanthas Richtung, während er seinen Kopf hinter dem von Laura und seinem eigenen rechten Arm versteckte.

Samantha sah lediglich sein rechtes Auge über seinem Arm und einen Teil seines Halses unterhalb.

>>Du hast unzählige, unschuldige Frauen ermordet, Maja fast zu Tode gewürgt, mit einem Dolch getötet und anschließend widerlich zur Schau gestellt und du hast Peter kaltblütig überfahren. Nenne mir nur einen einzigen Grund warum ich dich nicht erschießen sollte.<< sagte Samantha ganz ruhig, während sie mit ihrem dominanten, rechten Auge über Kimme und Korn auf ihn zielte.

Er war verdutzt über Samanthas Aussage.

>>Ich habe eine Waffe und halte sie deiner Kollegin an den Kopf.<< sagte er schließlich mit einer überheblichen Selbstverständlichkeit.

Als er die Worte aussprach, blickte er kurz auf die Pistole in seiner Hand und legte dabei den Kopf etwas schief, wodurch sein Hals, unterhalb seines Armes, mit dem er die Pistole hielt, sichtbar wurde.

Für Samantha verging die nächste Sekunde wie in Zeitlupe.

Ebbes Kehlkopf war genau vor Kimme und Korn ihrer Heckler & Koch.

Sie atmete ruhig aus, hielt inne und krümmte den Zeigefinger ihrer rechten Hand, über den Druckpunkt des Abzugs, hinaus.

Der Schlagbolzen traf auf die Hülse der Patrone, der Zündsatz entzündete das Pulver welches schlagartig verbrannte und das daraus entstandene heiße Gas beschleunigte das Projektil im Lauf der Hand-feuerwaffe. In einer um die eigene Achse rotierenden Bewegung, raste das Projektil durch die Luft, vorbei an Lauras Kopf und Ebbes Unterarm. Sekunden Bruchteile später zerfetzte es, auf Höhe des Kehlkopfes, das Gewebe an seinem Hals, bahnte sich einen Weg zur Wirbelsäule, die explosionsartig durchtrennt wurde und verließ seinen Körper durch ein in den Nacken gerissenes Loch.

Ebbe sackte schlagartig in sich zusammen, noch bevor sein Gehirn eine Information an seine Hand senden konnte, mit der er die Waffe an Lauras Kopf hielt.

Kapitel 103

Donnerstag 11. Juli 2024

Das ganze Geständnis war eine Farce. Aliya las es von Anfang bis Ende und dachte sich nur, was für eine Zeitverschwendung.

Sie fragte sich was ein Richter damit machen würde, wenn sich herausstellt, dass die Hälfte gelogen war und man nicht urteilen konnte was wohl der Wahrheit entsprach und was nicht.

Noch immer grübelte Aliya darüber nach, was sie damit bezwecken wollte. Sie versuchte einen Sinn dahinter zu erkennen, der ihr gegebenenfalls eine Erkenntnis liefern würde, mit der sie Ebbe oder seinen Vater schnappen konnten, als Josefine aufgeregt in ihr Büro platzte.

>>Er ist tot.<<

Aliya reimte sich zusammen, wen Josefine meinte, forderte sie dennoch auf, sie vollständig zu informieren.

>>Ebbe Gluitz ist tot. Samantha hat ihn mit einem sagenhaften Rettungsschuss erschossen. Laura und ihr geht es gut. Astrid wurde mit einem Schock ins Krankenhaus eingeliefert. Sie wird mit ein paar Blessuren davon kommen.

Aliya dankte Josefine, dann schloss sie für einen Moment die Augen.

Als sie die Augen wieder öffnete blickte sie nach oben und sagte:

>>Danke.<<.

Kapitel 104

Freitag 12. Juli 2024

Bei ihrer Ankunft in Stockholm waren Laura und Samantha bereits über 40 Stunden wach.

Ohne, dass sich die Frage je gestellt hatte, fuhren sie gemeinsam zu Laura nach Hause.

Nach redlich verdientem Schlaf und einer ausgiebigen Dusche, saßen sie nun auf der Veranda und frühstückten Toast mit Marmelade oder Honig. Dazu gab es frisch gebrühten Kaffee. Mehr hatten Lauras Vorräte wieder nicht hergegeben.

Es war ein angenehmer Morgen. Nicht so heiß, wie die Tage bevor sie nach Norwegen aufgebrochen waren.

Die ersten Sonnenstrahlen auf der Haut, wärmten sie angenehm, während vom See, kühle Luft zu ihnen strömte.

>>Du hast mir das Leben gerettet. Dafür habe ich mich noch nicht bedankt.<< sagte Laura mit Wehmut in der Stimme und strich sich eine Haarsträhne zurück, die ihr der kühle Wind ins Gesicht geweht hatte.

>>Dann sind wir jetzt wohl quitt.<< antwortete Samantha, nachdem sie Laura für einen Augenblick voller Liebe angesehen hatte.

>>Wie meinst du das?<<

>>Mein Leben war festgefahren. Ich hauste in einer kleinen Wohnung, in der es fast kein Sonnenlicht gab. Außer der Arbeit gab es für mich nicht viel. Durch dich habe ich ein anderes Leben kennen gelernt und begriffen, dass man zum Leben Zeit braucht. Zeit die man sich nehmen muss.<<

Laura wusste zwar nicht genau auf was Samantha hinauswollte, doch in ihr stieg eine wohlige Wärme auf.

>>Samantha ich…<<

>>Nein.<< unterbrach sie Samantha. >>Durch dich habe ich mein Leben geändert. Ich habe eine neue Wohnung, mache wieder regelmäßig Kampfsport, habe schwedisch gelernt und spreche somit jetzt viereinhalb Sprachen.<<

Schon beim Aussprechen des letzten Satzes musste sie selbst zu lachen anfangen und auch Laura konnte sich ein Lächeln nicht verkneifen.

Laura erhob sich von ihrem Stuhl, ging um den Tisch herum hinter Samantha und nahm sie von hinten in den Arm.

Sie legte ihren Kopf neben ihren, schloss die Augen und flüsterte ihr ins Ohr.

>>Ich meine es ernst.<<

Kapitel 105

Freitag 12. Juli 2024

Als die Beiden gegen Mittag in der Polizeistation eintrafen, wurden sie mit Applaus empfangen.

Sicherlich wäre es schöner gewesen, wenn man hätte Ebbe verhaften und seiner gerechten Strafe zuführen können. Darüber waren sich alle einig. Einige meinten sogar, dass er so viel zu leicht davon gekommen war.

Dennoch waren alle froh, das Laura und auch Samantha wieder wohl behalten zurückgekehrt waren und Ebbe nie wieder einem anderen Menschen etwas antun konnte.

Aliya begrüßte die Beiden und berichtete ihnen von der Festnahme und dem Geständnis von Alice Rosenqvist.

>>Wir wissen, dass das nicht wahr ist.<< stellte Laura fest.

Doch ihre Chefin machte ihr klar, dass der Fall, bis die Sache verhandelt war, abgeschlossen sei.

>>Es ist noch nicht vorbei.<< widersprach sie ihrer Chefin. >>Ebbes Vater ist immer noch da draußen.<<

Aliya nickte, doch ließ die Aussage ihrer besten Ermittlerin unkommentiert.

Kapitel 106

Samstag 13. Juli 2024

Er hatte aus den Nachrichten von der Verhaftung von Alice und vom Tod seines Sohnes erfahren.

Er war ein Narr.

Wieder hatte er nicht auf ihn gehört, seine Warnungen missachtet und seinem Impuls nachgegeben.

Er war wütend auf sich selbst.

Wütend darüber ihn nicht beschützt zu haben, doch er konnte sich seinem Impuls nicht anschließen. Es war viel zu gefährlich. Allerdings hatte er auch nur mit seiner Verhaftung gerechnet und nicht mit seinem Tod.

Er wusste auf was es im Leben ankam.

Früh hatte er Alice kennen gelernt. Sie war seine Rettung.

Ohne sie, wäre er vermutlich schon früh verhaftet worden. Sie hatte ihn die nötige Ruhe gelehrt, ihm vermittelt wie wichtig es war immer einen Plan zu haben.

Er war sich sicher, dass sie auch jetzt einen Plan hatte oder ihre Verhaftung sogar zu ihrem Plan gehörte.

Das würde er später herausfinden und sie dabei unterstützen, doch jetzt war die Zeit einen eigenen Plan zu schmieden.

Einen Plan der Rache an Laura Lindholm und Samantha Mahdi.

Kapitel 107

Dienstag 24. Dezember 2024

Das Haus von Laura Lindholm lag eingebettet von Kiefern im Wald.

Die Sonne war bereits untergegangen.

Obwohl tiefer Schnee die Landschaft bedeckte war es am heutigen Abend sehr dunkel und nur ein fader Lichtschein, aus einem der Fenster erhellte den sonst dunklen Wald.

Leise und vorsichtig schlich sich jemand an das Haus heran.

Der Schnee knirschte bei jedem Schritt unter den Sohlen der Stiefel. Es war das einzige Geräusch, das in dem tief verschneiten Wald zu hören war.

Stets auf gute Deckung bedacht, näherte sich die Gestalt langsam von Baum zu Baum dem Haus.

Sie war stets darauf bedacht sich in einem Winkel zu dem Haus zu bewegen, dass man sie aus einem der Fenster nicht sehen konnte.

Am Haus angekommen drückte sie sich vorsichtig ganz nah an die Wand. Sie schlich vorsichtig um das Haus herum. Eine Seite nach der anderen hielt sie Ausschau nach einem offenen Fenster oder einer offenen Tür, doch alles schien fest verschlossen zu sein, was den eigentlichen Plan durchkreuzte. Doch gut vorbereitet hatte sie bereits einen anderen Plan.

Laura war mit den letzten Vorbereitungen in der Küche beschäftigt, als es an der Tür klopfte.

Freudig hüpfte sie zur Haustür. Sie konnte es kaum erwarten Samantha wieder zu sehen.

Natürlich telefonierten sie nach wie vor regelmäßig, doch das reichte ihr nicht mehr aus.

In freudiger Erwartung auf Samantha riss sie die Haustür auf, doch da war niemand.

Verwundert schaute sie in den dunklen Wald als plötzlich ein Gegenstand an ihr vorbei ins Haus flog und über den Boden rumpelte. Verdutzt und erschrocken schaute Laura dem Gegenstand hinterher, als auf einmal jemand, von der Seite, vor sie sprang.

Lauras Herz raste.

>>God Jul, Fröhliche Weihnachten!<< rief Samantha und warf sich Laura an den Hals.

Lauras Herz raste nach wie vor. Erleichtert atmete sie einmal tief durch. Erst jetzt verstand sie, was gerade passiert war.

>>God Jul.<< antworte Laura, während sie sich noch immer im Arm hielten. >>Du hast mich fast zu Tode erschreckt.<<

Samantha lehnte sich etwas zurück um ihr ins Gesicht schauen zu können, lies Laura aber nicht los.

>>Ich wollte dir dein Weihnachtsgeschenk ganz traditionell ins Haus werfen, aber bei dir waren alle Fenster und Türen verschlossen. Entschuldige wenn ich dich erschreckt habe.<< sagte sie verlegen, rümpfte die Nase, setzte ein Lächeln auf und drückte ihr einen Kuss auf die Wange.

Kapitel 108

Dienstag 24. Dezember 2024

Im Haus roch es nach allerlei Köstlichkeiten zu Essen. Neben dem festlich dekorierten Esstisch stand ein Weihnachtsbaum, der mit Strohsternen und vielen Lichtern geschmückt war. Auf der Spitze war ein strahlender Stern.

Samantha hob das Geschenk, welches sie ins Haus gekegelt hatte auf und legte es unter den Weihnachtsbaum, so wie es in Deutschland Tradition war.

Vor dem Essen unterhielten sich die Beiden über alles Mögliche, was im letzten halben Jahr passiert war. Natürlich kam dabei auch die Arbeit zur Sprache.

Laura erzählte, dass Alice Rosenqvist ihr wirres Geständnis nicht zurückgezogen hatte, es aber vermutlich noch eine Zeitlang dauern würde, bis ihr der Prozess gemacht wird. Bis dahin saß sie in Untersuchungshaft.

Inzwischen vermutete man, dass sie mit dem Entführer von damals, der vermutlich auch Ebbes Vater war, mehr zu tun hatte als alle geglaubt hatten.

Wer Ebbes Vater jedoch war, der sich selbst Gudmund nannte und der vermutlich auch den Helikopter in Norwegen abgeschossen hatte, war bis heute nicht bekannt.

Astrid lebte allen Warnungen zu trotz weiterhin in Abisko. Sie wollte sich von niemand einschüchtern lassen und war nicht bereit ihr Leben aufzugeben.

Sie hatte das Geschehene gut verkraftet und durch die Fürsorge ihre Adoptiveltern nun ein noch besseres Verhältnis zu ihnen.

Ihrem leiblichen Vater, Björn Barkas hatte sie vergeben, dennoch wollte sie nichts mit ihm zu tun haben.

Meine Eltern sind hier, hatte sie einst gesagt. Sie haben mich aufgezogen, ihretwegen bin ich der Mensch, der ich heute bin.

Laura hatte zum Abendessen richtig aufgefahren. Es gab das traditionelle Weihnachtsbuffet namens Julbord, was so viel heißt wie Weihnachtstisch.

Es gab zarten Weihnachtsschinken und Fleischbällchen, eingelegter Hering und Lachs, Cocktailwürstchen, Kartoffeln und Salat, dazu einen feinen Rotwein.

Samantha rutschte mit dem Stuhl ein paar Zentimeter zurück, lehnte sich an der Rückenlehne an und lies sich etwas tiefer in den Stuhl rutschen.

>>Noch einen Bissen und ich platze.<<

Beide lachten, soweit es ihnen ihr voller Bauch zuließ.

Bis zuletzt war nicht klar gewesen ob Alexander mitkommen würde.

Samantha hatte unzählige Male versucht Alexander dazu zu bewegen, mit nach Schweden zu kommen um gemeinsam Weihnachten zu feiern, doch Alexander lehnte jedes Mal ab. Sie wusste nicht ob er einfach nicht stören wollte oder ob er noch immer Zeit brauchte um über Isabella hinweg zu kommen.

Das Resultat war in jedem Fall viel zu viel Essen für zwei Personen. Zum Glück würde es am nächsten Tag eine große Feier mit der ganzen Familie von Laura geben, zu der sie das restliche Essen mitbringen konnten.

>> Ein Nachtisch muss aber sein. Es gibt Ris à la Malta.<< verkündete Laura stolz.

Zum ersten Mal war ihr der Vanille–Milchreis richtig cremig gelungen. Garniert war das Ganze mit Orangenscheiben.

Zufrieden saßen die Beiden am Esstisch, und nippten hin und wieder an ihrem Glas Wein.

Samantha betrachtete Laura mit ihren schulterlangen blonden Haare, die ihr etwas in ihr, auch zu dieser Jahreszeit, leicht gebräuntes Gesicht hingen.

Sie schaute ihr in ihre blauen Augen und dachte sich erneut, dass sie sich auch heute noch auf der Stelle in sie verlieben würde, wenn sie das nicht schon längst getan hätte.

Trotzdem fehlte ihr der Mut es auszusprechen.

Am späten Abend, nachdem sie die Reste in Frischhaltedosen verpackt hatten, begaben sie sich ins Wohnzimmer und machten es sich auf dem Sofa gemütlich.

Sie tauschten die Geschenke aus.

Samantha überreichte Laura die mitgebrachte Geschenkeschachtel.

Laura überlegte, was sich wohl darin befinden würde. Sie zog voller Vorfreude an der Schleife und öffnete vorsichtig den Deckel.

Als sie in die Schachtel schaute, schossen ihr Tränen in die Augen.

Samantha, die sie dabei die ganze Zeit beobachtet hatte, rutschte näher an Laura heran, nahm sie in den Arm und drückte sie ganz fest an sich.

Sie spürte ihre Wärme und das Gefühl von tausenden von Schmetterlingen in ihrem Bauch.

Sie nahm all ihren Mut zusammen, küsste sie auf den Hals und flüsterte ihr sanft ins Ohr:

>>Jag älskar dig!<<

Laura Lindhom wir zurückkehren in:
"Ein zweites Leben"